脱構成的叛乱

吉本隆明、中上健次、ジャ・ジャンクー

友常勉

以文社

脱構成的叛乱

目次

Ⅲ　アジアの民衆表象

Ⅳ 農民論

脱構成的叛乱

吉本隆明、中上健次、ジャ・ジャンクー

序文

1　山梨県中央市

二〇一〇年二月。山梨県中央市山王団地。映画『国道二〇号線』（監督、脚本・富田克也、共同脚本・相澤虎之助）の富田氏と相澤氏に案内されてこの団地を訪れた。リーマン・ショックとその後の不況の結果、盛時の三分の一に減少したとはいえ、中央市には一五〇〇人の日系ブラジル人が居住している。とくに山王団地の住人の大半は、自治会長もふくめて日系ブラジル人である。ここは山梨県も認める「多文化共生」のモデル地区である。団地の入り口で遊んでいた日系ブラジル人、フィリピン人の子どもたちに「日本人？」と聞かれた私たちは、まぎれもなくよそ者であった。

日本の地域社会は、すでに人種－階級を単位として把握されつつある。山王団地がそうであるように、崩壊に瀕してはいても伝統的共同性を残した地域社会が存在し、そこに均質な日本的家族が営む〈生活〉があるというイメージは、大幅に変えなくてはならない。いや、すでにこの変化は自明の理に属する。それどころか、日系ブラジル人たちの表情に浮かんでいる疲労のほうが、日常的に接している日本人の隣人たちの表情よりも、なじみ深い。そして子どもたち。団地で出会った子どもたちは、日本で生まれた子どもたちであり、どこが故郷かと問われれば、日本を選択するだろう。それはすでに主体的な選択である。そして将来もみすえた生存戦略を学校や地域で模索している。彼ら・彼女たちはさらにどんな葛藤を経験するだろうか。団地に隣接する日本人の住民たちのまなざしをどう処理するだろうか。市内に点在するほかの日系人コミュニティとどのような関係をつくっていくだろうか。だがすでに彼ら・彼女たちは、人種－階級の共同体を横断的に結びながらこの社会を根本的に変えていく主体である。

2　サンフランシスコ

二〇〇九年八月。サンフランシスコ。アメリカ社会学会。ニューヨーク州立大学アルバニー校で社会学を教えているアンジー・Y・チャンの報告。著書『闘争の遺産　コリアン・アメリカンのポリティクスにおける対立と協働』において、チャンは、一九九二年のロス暴動のあと、在米コリアン社会がいかに移民間・人種間の対立を緩衝するための働きかけをおこなってきたかの戦略を、とりわけ青年組織（KYCC＝コリアン青年とコミュニティセンター、KIWA＝コリアン移民労働者連合）に焦点をあてて論じた。[*1] ロス暴動のときにコリアン・アメリカンの商店が襲撃の対象となったのは、単に移民間・人種間の対立に根差すだけではなく、コリアン・アメリカンの商店主がアフリカン・アメリカンやラティーノの雇用主でもあったからだ。チャンのフィールドワークが伝えるのは、コリアン・アメリカンの社会が、均質で閉鎖的な移民コミュニティという伝統的な移民社会理解を超えて、グローバルな経済と結びつきつつ、従来の移民コミュニティとは異なり、ほかのエスニック共同体との架け橋となる役割をすすんで分担しているということである。ロス暴動という経験は、コリアン・アメリカンの社会にとって苦い経験であったにちがいない。だがその経験を、みずからのコミュニティの変容をともなう、周囲との連係の強化に転じているこの実践について、私たちは学ぶところがきわめて大きい。

アメリカ西海岸が、近い将来の日本社会を先取りしているといえばいいすぎかもしれない。しかし、移民社会をかかえこんだアメリカ社会のゆくえをみれば、私たちが経験しつつある変容について、切実さをもって表現する必要がある。私たちはこの地域社会とそこで複雑な葛藤を経験しつつある主体を記述するために、どのような枠組みをもっているだろうか？——だが、その課題にこたえるどころか、本書はそうした経験の記述のずっと手前のところからはじめている。この迂遠な戦略は正当化できるだろうか？

3　脱構成的叛乱

本書の表題である〈脱構成的叛乱（destituent insurgency）〉という語から、読者は何を思い浮かべるだろうか。なるほどこれは、既成権力である「構成された権力（pouvoir constitué/constituted power）」と区別される、グローバル資本に対抗する民衆の能動的な生の力を指すアントニオ・ネグリの概念である「構成的権力（pouvoir constituent/constituent power）」との関連を意識した語である。「構成する（constitute）」（ラテン語の語源はcon［共に］+statuere［立てる］）こととは、基礎の基礎を創建することである。ここから転じて、マキャヴェッリ、スピノザ、カール・シュミットらの議論を踏まえつつ、ネグリは構成的権力（構成する権力）を自律的かつ能動的に自己を組織する民衆の生の力を指すものとして用いている。では、「構成的」ではなく、〈脱構成的（de+stituent）〉とはどういうことか。この語の直接的な出自を知るためには、アルゼンチンのコレクティボ・シトゥアシオネスの説明が必要である。二〇〇一年一二月、アルゼンチンの政治的危機に対する近隣住民集会《アサンブレア》や路上闘争などの広汎な社会運動——それは大統領を辞職に追い込んだ——のダイナミクスのなかで広まった「みんな去れ」というスローガンについて、コレクティボ・シトゥアシオネスのメンバーたちは政治的代表制そのものの「解任（destituyente）」という意味づけをおこなった。[*2]すなわち、ここで表現を付与されたのは、民衆の反制度化の力である。しかしそれは制度的構造が崩壊した結果、生が制度化と非制度化のあいだで宙吊りになる瞬間でもある。そして、このアルゼンチンに固有の経験の、しかも特定の瞬間を表現する言葉として〈脱構成的趨勢（destituent power）〉という語が与えられた。[*3]本書の表題に〈脱構成的叛乱〉という語を選んだのは、この対抗的な生の力への注目をひとつの理由としている。

4　叛乱―出来事

ところで反制度的な力とは、実際の歴史過程に現れる出来事の特徴でもある。歴史の出来事は物語的な連続性や目的論的な語りに解消されるものではない。制度化された語りは、常に偶然の力である出来事の現出（emergence）に対立する。それはニーチェの系譜学をラディカルに継承したフーコーが語っていたことである。

出来事――その意味するところは、ある決定、ある協定、ある統治、ある戦いではなくて、

> 逆転するさまざまな力の関係、奪い取られる権力、つかみ直されこれまでの利用者に対して逆につきつけられる語彙、弱まり、弛緩し、自身に毒を与える支配、仮面をつけて登場する別の支配なのだと理解しなければならない。歴史の中で働くさまざまな力は、ある目標に従うものでもなければ、ある仕組みに従うものでもなく、まさに闘争の偶然に従うものなのである。*4

出来事の現出とは、スピノザが『神学政治論』で論じた民衆の非理性的で暴政的な運動に似て、能産的自然や創造力というイメージを裏切る。*5だがこのような出来事の本性についての認識は、私たちが目的論的な語りや制度的な知の権力の確立を破砕し、歴史的感覚を回復して真に「歴史の主人」となる道筋をつかむために必要なことなのである。再びフーコーを引こう。

> 形而上学の現出の場所はまさにアテナイの愚民政治、ソクラテスの下層民的怨恨、不滅への彼の信仰であった。しかしプラトンはそのソクラテス哲学をつかみとることもできたろうし、この哲学をそれ自身にそむかせることもできたろう……。彼の敗北はこの哲学を確立してしまった点にある。一九世紀にとっての問題は、プラトンがソクラテスの民衆的禁欲主義に対して行ったことを、歴史家たちのそれに対して行うなということである。民衆的禁欲主義を歴史の哲学の中に確立してはならないのであって、これをそれが生み出したものを出発点として破砕

しなければならないのである。[*6]〔傍点は引用者〕

形而上学の誕生の瞬間を題材として、フーコーは、出来事を出発点とした、歴史に対する苛烈な闘争を呼びかける。ここでいう民衆的禁欲主義とは、目的論的な語りに服属して生の力を抑圧する歴史の禁欲主義的態度のことである。そうした生（＝自己）の放棄をうながす歴史観に対して、出来事の出発点（＝現出）を対置し、そこからその歴史そのものを転覆しなければならないというのである。さらに、自己の放棄をうながす民衆的禁欲主義は一九世紀の歴史学だけではない。主権権力の代表者が自己犠牲的にそれに同一化すること、さらに民衆が主権権力に服属すること、これも自己の放棄である。[*7]従って、出来事を出発点とした闘争を呼びかけるフーコーの戦略は、「自分自身の資力を、自分自身の身体を、自分自身の生を、思考し行動することの主権的領土とするような存在様態」「主観的な自己構成」のための行為と重なる。[*8]それゆえ、出来事を正しく位置づける闘争とは、民衆が叛乱するその瞬間の闘争に等しい。

5 〈挣扎《そうさつ》〉——自己に対する暴力

歴史の出来事のなかで、民衆は自己への闘争＝自分への暴力をとおして既成権力や抑圧と闘う。

従ってまた、その民衆の闘争を記述し表象する行為も、自分に対する暴力に等しい。しかしこの闘争＝暴力によって、主権権力や伝統の制度から自己を解放する闘いが可能になる。

現代中国の映画作家である賈樟柯《ジャジャンクー》は、中国下層民の物語を、水滸伝や江湖《ジャンフー》のヒーローたちになぞらえる。彼の映画の登場人物たちは、制度の圧力のまえで常に宙吊り状態にある。しかしこの宙吊り状態は、中国的な〈文〉の伝統を背景とした様式化によって、洗練された審美的な身振りに変えられている。いっさいの苦痛は様式化され美学化されており、それが自己への闘争であることは忘れられてしまうほどである。しかし、彼は次のように書く。「『西遊記』は一つの暗示である。小説全体に、反抗はなく、あるのはただ「挣扎《そうさつ》」（あがき、もがき）だけである。自由はなく、あるのはただ法則だけである。わたしは『西遊記』は中国古典小説の中でわたしにもっとも近しい作品だと考えている」[*9]。「挣扎」において、主体は、制度の圧力のまえで動くことができず、宙吊り状態に置かれている。そこから逃れようとするいかなる努力もこの状態では無効にみえる。そこで、この状態であがくこととは、簡単にいえば自分を殴ることを意味する。自分への暴力は、しかし贖罪的な意味合いがもたされることで、美化され、理想化される。実際、賈樟柯が、自らが置かれた状況を『西遊記』に重ね合わせ、自分を慰めるとき、むしろ彼はあえてそこに自分を重ね合わせているのであり、それによって理想的自我を再建するプロセスをみいだしている。こうして、苦痛のまったただなかで、想像力が飛躍する。その瞬間には快楽さえある。このプロセスは、ジジェクがドゥルーズのマゾヒズム論を転用した抵抗論に似ている。宙吊りをとおした自己否認とは、自分が身体において、情動において服属している抑圧との闘いを意味している。[*10] 主体はその闘いにおいて、土着的で伝統的な権威、すなわち抑圧的なものとのアンビヴァレントな関係に煩悶しながら、そのなかで昇華をとげる。自己との闘争はこうして創造＝想像力の源泉になる。それは抵抗の前触れではあるが抵抗や叛乱そのものとしては表現されない。自立した表現というかたちをとることさえまれである。権威や制度に同化する場合もある。このような葛藤の位相にある「挣扎」という状態を、吉本隆明のいう「関係の絶対性」という位相に重ねて理解することは、それほど難しいことではない。

ところでこうした自己否認の表現は、周縁的存在に固有の表出でもある。

周縁的存在の表現の特異性にかかわって、小林敏明は、廣松渉や西田幾多郎（さらに中上健次）の韜晦な文体を「脱出する地方出身者の文体」と呼ぶ。[*11] この文体論をとおして、小林は、近代社会における周縁部としての農村部出身の英才たちが、都市（あるいは西洋文明）から疎外された閉鎖社会としての自己の出身地を超出しようとする、境界なき「遠心的欲望」をみる。すなわち周縁的存在の葛藤は絶えざる拡大の方向に働くと説明するのである。思想史における「近代の超克」論という大きな枠組みをも説明可能にするその着眼点は興味深い。

ここで小林の議論を敷衍して、廣松や西田（そして中上）と同様に周縁的な出自を有する民衆の文体＝表出について考えてみたい。彼ら・彼女たちの自己超出の軌跡は、どのように表現されるのか。周縁＝地域社会を脱出することなくそこにとどまる主体の葛藤は、どのように表出されるのか。

四つの領域から構成される本書が「I　吉本隆明の表出＝抵抗論」からはじまるのは、自己超出する民衆の表出が、知識人の文体と地つづきであることをしめすためである。吉本は、〈表出〉を前―言語的な働きにおいて用いている。しかも〈表出〉は、一般的な発話や身振りを意味するのではなく、常にひとつの疎外態として理解されている。それは不均衡や不平等に端を発する異和がもたらす主体の葛藤の表現である。しかしまたこの葛藤はただちに自然化と調和の両義性を有する。あたかも「おのずから」なる傾向をはらみながら。[*12] しかしその自然化と調和の傾向には常に絶対的な対立という緊張関係が挿入される。すなわち制度化と反制度化の双方に動きながら関係性に埋没した民衆が、同時に差異を出発点に自らを主観的に組織化する契機が把握されているのである。

こうした観点から、本書は、吉本隆明、中上健次、賈樟柯《ジャジャンクー》、そして柳町光男らの思索と作品を分析の中心におき、理論的前提を構築したうえで具体的な民衆（被差別部落・中国民衆・農民）の〈叛乱〉についての記述を試みている。

一連の論考はデヴィッド・グレーバーがいう「反乱（叛乱）的文明（insurgent civilization）」[*13]の記述そのものにどこかで統合されることを期待している。だが、フーコーの言葉がしめすように、この〈叛乱〉は、「闘争の偶然」に従っており、「逆転するさまざまな力」、「奪い取られる権力」であり、かならずしも強くはなく、それどころか弱く、卑怯で、「自身に毒を与える支配」、「仮面をつけた別の支配」でさえある。

オーソドックスな歴史記述も含んでいる本書の論考の対象を、こうした含意のもとで〈叛乱〉という言葉で括ることに、私自身、慄きがないわけではない。だが、〈叛乱〉はひとつの方向をめざすわけではない。また、常に〈構成的〉であるわけでもない。このことを読みとっていただければ幸甚である。

註

＊1 Angie Y. Chung, *Legacies of Struggle: Conflict and Coopera-tion in Korean American Politics* (Stanford: Stanford University Press, 2007).

＊2 廣瀬純＋コレクティボ・シトゥアシオネス『闘争のアサンブレア』（月曜社、二〇〇九年）。

＊3　デヴィッド・グレーバー、高祖岩三郎訳・構成『資本主義後の世界のために　新しいアナーキズムの視座』（以文社、二〇〇九年）六〇頁。

＊4　Michel Foucault, "Nietzche, la généalogie, l'histoire," *Dits et écrits 1954-1988 II 1970-1975*, Éditions Gallimard (Paris1994), p. 148. 日本語訳、ミシェル・フーコー「ニーチェ、系譜学、歴史」小林康夫／石田英敬／松浦寿輝編『フーコー・コレクション三　言説・表象』（ちくま学芸文庫、二〇〇六年）三七〇―三七一頁。

＊5　シュミットとネグリにおける「構成的権力」の検討とスピノザとの根本的な差異については、柴田寿子「構成的権力論と反ユダヤ主義」臼井隆一郎編『カール・シュミットと現代』（沖積舎、二〇〇五年）所収、を参照。

＊6　op. cit., Foucault, p.152, 日本語訳、三七八頁。

＊7　中山元『フーコー入門』（ちくま新書、一九九六年）二二〇―二二一頁。

＊8　前掲、廣瀬、六一―六二頁。

＊9　賈樟柯『賈想一九九六―二〇〇八　賈樟柯電影手記』（北京大学出版社、二〇〇九年）一一五頁。日本語訳、ジャ・ジャンクー『ジャ・ジャンクー「映画」「時代」「中国」を語る』丸川哲史・佐藤賢訳（以文社、二〇〇九年）一一三頁。なお一部訳文を変えてある。

＊10　スラヴォイ・ジジェク『迫り来る革命　レーニンを繰り返す』長原豊訳（岩波書店、二〇〇五年）一三六頁。

＊11　小林敏明『廣松渉　近代の超克』（講談社、二〇〇七年）二八、三〇頁。

＊12　ここで、吉本とはまったく異なる把握であるが、「おのずから（おのづから）」を日本思想史の特徴として把握する論調の代表的なものとして、相良亨『日本人の心』（東京大学出版会、二〇〇九年）をあげておくことは無益ではないだろう。

＊13　「反乱的文明」はデヴィッド・グレーバーの用語に基づく。前掲、デヴィッド・グレーバー、一八三頁。https://www.adbusters.org/magazine/82/tactical_briefing.html (2010.4.7).

I

吉本隆明の表出＝抵抗論

ここでは、吉本の〈表出〉概念の革新性を、「関係の絶対性」という視角を介して抽出しようとしている。表出（Repräsentation あるいは Ausdruck）という概念についていえば、これを言語学的水準から、文化領域全体までを包括する精神科学の概念にまで拡張して用いたのはカッシーラーである。ただし、吉本はこの訳語を前―言語的な働きにおいて用いる。しかも〈表出〉は、不均衡や不平等に端を発する異和がもたらす主体の葛藤の表現である。しかしまたこの葛藤はただちに自然化と調和の両義性を有する。能産的かつ所産的なこの〈表出〉の構造は、関係性に埋没した民衆が、差異を出発点に自らを主観的に組織化する条件である。そしてここから、既成権力からの知的な脱出を遂げる〈意志の闘争〉の企てもまた導出される。

表出と抵抗

吉本隆明〈表出〉論についての省察

1　はじめに

『言語にとって美とはなにか』（I「文庫版まえがき」二〇〇一年）において、吉本はこの著作のキー概念である「指示表出」と「自己表出」について、つぎのような説明をあてている。

たとえば「花」とか「物」とか「風景」とかいう言葉を使うとき、これらの言葉は指示表出のヨコ糸が多く、自己表出のタテ糸は少ない織物だ。別の言い方をすると何かを指さすことが一番大事な言葉である感覚と強く結びついている。文法からいえば、「名詞」というのが指示表出が一番強いということになる。［中略］まったくこれと逆に、いわゆる「てにをは」つまり助詞をとりあげてみると、これらは指示表出性はきわめて微弱だが、自己表出性はなかなかのものだと考えられる。たとえば「私はやった」という文章の「は」という助詞が「私がやった」の「が」という助詞とは、おなじように指示表出性は微弱だが、自己表出性を一番重要とする言葉だといえる（I：七―八）。[*1]

『言語にとって美とはなにか』（以下、『言語美』と略）は、一九六一年九月の『試行』第一号から一九六五年六月の同一四号まで連載され、一九六五年に発刊された。もともとこの主著では時枝誠記の言語論を批判的な参照点のひとつとしていたが、先の引用を読むかぎり、初版刊行後三六年を経て、「表出論」として構想された吉本の言語論は、指示表出が有する前意味論的な水準から後退し、より意味論的な包摂概念に近づくことで、時枝言語論への先祖帰りを果たしたようにみえる。

吉本の「表出論」とは、日本語による文学・表現・言語を、言語における記号とその参照項との関係にひとしい「指示表出」と、これに対して言語を運用する主体の心情や意識の作用である「自己表出」というオリジナルな概念をもちいて言語論を構想し、とりわけ指示表出＝x軸と自己表出＝y軸が表現する関数式へと定量化して把握しようというものであった。そこでは文学史は文学上の諸派や諸潮流をもとにしてではなく、上記の定量化された各時代の表出とその変遷にもとづく「表出史」としてとらえられた。ここには、初期評論「詩と科学との問題」（一九四九年）で確認された立場である、「近代数学は量的因子の論理的計算の学から領域と領域との間の作用の学に変革された」という数学観＝世界観を意識と表現の学に転用しようとした初発の意図が実現されている。[*2]だから、「自己表出」（＝selbstausdrücken）という概念が、近代数学の関数概念をもって哲学の基礎にすえようとしたカッシーラーの『シンボル形式の哲学』を直接的な出自とし、『言語美』の言語論の基本的な参考文献にされているのも偶然ではない。

ところで、時枝誠記の言語論は、近世の国学者・鈴木朖の「詞」「辞」論に範をもとめながら、日本語の助詞の包摂機能（「風呂敷型」「入子型」）に力点を置いた。とりわけ格助詞がはらむ文の包摂機能についていうならば、それは言語論にとどまらない「日本文化論」に達する議論である。このことの重要性については、浅利誠が『日本語と日本思想』のなかで、空間表象をともなう空間論として、西田幾多郎の場所論との相同性を指摘しつつ論じているとおりであると考える。[*3]

ともあれ、吉本が自己表出を時枝言語論のような意味での助詞の機能に還元したことは、主著であった『言語美』の核心を、言語論のうえでは格助詞による意味論的な包摂論の一環に位置づけたことになる。しかし、このように自己表出を限定してしまうならば、自己表出に対する指示表出の位置が脆弱になってしまうであろう。仮に指示表出が名詞とされ、格助詞である自己表出によって包摂されていく契機としての位置しか残されなくなってしまうとしたら、それは、吉本が格闘してきた〈表出〉という視角そのものを平板化するに等しい。ふたつの表出概念は、既成の言語学の概念から自由に、たがいを必要条件としてのみ成立する概念として構想されていた。言語論と表現論をふたつの表出概念から把握して表現史の書き換えをめざしたこの著作では、あくまでふたつの表出の緊張関係こそが、表現という行為そのものが生成する条件だったはずだからである。

この点において補足するならば、『言語美』の基本的な弱点を自己表出概念に対する指示表出概念の弱さに求め、その欠陥が『源実朝』（一九七一年）で補われ、それによって『言語美』は完結したとする菅孝行の発言は傾聴に値する。[*4] 『源実朝』最終章「〈事実〉の思想」では、叙景にも心にも付かない関係性のうちに文学表現が措定されていた。「「笹の葉に霰さやぎてみ山べの」も、叙景のようにみて、〈景物〉を叙しているじぶんの〈心〉を〈心〉がみているという位相があらわれざるをえない」[*5]。ここでは表現主体はあくまで関係性のなかにしか存在しない。しかも主体は対象も自己も不可避的に重層的にみることしかできないため、主体それ自身も重層的に相対化されている。ここでは自己表出・指示表出という枠組み自体が無効になってしまうという意味で、『言語美』の欠陥が克服されているのである。ただし、それによって関係性のなかで常に疎外される主体は残り、以下に述べるように、その幾重にも疎外された主体が、その疎外ゆえに倫理的契機を組織してしまうのである。この意味で吉本にあっては、文学表現と表現主体が分裂したままである。しかし、ここでは『言語美』に話を戻そう。

ふたつの表出が相互に圏域を競うように把握されることで、その傾斜に反発するという二律背反は、『言語美』そのものに胚胎されていた基本的な構造でもあった。後者は吉本の初期批評のなかでも名高い「マチウ書試論」で荒削りに提起された「関係の絶対性」という立場につながっている。そして、『言語美』が描いた〈表出史〉は、この立場を維持することで、歴史の叙述がともなわざるをえない遺制や伝統への回帰や包摂と、この回帰に対抗する非連続性の契機を両立させていた。ただしここで回帰・包摂の働きは不可避であるということを付け加えておきたい。それは遺制を無視することができないのと同じである。むしろここで論じておきたいのは、回帰や包摂への目配りと、それに反発することで強力な、反重力とでもいうような力の場が生成する、「関係の絶対性」とがつくりだす批評の姿勢である。

2　表出史の方法

吉本の表出史においては、指示表出と自己表出は、xとyの関数式をとおして、文学表現に昇華された「文学体」と、文学体へと自立することなく、より日常語の方向に埋没している「話体」のあいだを推移すると理解される。この観点から、小林多喜二『蟹工船』が表出史に占める位置は、川端康成『浅草紅団』、武田麟太郎『銀座八丁』と同じ表出の水準にあるものとして、次のように総括される。

たとえば、ひとびとは小林多喜二の「蟹工船」を、この時期の資本制の高度なふくらみとひろがりにしたがってある意味で〈私〉意識のひろがりと解体をすなおに、体制的になぞったとみるのをいぶかしく感ずるかもしれない（Ⅰ：三〇六）。〔中略〕「蟹工船」は、小林多喜二の表出のいただきに位置している。直喩としてここでしきりに連用されている、「蟹の鋏のように」、「納豆の糸のような」、「旗でもなびくように」、「鋲がゆるみでもするように」〔中略〕、暗喩としての「黄色になえて」は、もちろん無意識につかった喩ではなく、意識してかんがえてつかわれた喩である。〔中略〕〈私〉意識がこわれ劃一になってしまいそうな社会のすがたを〈階級〉の意識をうつすことで解消しようとかんがえたその理念が、どれだけ現実の社会のひろがりの表がわをかすめただけだったか、またどこまでは現実の根拠にくいこんだのかがしめされている（Ⅰ：三〇八―三〇九）。

直喩部分が資本制の商品流通の水準に対応し、同時にそれを生活の水準での表現として消化できないために「理念としての喩」（Ⅰ：三〇九）になっているという。このように定量的に把握された表出のありかたにおいて、『蟹工船』は『浅草紅団』や『銀座八丁』と同じ表出の水準にあるものとして把握される。この方法論においては、同時代の文学のジャンルやグループはその文学作品や表現を理解する手がかりにはならず、表面的には共通している理念や隣接性はあらかじめ度外視することが可能になる。しかしまたここでは表出が到達すべきひとつの水準が合目的的に前提されていることも明らかである。吉本によれば、それは対他的（＝他人に対して）・対自的（自分に対して）に調和をとげた段階を意味する。

（文学体と話体の融和は——引用者注）わたしたちには文学の言語の対自と対他がある調和を遂げたものとみえる。作家たちがある表出の位置を占めたとき、生活と観念の水準をうまく和解させることができたためだ、ということができる。現実との相克の意識が現実からの疎外とつりあったといってもいいし、現実との和解の意識が現実の安定とみあっていたといってもいい（Ⅰ：二二七）。

ここでは表出・表現がそもそも自己疎外態であり、表現の成就とはその疎外態の回復にあるという前提になっている。同時に、指示表出が対象とする表現の外部である社会や生活との「相克」が、表出の水準を決定するという基本姿勢がある。これは「関係の絶対性」という初期批評の要諦にかかわる。ここで「マチウ書試論」を参照しておこう。

田川健三の『イエスという男』（一九八〇年）をはじめとする原始キリスト教理解に重要な影響をあたえた吉本の「マチウ書試論――反逆の倫理」（一九五四―五五年）は、「マタイ福音書」の読み込みをとおして、受動的な人間存在が、その受動性や無力さのゆえにはらむ心情における抵抗の契機をみいだそうとするものであった。時代状況におきかえてみるならば、この批評実践は、日本共産党の非合法武装闘争路線とその方針の撤回を宣言した一九五五年の「六全協」との狭間のなかで、ままならない戦後革命とそれとは無縁の大衆社会のうちに位置する自己への自覚を、敵への加担と偽善意識という負のエネルギー＝逆バネに読み換え、その力を状況からの思想的な自立の根拠へと転じるという離れ技であった。そうした、負の意識を自己肯定の論理に転ずるという強い倫理の導入は、私たちを規定する現実状況という絶対性＝「関係の絶対性」を自覚することによって実現される。「秩序にたいする反逆、それへの加担というものを、倫理に結びつけ得るのは、ただ関係の絶対性という視点を導入することによってのみ可能となる」[*6]。私たちが秩序や状況とのあいだで異和感を感じるならば、その時点で私たちは秩序や状況にたいして参与している。しかしその参与において、異和をとなえ秩序に反逆しているつもりでも、秩序を支え心情においてどこかで敵前逃亡している自分の弱さや無力感を裏切ることで、そしてその裏切りの心情の由来を問う心を抑圧することで、敵に加担しているのである。このような関係性は変えることができない絶対性であると自覚しなければならない。それによって、必敗の状況を転轍する、時間軸が休止したり逆転するような特異な時間と空間をもった表出の位相が開かれるのである。『言語美』で強調される「現実との相克」という言葉にはこのような吉本の批評実践の来歴をふまえた含意がある。したがって、表出論・表現論を展開しながら、吉本は不断に「関係の絶対性」のうちで倫理を強いられ、あるいはそこから目を背ける作家主体の倫理にたいしても暗黙のうちに言及していることになる。すなわち倫理への問いをはらんだ表現論なのである。当然ながら、ここには、社会主義リアリズム論争をはじめとした戦前の文学論争をサーヴェイしていた吉本による、「社会化された私」を擁護した小林秀雄の私小説論や、あるいはプロレタリア文学の修正論の立場から、表現への欲求の有無に優位性を置いて政治理念とのあいだのギャップを問題にした亀井勝一郎などの〈私的なるもの〉の肯定という立場に対する批判と克服が意識されている。[*7]少なくとも「観念の水準と生活の水準」「現実との相克」が表出の水準を決めるというとき、吉本の表出論における社会性との緊張関係は維持されているのである。

さらにつけくわえるならば、ここにおける〈私〉の解体と肯定は、ポストモダニズム批評やポスト構造主義が批判の武器としてきたテクスト性やテクスト的物質性の提起による主体性の解体とは異なって、主体の解体と再措定、さらに主体性への批判と回帰という構造を有していることに、積極的な意味がみいだされるべきであると考える。この点はおって詳述しよう。

吉本の表出史において各表出は連続と非連続から把握されるが、非連続を規定するのが「現実との相克」という契機である。そしてそのことによって、先行する表出との連続性や回帰は望郷論とは正対することになる。ここで主要に参照されるのは柳田国男、折口信夫らの古代文学論である。

3 反―望郷論

これら（折口の「妣が国」信仰と古代文学発生論――引用者注）において、わたしたちは、原始信仰の発生から、祭りにおける神の訪れ、芸術における神の語りとしての叙事詩の原型というように、歴史を日本の宗教から詩のほうへくだってくる空間のすべてと、生死観によってつらぬかれる時間のすべてとが、立体的に定着されているのを知る（Ⅱ：四六）。

土俗信仰や祭式にともなう共同体の表出が文学表現としての詩＝叙事詩へと上昇をとげる展開過程のうちに、共同体が経験する空間と時間が凝縮され、継承される構成をみてとる。しかし、その経験の凝縮とその連続に対して、柳田・折口に異議をさしはさんで、吉本は「源郷」への望郷とは異なる契機をみいだす。

けだし、わたしたちが、ここでとりあげたい詩的な構成の原型は、柳田・折口の系統がとりあげることをしなかった地上的な原型であり、古代人のじぶんがじぶんじしんから隔離されているという意識の地上的な関係としてあらわれたといっていい（Ⅱ：四六―四七）。

「意識の地上的な関係」としての「構成の原型」とは、これまでみてきた、対自的・対他的に自己疎外され、それを契機として「地上の関係」が自覚され、主体の意識や心情が自立する構成のことである。こうした構成はそのつど仮構の共同性をつくりだし、その仮構の水準のうえに表出の構成が反復されるものとして理解される。このような表出がつくりだす仮構の水準のうえに成立する〈構成〉というイメージをもって、吉本は「妣が国」や「常世」への望郷論と自己区別する。しかもそれぞれの〈構成〉は、「地上の」あるいは現実との相克のもとではじき出された自己疎外の経験を契機としている。非連続のうえに接合される連続性というこのイメージには、文化の継承関係における〈フィリエーション〉（血縁関係＝自然的継承関係）と〈アフィリエーション〉（疑似父権的で非‐家系的な作為的継承関係）という批評概念をあてはめてみたくなるが[*8]、さらに重要なことは、仮構のうえに成立する表出の〈構成〉が、非連続的でありつつも、回帰的に反復される〈構成〉であることだ。その例証として、百姓と領主の生活と関心の全面的な乖離がもたらす滑稽さを面白みとして成立している狂言「昆布柿」がとりあげられる。

「昆布柿」では、二人の百姓が領主から歌を所望されたところ、田唄や臼挽歌だと思いこみ、それが「三十一文字の言の葉を連らぬること」（連歌）だと取り次がれれば、百姓たちは「三十一枚の木の葉をつないで上げ」ることだと聞きちがえる、といったくいちがいのやりとりが交わされる。これを題材として吉本はつぎのように論じる。

> この関係の仕方は、ほとんどすべての狂言の**構成**をつなぐ本質だといっていい。それは生々しい民衆の生活の象徴でもなければ、荘園の領主とその支配民の関係を写実したものでもない。あるがままに放任された生活民の、じぶん自身や他人との関係の仕方をあるがままに投げだしたというにすぎない。このあるがままは、いきおいひとつのフォルムをつくることになる。そしてこのあるがままの生活民のフォルムが、そのまま支配層の儀式能（脇能）のフォルムに直通するものだということを、いちばん鋭く洞察したのは、折口学、柳田学だった（Ⅱ：一六六）。

狂言「昆布柿」の分析をとおして明らかにされる、領主との「関係の仕方」そのものであるところの生活民のフォルムが、そのまま支配層の儀式能に直結する。さらにこういわれる。「いつの時代にも、あるがままの大衆の感性は支配層に直結するものだ」「いつの時代にも、支配層は知識人の高度な表出よりも、土俗的なあるいは説話的な要素をもった表出を、支配的儀式に直結する可能性があるものとして愛好する」（Ⅱ：一六三―一六四）。それはまた脇能物「翁」のつぎのようなシテの一節にあらわれている事態である。「千早ふる、神のひこさの昔より、久しかれとぞ祝ひ」「千年の鶴は、万歳楽とうたうたり。［中略］天下太平国土安穏。今日の御祈祷なり」（Ⅱ：一六七）。吉本の枠組みにしたがえば、土俗的で説話的なこれらの表出は、現実との相克が表面化しない、自己表出よりも指示表出がまさる表出である。支配者の文化は、指示表出性が強い民衆の土俗的なものと感応している。民衆にとって、しかしそれは強いられた関係なのではなく、秩序と儀礼のうちにおさまり、たがいに自然のうちに安らっている表出である。ここにしめされている関係の仕方とは、支配者と被支配者がひとつの共同性を共有してしまうという「不気味な神秘さ」（Ⅱ：一六八）である。関心も生活の様式も異なるふたつの階層が、恣意や作為にもとづかない儀礼としてこれを共有できる理由は、指示表出と自己表出から合成される関係＝関数式が同じだという説明以外にない。この意味で、支配の文化も、自己表出よりも指示表出の強さによって成立しているのである。いいかえれば、音声やリズムがそうであるような言語の始原的で律動的な働きに依拠している。この把握は、疑いもなく天皇制とそれを受容してきた大衆のアナロジーである。

表出論においては、こうした事態は回帰する遺制の力として確認されるべきである。しかし、起源論として絶対化されてもならないものである。吉本はこの分析のあとで、つぎのような二重のディフェンスをつけ加えるのを忘れていない。

近代主義からは「千歳」とか「万歳楽」とか「千代」とか「鶴と亀」とかいう永遠を象徴する言語の呪術的なおそろしさをほとんど理解できなかった。またそれと逆に折口学は狂言から儀式能へと直結する土俗から支配の秘儀へフォルムが上昇してゆく過程を、おもな芸術過程とかんがえたために知的な曲折がたどる表現過程を無視するにひとしかった（Ⅱ：一六八―一六九）。

遺制の力を無視する近代主義と、起源への望郷に浸って土俗的なものから知的に脱出していく表出の転移をみないふたつの立場が批判される。この場合、〈関係の絶対性〉はふたつの立場と自己区別しながら、表出の知的上昇過程をみとどけるために手放すことのできない基本的な視座であった。

4　前－表出的なるもの

ところで、吉本において、表出の展開過程は、言語の韻律から高度な喩へと、上昇過程を通ってすすむものとして構想されている。それは言語表現の作者がそのつどえらびとることですすむ過程である。吉本はこれを韻律・選択・転換・喩の四つの契機から整理し、つぎのように述べる。

言語の表現の美は作者がある場面を対象としてえらびとったということからはじまっている。これは、たとえてみれば、作者が現実の世界のなかで〈社会〉とのひとつの関係をえらびとったこととおなじ意味性をもっている。そして、つぎに言語のあらわす場面の転換が、えらびとられた場面からより高度に抽出されたものとしてやってくる。［中略］そのあとさらに、場面の転換からより高度に抽出されたものとして喩がやってくる。そして喩のもんだいは作者が現実の世界で、現に〈社会〉と動的な関係にあるじぶん自身を、じぶんの外におかれたものとみなし、本来のじぶんを回復しようとする無意識のはたらきにかられていることににている。［中略］そして、文学の表現として、言語がつみかさねてきたこれらの過程は、現在の水準の表現にすべて潜在的には封じ込められている。そしてこれが、指示表出としての言語が〈意味〉としてひろがって交錯するところに、詩的空間・散文的空間の現在の水準がえがかれる（I：一八二―一八三）。

時枝誠記は声の連鎖と音声の表出においてリズムが「源本的な場面」だと考えたが、[9]吉本もこれを受けて音韻と韻律をまず言語表出の出発点にとらえる。つぎに短歌の五七五七七のような音数律に導かれつつ、名詞句や副詞句、人称転換などによって場面の転換がおこなわれ、像が創出される。そして表現を包括する詩句や散文の構成によって高度な喩がうみだされる。最終的に作り出される喩は仮構のうえに成立する、極度に抽象化された自己表出である。だから喩が表出の現在の水準の達成点に位置するのである。そしてそれは疎外された〈じぶん〉を自己の外部にあるものとして認識し、なおかつ疎外態としての〈じぶん〉を回復しようとするものでもある。そこでは表出に相克をもたらす〈社会〉そのものが、表出のなかで克服されることさえ、期待されているのである。〈社会〉と〈表出〉の立場はそこで逆転することが期待されているのだ。むしろ、表出においてこそ、現実の共同体の相克や国家を無化することさえ可能だと構想されるのである。ここに吉本の表出論が有する包摂機能の帰結がある。埴谷雄高の「未来からの視線」にもとづく永続革命と国家廃絶の思考に比肩されるこの表出による革命論の意味については最後に論じよう。[10]それにかかわってここで確認しておきたいことは、こうした吉本の表出の展開過程は、選び取られたものであると同時に、導かれたものでもあるということである。

吉本は、時枝言語論における、「音声の表出があって、そこにリズムが成立するのではなく、リズム的場面があって、音声が表出される」という音韻・韻律と音声の形成に関する記述に際して、つぎのようにいいかえている。

ここでわたしたちが想像するのは、路上にロウ石や白墨でかかれた円のなかに、ビイドロ石をうまく蹴りこんで遊ぶ子供の遊戯だ。かかれた円はリズムで、言語は蹴りこまれるビイドロ石だ（Ⅰ：五八）。

書かれた円が路上に陣地をひろげていくその形はあらかじめ決定されていないが、音声が言語となるためには、音声＝石が蹴り込まれる円がランダムに描かれなければならない。そしてこの円の集合は「日本語のような等時拍音の言語では、かかれた円は同じ大きさの等間隔の群をなす」（同上）。そこにひとつの構成がうまれる。このような表出に先立つ規定関係の存在について、吉本は「言語の音韻はそのなかに自己表出以前の自己表出をはらんでいるように、言語の韻律は、指示表出以前の指示表出をはらんでいる」と結論づける（Ⅰ：五九）。ここでは音声表出をめぐって、音韻と韻律における前‐表出的なものの存在が説明されている。しかも、こうした働きは言語表出のはじまりの段階だけでなく、その上昇過程においてあらわれる喩においても認められるものとして理解されている。詩歌一般の喩から、短歌における特徴的な喩の在り方を説明する際

> に、つぎのようにいわれる。
>
> いままでとりあげてきたのは、ふつうの詩的な喩が短歌的な表現のなかにあらわれると、どんな特殊なべつな役割をもつかというもんだいだった。たとえてみれば、あらかじめ立方形につみかさねられた角砂糖を、円い器にいれたらどんなつみかさなりにかわるかというようなものだ。そして、つぎには、あらかじめ円い器で角砂糖を作ったとしたら、その形はどうなるかというもんだいにひとしい短歌的な喩がやってくる。西欧近代詩の喩の概念にはけっしてあらわれそうもないが、短歌にだけあらわれる喩について、無造作にはすでにいくらかふれてきたもんだいだ（Ⅰ：一六五―一六六）。

ここでは、それぞれが詠む内容が異なる上句と下句が「指示性の根源」（Ⅰ：一六七）としての音数律に導かれつつ、結句において包括されてひとつの像を結ぶような表現が論じられている。その場合、「あらかじめ円い器でつくられた角砂糖」とは、そうした包括的な像にむかって構成され導かれる歌の要素としての詩句である。シュールレアリズムやダダイズムの表現作品をみれば、ばらばらな像を伝える詩句が結句でひとつの喩をつくることが西欧近代詩にないとは思わないが、ここでの吉本の関心が、表出体をその前段階において導く働きにあることは明らかである。いみじくも「円い」という比喩がここにもあらわれているが、それは作者が選び取るまえに形が決まっている表出体の要素である。いいかえれば、ある表出体を恣意的に、知的に選び取ることと、その表出体が回帰的で循環的な姿を取ることが、同時に遂行されるのである。ここに、「関係の絶対性」という公式でしめされた負のエネルギーの転換の意味がみいだされる。習俗や遺制的な関係を負債へと転轍することは、回帰性に対する知的な働きかけなのである。それは重層的な関係性のうちの主体を差異化する身振りに類似している。しかし、ニーチェの永劫回帰をひきあいに出すまでもなく、その差異化には力が必要なのであり、その契機はテクストの次元にゆだねられるのではなく、関係性の意識的な転覆として設定されるべきなのだ。それは批評理論が政治的倫理的実践への飛躍をもたらす瞬間であり、私たちが継承すべき抵抗の契機である。しかし、吉本のなかで、この抵抗の契機は、意識的なはたらきかけから無意識的で日常的なルーティンへと、より抵抗値の低いあり方が求められることで、その力が減殺されていくような見通しのもとに置かれていた。それが前－表出的な働きの言語化・理論化への傾注となってあらわれる。

5　おわりにかえて――回帰と超克

前－表出的な働きを言語化するために、吉本はさまざまなアプローチを試みている。高度消費社会論へと踏み込んだあとの評論集『ハイ・イメージ論Ⅱ』（一九九〇）では、ヘーゲル『精神現象学』において、感覚的確信から自然・事物の法則の認知において、その背後で働いている「観察する理性」が参照されている。[*11] しかも、この前－表出的な表出の働きは、「観察」の水準にとどまりながら、マルクスの労働する実践に対して優位性が与えられる。それが、遺制への回帰を始原的な力として有しつつ、同時に現実の相克を超克していく未来を表出の水準で先取りするからである。

マルクスはこれ（生産力概念）によって、たしかに自然の一階梯としての人間とのこりの全自然との関係を必然化することができた。それと同時にこの関係を息苦しくしたともいえる。本来的にいえば摂動（ゆらぎ）として、余裕、反響、戯れ、遊びとして存在した交換作用を、ぬきさしならない「組み込み」の概念に転化してしまったからだ。[*12]

「摂動（ゆらぎ）として、余裕、反響、戯れ、遊びとして存在した交換作用」とは、音韻・韻律のような言語論的に始原的な経験をそなえつつ、なおかつ自由に選び取ることができる表出という行為の領域を指しているといっていいだろう。『言語にとって美とは何か』に続く「心的現象論序説」（一九六五年―）の連載と『共同幻想論』（一九六六年）を経て、この問題にたいしては、疎外の原生的な姿へと遡りながら、より超越的な〈喩〉の概念の彫琢がめざされていく。その結果、意識面においてより抵抗のすくない心的状態である夢や無意識における表出の可能性にたどりつく。そのことは、吉本が「マチウ書試論」を掲載した同人誌『現代評論』以来の時代の先達であった島尾敏雄の作品『夢の中の日常』を特権化するつぎの文章にあきらかである。

あるひとつの文学作品のなかで、言葉が像をよびおこすときその像をどう位置づけたらいいのか。〔中略〕言葉の概念と像のあいだに内から連関があり、しかも概念の強度が減衰するのと言葉の像が出現するのとが逆立するようにかかわっていることを前提にしてみる。すると入眠状態あるいは夢の状態がいちばんこれにちかいことがわかる。*13

この入眠状態とは、鳥瞰的な視点をとりつつ、しかしまた視覚的ではない言葉の像を手に入れている状態だと理解される。

（その像は――引用者注）むしろ意味の流れを視覚像（映像）とはちがった（たぶん死の向こう側から投影されるという比喩で語られるような）像にとってまったく置き換えてしまった言葉の位置を意味している。それは視覚器官を媒介せずにつくられた像、あるいはすでに概念がまったく減衰された状態ではじめて可能な言葉の像だといってよい。〈裏返った身体〉または〈表面のない身体〉（いずれも島尾『夢の中の日常』から――引用者注）が言葉という理念にとってなんであるのか、いまのところ不明だとしても、あかるい未明にはちがいないのだ。[*14]

「概念が減衰した状態」とは、言葉を知的に構築する意味で自己表出性の強い〈概念〉が、言葉から自由になるという意味で真逆の方向において自己表出性の強度をもつ〈像〉へと、溶解してしまっている状態である。それは自己表出と指示表出の関係＝関数が現実生活の水準とのあいだでリアリティをもって安らっている水準である。心情と言語が融合して像をつくっているといってもいいであろう。同時にそれによって、「現実の相克」や、「生活の水準」と「理念の水準」の分裂という、現実からの疎外が回復されている状態である。現実からの疎外の完全な回復とは、現実そのものが表出体のなかに解消してしまっている状態以外にはない。その状態でしか産出されない言語表現として、島尾敏雄の「裏返った身体」や「表面のない身体」という言葉があると吉本は理解したのである。

なるほどこのような表出と喩の水準の定立には、天皇制論についての卓越したエッセイである「天皇および天皇制について」（一九六九年）で示唆されていた、「天皇（制）を無化する方法の見透し」についての思索の足跡がうかがえるだろう。[*15] この水準において、民衆が支配者や遺制とのあいだで「不気味な神秘さ」をもって結びついてしまう関係は、知的だがより調和的な〈像〉によっておきかえられるからである。この意味で、吉本が推し進めた表出論とは、表出による観念の革命論なのである。しかし、「死の向こう側」からの視線といいかえられる、〈喩〉が頂点に達したこの水準において、「関係の絶対性」がはらんでいた緊張関係は中和されるどころか、霧消してしまっている。吉本の表出論は知的であることが非－知的であり、革命的であることが反革命的であるという両刃の剣なのである。だが、ここでは、一九七〇年代以降に顕著になる、吉本隆明における中流化との結託についての従来の批判を繰り返す必要はないだろう。ここではあくまで吉本がその表出論を構築するにあたって、「関係の絶対性」という視角をたずさえることで果たした、批評理論における歴史的な意味を確認すればいいのである。

註

＊1　『言語にとって美とはなにか』Ⅰ（角川ソフィア文庫、二〇〇一年）七―八頁。以下、本文中の引用に巻数と頁数を記載。なおその際、Ⅰは第一巻を、Ⅱは第二巻を指す。

＊2　吉本「詩と科学との問題」『吉本隆明全著作集』五（勁草書房、一九六九年）六頁。

＊3　浅利誠『日本語と日本思想　本居宣長・西田幾多郎・三上章・柄谷行人』（藤原書店、二〇〇八年）。同書において、浅利誠は柄谷行人の「おのづから」なる「日本的自然」論の批判の内実を慎重に腑わけしている。とはいえ、日本語の包摂機能を強調することは、「天秤型」のインド＝ヨーロッパ語との相違とそれに対する文化的優位性を強弁する、排他的な日本文化論に転落する。実際、それはかつて総力戦期に紀平正美を中心とした国民精神文化研究所が生産した言説であった。

＊4　鼎談「正岡子規の位相——司馬遼太郎『坂の上の雲』を読み直すために」菅孝行・三角忠・友常勉『季刊リプレーザ』第二期第二号（二〇一〇年五月）。

＊5　吉本隆明『源実朝』（ちくま学芸文庫、一九九〇年〔親本は一九七一年〕）二六〇頁。

＊6　吉本「マチウ書試論——反逆の倫理」『吉本隆明全著作集』第四巻（勁草書房、一九六九年）一〇五頁。

＊7　小林秀雄「私小説論」『小林秀雄全集』第三巻（新潮社、一九八三年）、亀井勝一郎『亀井勝一郎全集』第一巻（講談社、一九七三年）二二一—三二一頁。

＊8　Edward Said, *The Beginning: Intention and Method* (New York: Columbia University Press, 1985[1975]), Preface, p. xvii. 日本語訳、エドワード・サイード『始まりの現象　意図と方法』山形和美・小林昌夫訳（法政大学出版局、一九九二年）xvii頁。

＊9　時枝誠記『国語学原論』（岩波書店、一九四一年）一五五—一五六頁。

＊10　埴谷雄高「永久革命者の悲哀」『埴谷雄高全集』第四巻（講談社、一九九八年）一七—四四頁。

＊11　『ハイ・イメージ論Ⅱ』（福武書店、一九九〇年）一四六頁。
＊12　同右、一五三頁。
＊13　同右、一九七頁。
＊14　同右、二一二頁。
＊15　「天皇および天皇制について」『戦後日本思想大系　国家の思想』（筑摩書房、一九六九年）三七頁。

〈意志〉の思考　一九七八年、ミシェル・フーコーと吉本隆明の対話

1　はじめに

「世界認識の方法」は、一九七八年四月二五日におこなわれたミシェル・フーコーと吉本隆明との対話の記録である。[*1] のちに山本哲士らのインタビューに答えて、吉本は、対談にあたって、フーコーの『言葉と物』が提起した「観念の考古学的な層」に関心を抱いたと語っている。「フーコーが『言葉と物』のなかでいっている「観念の考古学的な層」はどこで切れば見つかるのか、これをはっきりといえれば、一番的確に、具体的な市民社会に対する観念の共同性の理想的な水準を見つけだすことができるんじゃないか。市民社会の具体的な過程をできる限り反映しながら、なおかつ一般性をもつことが可能になるんじゃないか[*2]」。

一九九五年におこなわれた吉本へのインタビューにつけられた山本哲士の解説の副題が、吉本－フーコー対談のテーマをよくしめしている。「マルクス主義を超える「意志論／闘争論」」[*3]。そこでは、主に吉本によって、マルクス主義、そしてマルクスの思想を廃棄することは実際に可能かという問いが、とりわけマルクスがヘーゲルの観念論体系の〈意志〉の問題をうち捨てずに保持したことをどう理解すればよいのかという問いとして、発されたのであった。ところでこの対話の内容そのものに入る前に、このときの吉本の関心がどこにあったのか少しばかり補足しておいたほうがいいだろう。やはり『世界認識の方法』に収められている、一九七九年に発表されたインタビュー「世界史のなかのアジア」において、ベトナムによるカンボジア侵攻と中国・ベトナム・カンボジア三国紛争にかかわって、吉本は政治革命と社会革命とが別のものであること、また「世界史的現代」のなかでの「〈現代アジア〉」という概念を把握すべき重要性を説いていた。その見通しは、さらに、「マルクスの思想は、まだほんとうの意味では一度も打撃を受けていない」「ほんとうの意味では、一度も実現していない」という確信から述べられていたのであった。[*4]そして、そのような関心を抱いていた吉本にとっては、マルクス主義もふくめて、歴史の合法則性のみならず、その連続性に対して逆に「非連続性」を体系化したフーコーの〈知の考古学〉の「異議申立て」は、「大変ショッキング」であったと表明されていたのであった。[*5]従ってフーコーとの思想的対話は吉本にとって転機となったことが推察されるのだが、変化を迎えていたのは吉本ばかりではなかった。

この対話において論議された〈意志〉の問題は、一九六〇年代の『言語にとって美とはなにか』の「表出」論や、『共同幻想論』の〈個／対〉幻想論をふまえて『最後の親鸞』『初期歌謡論』を上梓していた吉本にとって、存在論的－喩法（ont-tropology）的な言語思想と〈信〉の問題の把握を経て、八〇年代に発表される『ハイ・イメージ論』などの高度資本主義文化論・都市論への関心の原基的な問いを構成していくことになる。一方、一九七六年に『性の歴史』第一巻『知への意志』を刊行したフーコーの場合は、〈意志〉は、「狂気」あるいは「人間の夜の部分」をめぐる彼の六〇年代の思考との連続性を解くための手がかりであった。それは、『性の歴史』第二巻『快楽の活用』の出版が第一巻から八年の期間を必要とし、中世ヨーロッパ社会どころか、古代ギリシャ世界における自己の「自己への配慮」あるいは自己内部の「闘争」を、倫理と真理、そして権力の形成の問題構成において扱うことになる八〇年代のフーコーの思考を理解することにもかかわる。先回りしていえば、そうした問題構成を念頭においていたからこそ、吉本との対話においてフーコーは、「階級闘争」の、「階級」ではなく「闘争」の再考を提起していたのであった。さらに意識しておかなければならないことは、この対談の年である一九七八年秋からフーコーはイラン革命に対する深い共鳴――「主権者をついに武装解除したこの裸の集団的な意志」――を表明し、立て続けにルポルタージュを発表するということである（その態度は一九七九年には激しい批判にさらされることになるが）[*6]。

一九七八年に出会う吉本隆明とミシェル・フーコー。そうした二人の思考の推移を念頭におきながら、この対話において焦点化した〈意志〉という問いがはらむ論点を明らかにしてみたい。

2　「意志」と「逆さまの世界」

まず、吉本の理解するマルクスにおける意志の問題とはどのようなものであるかをしめそう。そもそもマルクスを語ることとは、吉本にとっては、ヘーゲル－マルクスの系譜において語ることである。それは「世界把握の可能性」にかかっている。「ポジティヴないい方をしますと、この問題の核心にあるのはマルクスのものといっていいのかヘーゲルのものといっていいのか、どちらかといえばヘーゲルに優先権があるといったほうがいい世界の総合把握性のようにおもいます」[*7]。これは世界史を世界史として、歴史を歴史として把握するように、フーコーの〈知の考古学〉のように知の蓄積において理解するのではなく、「把握者自体が特別な人間であるということが必要」な把握である[*8]。この「特別な人間」とは、「ニーチェ、系譜学、歴史」のなかでフーコーがニーチェとともに拒否しようとした超越論的歴史主体にひとしい[*9]。ただし、吉本はこの超越論的歴史主体を無条件に導入しようというのではない。それは、ヘーゲル『歴史哲学』の世界（史）把握の全体性のもとでその歴史段階論を、単なる時系列的発展の歴史としてあつかうのではなく、問題提起的な時間概念に置きなおそうとするための世界把握だというのである。そのような意味で、ヘーゲル的世界把握こそが「〈アジア的〉」という概念を導入するための必要条件なのだと。どういうことだろうか。吉本によれば、「ヘーゲルにとっては〈歴史〉という概念は、人間の理念的な意識のうちで自然規定というものがどれだけ生かされているか、どれだけ残っているか、あるいはすべてふっ切られて意識の普遍性の問題に転化されているかという把握の仕方と対応してあきらかに時間概念を構成している」[*10]。つまり、空間的な西洋・第一世界／第二世界／第三世界という地政学的な世界把握は、同時に歴史的、時間的な世界把握であり、しかもそこには、「自然規定」の差異をめぐる地域関係図を可能にするような、「意識の普遍性」への転化があるというのである。そもそも吉本は、ヘーゲル－マルクス的な「アジア的共同体」という把握を、普遍／特殊あるいは西洋／アジアという二項対立的で階層的な序列関係では理解しない。そこで把握された「アジア的共同体」には、そうした序列関係に還元されない特性があるというのである。むしろ、「西洋」という定義がそうであるような普遍性を有しているのだ。そしてそれを保証しているのが、ヘーゲル－マルクスにおける「意志」の把握である。吉本はいう。

マルクスの考え方を図式的に要約しますと、根底的に一つの自然哲学があり、その根底の上に、社会の自然史的な考察である経済社会構成体の歴史の考察というものがあって、なおその上にヘーゲルでいえば意志論ということだとおもいますが、ヘーゲルの意志論の全領域が乗っかっている。意志論の領域ということでヘーゲルがかんがえたことは、法律、国家、宗教、市民社会、それからもちろん道徳とか人格、自己意識などの全部を含めたものだとおもいます。[*11]

ここでも吉本は自然弁証法と唯物史観（史的唯物論）との連続性を、唯物史観を悪名高い「合法則性」に還元した桎梏としてではなく、むしろ意志の発生論と構造論の展開を可能にする条件として理解しているのである。ここでいわゆる「上部構造」の領域として語られている「意志論の領域」は、吉本が『心的現象論序説』（一九七三年）において用いた、生命体が有機的自然にたいして持つ異和としての「原生的疎外」と、理性的判断とそれが生み出した概念的対象との関係である「純粋疎外」とを含んでいる。[*12] さらに、そうしたふたつの「疎外」は、夢などにおいてあらわされる「〈表出〉」としての「心像」のことでもある。こうした吉本の「疎外」論と「〈表出〉」論は、やがて『ハイ・イメージ論』（一九八九年―一九九四年）などで展開されることになる、つぎのような事態のことである。例えば日本語には、日本列島に漢字がもたらされることではじまった書記の歴史によって、漢字以前の歴史と漢字との出会いの「異和」が刻印されている。この「異和」は、「民族語のリズム」として、原初的な痕跡として残る。しかしこの「異和」の言語経験には「言語の普遍的な価値」そのものがしめされているという。[*13]これらの痕跡と普遍的な価値を体現するのが「意志」の領域なのである。ここで吉本が読みとっている「意志」とは、吉本が後に表現する言葉を借りれば、「構造論的層」と「反映論的層」といわれる、古層と現実的な存在形態とを有している。[*14]しかもこうして把握されたふたつの層からなる構造は、発生論においてつねに同時に普遍的な価値論をともなっている。それゆえに他の体系への回収と序列化を回避し、その体系とのあいだで対等で比較可能な関係を結ぶことができるのである。ここから吉本がどのような論理において「アジア的」という把握を導出しているのかが理解できるだろう。この反－位階的な論理は、吉本がいう「倫理」あるいは「自由」を、そして「意志」を規定しているのだ。

わたしたちは〈倫理〉にまつわる諸概念を〈自由〉を制約するものと受けとっている。だがヘーゲルではそうでないのだ。［中略］ヘーゲルでは〈倫理〉の諸概念も〈法〉の諸概念もそれを実践する手段としての〈国家〉も、〈自由〉の実現の必然的な連環と規定されている。これが自己意識の実践性である〈意志〉にまで連繫される概念の必然性は、いわば恍惚をもよおさせる西欧的思考の典型である。論理的な厳密さのないことからくる脱落と、〈自由〉の概念を〈自然〉の概念にしらずしらずおきかえているわたしたちの肉感的な脱落の意味が解かれなければならない。［中略］われわれのあいだで（つまりアジア的社会で）〈国家〉とかんがえられてきたものは

〈国家〉を脱した〈国家〉、あるいは〈国家〉のなかの〈国家〉にすぎないこと。[*15]

「わたしたち」において吉本は「〈アジア的社会〉」の共同性を表現しているが、ここで対比が抽出されているのは、倫理と自由とが対立的である「〈アジア的社会〉」と、倫理や法、国家を自由の実現の必然的な契機とする「西洋」である。それは自由と自然とを置換可能なものとしている受動的均衡（アジア的社会）と、それと対抗関係にある能動性（西洋）として対比されるふたつの異なる「意志」である。そのうえで、「〈アジア的社会〉」における「〈国家〉」は、ヘーゲル的な公準における「国家」と異なるとされるのである。だが、ヘーゲル（－マルクス）の世界把握は、歴史的時間的かつ地域的な総合的把握によって、この異なる意志、異なる〈国家〉の水準を反－位階的に有してもいる。吉本によれば、そうした差異の問題について、エンゲルスは現実態をとおした証明にまで適用したことで、その矛盾を露呈させた。他方、マルクスは抽象的な示唆にとどまることで「全意志の体系」を残した。ここに吉本が救出しようとするヘーゲル－マルクス的把握の核心がある。

だからエンゲルスはマルクスと違って、ヘーゲルの『精神現象学』の全領域をうまく整理づけて、それを個人にわたるものと、共同のものにわたるものとに振分けました。そして歴史を決定する要因としては、個人の意志とか個人の道徳、つまり人格的道徳とかですね、そういうようなものは、全然偶然的な要素で入ってこないから、それは無視してもいいとみなしました。ぼくはマルクスがヘーゲルを始末しないで、ヘーゲルの試みた全意志の体系をそのままに残したことを、大きく問題にしてきたようにおもうのです。[*16]

だがまた、エンゲルスの意志論への留保をつけつつ、それもまたヘーゲル的な「意志の体系」の可能性をひきだしていると、エンゲルスが評価される。

エンゲルスは意志論の領野で、無数の個人意志の行為的な結果の総体、偶然性のようにしか具現されない社会状態にたいして、無数の意志が無数の意志のまま具現されているし、また絶えず意志状態のままで自己実現を完了するものとしての共同意志（法律・国家・宗教のような）に着眼していったようにみえる。偶然性のように存在する社会状態から、たえず無数の意志の給付を受けている共同意志［中略］にたいして、意志の給付源としての無数の民意。そして無数の民意を意志が存在しない自然状態のようにつねに還元しながら存在する社会。これがエンゲルスの思想の核心だ。まったく偶然が支配しているようにみえる表層と、この偶然を支配しているように内部に隠れている法則というエンゲルスの発想は、解答可能かどうかとかかわりなく魅力的である。[*17]

「意志の総和」論を展開した『フォイエルバッハ論』のエンゲルスは、一見すると唯物史観を自然史的法則の社会理論への適用とみなし、スターリン主義の先蹤とされた、後期エンゲルスの「合法則性」論であるようにみえる。しかしその「意志の総和」論には異質な問題提起が含まれている。吉本はその異質さをつかまえて、意志なき無数の民意と、しかしそれをひとつの傾向へともたらす「法則」、つまり、〈意志〉におけるふたつの層——表層と考古学的な層——の問題であると理解したのである。

問題はこのようにいいかえることもできるだろう。俗にいわれる「アジア的社会」とは「アジア的専制」のもとで「暗黙の合意」から成り立つ社会である。これに対して西洋的社会とは自立的な個人にもとづく契約からなる。吉本が格闘しているのは、このふたつの社会原理の差異がじつは〈意志〉という領域において同時に論じることができること、そしてその先蹤がほかならぬ『フォイエルバッハ論』のエンゲルスであるというのである。しかしまたそうした〈意思〉の把握の先蹤はマルクスであるばかりでなく、ヘーゲルでもあったとまでいうのである。それは、「法則」という問題にかかわって展開される。

吉本にとっての「法則」とは、唯物史観や階級闘争の「法則」だけではない。ここでいわれる

「法則」とは、むしろ、ヘーゲル『精神現象学』の「逆さまの世界」（「顛倒した世界」）における「法則（Gesetz）」に該当している。これは、ガダマーが『精神現象学』の「構造全体の枢要」とした部分である。[*18] ここではガダマーの整理にしたがいながら、その内容を紹介しよう。

第一部門「意識」でヘーゲルが展開するのは、意識が個々の主観性を把握しながら自らが自己意識であることを自覚する過程である。そして「逆さまの世界」が提示される「力と悟性」の章においては、対象の内的本質を把握する悟性の世界が、超感性的な世界であり、絶えざる生成が存在する「真なる世界」であることがしめされる。ここであらわれるのは対象の真理としてあらわれる「仮象の全体」としての「法則」である。しかし、この「法則」はまだ真なる現実ではない。それは変化する現実そのものを欠いた、「法則の静かな国」である。だが、「法則の最初の国は、交替と変化の原理を欠いているが、逆さまの世界（Die verkehrte Welt）としてそれを獲得する」[*19]。この超感性的な世界である「逆さまの世界」は、逆さまにする世界を自分のものとして有している。あるいは、「世界の生ける現実は、世界が逆さまになっている状態にこそある。［中略］つまり、やがて明らかになるように、自分のなかで逆さまになっているというのは、自分を自分自身に対して刃向かわせる、自分自身に関わらせること、要するに生き生きとしているということなのである」[*20]。そしてこのような「逆さま」が自己に還帰することは、「法則」が外的な「法則」であるというだけではなく、それが超感性的世界の現象の法則であるということでもある。「現象の現実とは、法則であり、かつそれが逆さまになることである」[*21]。かくして「逆さまの世界」とはつぎのような「世界」という規定を受けとることになる。

注記に値することは、法則が自己をやっと現象の全体性のうちへ自己を還帰させており、そして、その法則に、全体という性格つまり世界存在がここでやっと認められるようになっているということである。すなわち、『論理学』においては、法則の自然な国が、けっして超感性的世界と呼ばれているのではなくて、逆さまの世界、つまり、全体として自分のうちに還帰し、絶対的に存在する世界がやっと世界と呼ばれる。[*22]

「逆さまの世界」とは、「仮象の全体」において現象が「反転（Umkehrung）」している世界であるが、この反転において、また、自己とかかわり、自己に還帰する全体として、絶対的に存在する世界である。これは認識をもたらす現実の事象の「法則」であり、それゆえ認識そのものの「法則」でもある。この認識には、最初にあらわれる「逆さまの世界」に対して、今度は「反転」の実践によってその世界とかかわることで、不当な状態にある自己意識を実現しようとする能動的で対象的な実践がある。ガダマーはここで「すべての場合に「反対自体」である風刺文学」を参照しているが、むしろ真なる世界の真なる姿を白日のもとにさらす実践として、反転が位置づけられるのである。[*23]

吉本の意志論に話を戻せば、無数の民意と意志との差異は、こうした「逆さまの世界」と「反転」の実践という「法則」にかかわっていることが理解できるのではないだろうか。無数の民意を「意志」の実践として把握することが「法則」の把握なのである。ヘーゲルの自己意識の自由の実現は、自己を「反転」をとおして意識し実現することである。だとすれば、そこに西洋的な超越的理性のもとで規定される「自由」ではなく、現世主義と「おのずから」なる「自然」概念において理解される「〈アジア的社会〉」の「自然＝自由」論にもとづく「反転」をもちこむことも、けっして突飛ではないことになる。

こうした吉本の論理は、「日本のナショナリズム」などの一九六〇年代初頭の論考を、日本社会の原基的な思想構造として洗練させたものでもある。一連の論考で吉本は、封建的な寄生地主制と資本制のうえに成立したものとして天皇制を定義したコミンテルンの「三二テーゼ」よりは、橘樸や北一輝、大川周明らの農本的ファシズムのほうを評価していた。[*24] そのように「反転」の実践をこころみるそれぞれの意識の力動的な図式をしめしながら、吉本は、「アジア的」な後進性と土着性のうえに成立した高度資本主義として日本資本主義とそのナショナリズムを規定し、天皇制をその「逆立ちした鏡」とみた。[*25] まさに天皇制とは「逆さまの世界」としてしかあらわれない世界における「反転した」全体性なのである。

以上の考察は、また、吉本における、天皇制、国家、そして「逆さまの世界」を「反転」するための実践概念を理解するための手がかりを与えてくれる。だが、このことについて考察するのは後回しにしよう。ここで、二人の対話にもどり、フーコーの意志論との接点を追跡してみたい。

一見すれば、吉本のような問題の設定は、国家内部の、そして国家間に生起する暴力と権力を問題化しない。そして吉本との対話において、フーコーが一貫して提起していたのはまさにその問題だっただろう。だが、一般的な意味で権力を問題化する視角とは、まず、「権力を抑圧の中において告発する」ことである。しかしそれは権力の一面でしかない。そのことはフーコーがすでに『知への意志』においてしめしたところであった。[*26] 実際、中越紛争のような、社会主義国同士の主権をめぐる戦争が勃発していた一九七八年の状況において、権力は自由意志に対する侵害や強制という局面だけからは規定できない。さらにそれが作動する統治や抵抗の個々の局面を全面的に見直す必要がある。当然ながら権力についてのこうした慣習的な理解を批判するという確認は、吉本とフーコーとのあいだでは共有されていたと考えられる。むしろ、対話において〈意志〉をめぐる問題がヘーゲル的な超越論的主観性とその実践の問題をはらんでいたことに、注意が向けられなければならない。そして確かに、フーコーが吉本の提起に反応したのは、超越論的かつ主観的な〈意志〉の実践性という問題であり、それが対話の後段において、フーコーが提起した「闘争」というテーマを生み出していったのである。

て説明している。

3 〈意志〉の実践

前節と重複する内容を含んでいるが、吉本はその意志論を戦後主体的唯物論の系譜に位置づけて説明している。

それから意志論の問題ですが、これは日本における第二次大戦以降のマルクス主義の歴史的な展開過程をお話ししなければ、意志論のなかに国家哲学から、宗教、道徳、倫理、自己意識の問題まで含めてしまうような含め方は、あるいはあまり理解しにくいのではないかとおもいます。日本の戦後のマルクス主義は、主体性唯物論というような言い方で、マルクスが捨てなかったヘーゲルの全観念的な骨格を、ロシアで展開されたマルクス主義唯物論にねじ込んで復活させようという問題意識をとってきました。［中略］日本の主体性マルクス主義は、ヘーゲルのいう国家哲学の領域から宗教論の領域、個人道徳の領域、自己意識の問題までも、全部マルクス主義のなかに包含して復活させようと試みてきました。そういう流れの上で、ヘーゲルの体系を全部意志論というように総括しているのです。[*27]

吉本が『言語にとって美とはなにか』で依拠した三浦つとむのような主体的唯物論も、あるいは梅本克己のそれも、「マルクスが捨てなかったヘーゲルの全観念的な骨格」を強引にねじこんだものとする整理に注目しよう。先にみたように「逆さまの世界」の実践としての思想史の整理にもとづくならば、主体的唯物論も「反転」の意志として位置づけられる。さらにそれは「アジア的社会」の古層を発生論的にも価値論的にも有していることになり、農本ファシズムとしての橘撲や北一輝らと「反転」の論理を共有するという、興味深い思想史の系譜を描くことができる。[*28]

一方、フーコーは吉本の提起を受けて、〈意志〉の問題を次のようにときほぐした。

思うに意志というのがこれまで西欧哲学で扱われてきたとするなら、その扱われ方は二通りしかありませんでした。一つの考え方は自然科学的なモデル、いま一つは法哲学的なモデルという形でしか扱われていない。つまり、意志というのは、自然哲学的なモデルに従えば、力であり、これはライプニッツ的なタイプで代表されますし、法哲学的なモデルに従うなら、意志というのは、善悪をめぐる個人的意識という道徳の問題にほかならず、こちらはカントによって代表されるものです。［中略］ところが、このような意志をめぐる思考の図式とでもいうべきものが、つまり自然と法という伝統的な図式に断絶が生ずる。その断絶は一九世紀の初めに位置づけられるように思います。マルクス以前に、明らかに伝統の断絶という事件のようなものが起こっています。その事件とは、今日、西欧ではいささか忘れられた形でいますが、絶えずそのことが気にかかっており、考えれば考えるほど私にとって重要な人物だと思われるショーペンハウエルのことです[*29]。

このようなショーペンハウエルを経由して、ニーチェにおいて「意志と情念（volonté-passions）」、そして「意志と幻想（volonté-fantasme）」の把握が可能になることで、意志論がそのものとして扱われるようになったという。フーコーはこうしたニーチェの意志をふまえて、〈意志〉における「異質な水準」を問題にする「闘争論」を語るのである。

たとえば、事態は、すべてが理由もなく生起するというのではなく、事態は、自然の領域にそうした事態が起こっているときの因果律に従ってすべてが生起するわけではなく、人類の歴史的事件や人間の行動を解読可能にするものは、抗争、葛藤の原理としての戦略的視点だと宣言することによって、人は、いままで定義しえずにいたタイプの合理主義に立ちうるのだと思います。そうした視点に立ちえた場合、活用すべき根本的な概念は、戦略であり、抗争であり、葛藤であり、事件であるということになりましょう[*30]。

ここで、形態論ではなく力動論としての「戦略、抗争、葛藤、事件」を機軸にすると強調することは、権力を、『言葉と物』であれほど精緻に分析された言説編制の様式との関係において語るだけでは不十分だということである。さらに『性の歴史Ⅰ　知への意志』で主張された、「法なしで性を、王なしで権力を考えること」も適切な方法ではない。[*31] むしろ『快楽の活用』における、主体の〈自己統治〉の構造といわれていた視角が実際に戦略や抗争、葛藤をとおしてどのように展開されているか、あるいはそうした視角を記述としてどのように遂行するかが要請される段階にある。[*32] それは自己との関係において、フーコー自身を異質化するような実践でもある。例えば「倫理的な男らしさ」をつくるために「自己自身との格闘技において、しかも欲望を支配する闘いにおいて目標とすべきものは、自己との関係が、人が男性として、自由な男性として自分の従属者に確立したいと切望する、支配と階層秩序と権威を旨とする関係と異質同型になるような、そうした地点である」とされる。[*33] ここでは差異的な自己のさまざまな傾向とのあいだで自己統治のための闘いが展開されているが、それは「支配と階層秩序と権威を旨とする関係」と異質同型となるような差異化の実践としての戦略・抗争を記述することである。逆説的には、この支配秩序と異質同型の関係では、支配秩序に従いながらも異質な、さまざまな差異化が試みられているのである。さらに吉本との対話では、実践における差異化の側面は、前衛党の革命運動の裏面としていいかえられていた。

革命というもの、闘争というものの個人的な意志は、他の水準の意志とどうかかわるかといった問題は、私にとっても残された重要な課題であるように思います。〔中略〕正直にいって、この問題は私の著作の中でも充分に究明されてはおらず、『知への意志』において、国家権力の側からの戦略というかたちで、かろうじて言及されているにすぎません。おそらく、この意志論というか、その異質の水準の分析は、他のどの国にもまして日本で有効に機能するものかもしれません。〔中略〕闘争のこうした側面というものもまたヨーロッパやフランスではほとんどこれまで指摘されることがありませんでした。〔中略〕つまり闘争の正統的な唯一の担い手は党しかいないとみなされていたわけですから、またその党というものは、合理的なある一つの決断を下しうるヒエラルキーを持った組織であるわけですから、何か暗い狂気を含んだ部分とか、あるいは人間の活動の夜の部分という、まあ暗く孤立した部分というものが――いわゆる闘争には、当然、必然的に含まれていたにもかかわらず――それそのものとしてはどうしても視界に浮上してくることがなかったのです。たぶんニーチェが、あるいは理論ではなく文学的作品だけがそれを語ったにすぎません。[*34]

ここに、闘争に含まれていた「何か暗い狂気を含んだ部分とか、あるいは人間の活動の夜の部分という、暗く孤立した部分」とは、フーコーがクロソウスキーの物語『プロンプター』をもとに、「台詞をつける／横取りする（souffler）」ことに見出した、同一性の言語がはらむ他者性と異種混淆性を想起させる。[*35] それはまた、作家が自分自身を語るときに創出される「模像の一空間」、「あの分身の空間、あの模像の空洞にかかわるものであり、この空間はキリスト教がその悪魔に酔ったところ、この空洞はギリシャ人たちが矢をたずさえた神々の煙めく臨在を怖れたところ」といわれたものである。[*36]『言葉と物』においては、近代のエピステーメーを食い破るものとして登場するニーチェとフロイト、そして〈文学〉という異種性への関心として表現されていた。[*37] これらの形象はフーコーにとっては、きわめて早い段階から、自らの心像（phantasia）との抗争のうちに、自己の異質化の条件とその帰趨という課題として位置づけられていたといっていいだろう。それゆえフーコーの権力論も、そして政治活動も、そうした意志の領域における抗争と、ひとびとを統治の形態に異質同型化していく実践がはらむ異和に含みをもたせながら展開されたのである。

さて、以上を踏まえて、ヘーゲルの世界把握と精神現象学の再解釈にもとづく対－関係を機軸にして「〈アジア的社会〉」の普遍的把握の条件をさぐり、そこから意志の把握＝実現を構想していた吉本と、自己への配慮という問題構成から、道徳的・倫理的主体と権力の形成を問題化したフーコーとのあいだに共通していたのは、意志論という論点だけではなかったことがわかる。それは、その意志を構成するものである「反転」する心像のもとにある自己を、統治とともに異和あるいは差異化において把握するための条件への関心にあった。問題をこのように設定しなおしたとき、この対話の根底に存在しているもうひとつの共通性がみえてくるだろう。それは、意志とその実践は、現実の事象の時空間にたいして、「逆さま」で「反転」しているトポスを参照することでしか把握できないという自覚である。その方法が参照するトポスとは、フーコーが一九六七年にチュニジアでおこなった講演から名づけられた〈ヘテロトピア（les hétérotopies）〉の位相である。[*38]

4　異時間 hétérotopies／異位相 hétérotopologies の実践

フーコーは、ヘテロトピアを五つの原理から区別し、それぞれの社会に実在の場所と機能をもつものとして以下のような事例をあげていた。すなわち、原始的社会、青年、月経中の女性、産褥にある女性、老人、療養所、精神病院、監獄、老人ホーム、墓地、劇場、庭園、博物館、図書館、市、ヴァカンス村、さらに、風車小屋、兵舎、監獄、ハンマーム（イスラム圏の公衆浴場）、サウナ、南米の大農園の部屋、一七世紀アメリカのピューリタンの社会、イエズス会の植民地、大海を旅する船舶。それは現実の事象の世界を、異時間 hétérotopies／異位相 hétérotopologies において異化する時空間である。上村忠男がフーコーから引いているように、「「社会の基体そのもののなかにあって」あるひとつの文化の内部に見いだされるすべての現実的な場所が「同時に表象され、異議申し立てをうけ、転倒される」「反場所」(contre-emplacement)」である。[*39] さらに上村は、そこで実在する空間や社会的施設としてフーコーが定義したヘテロトピアを、アブドゥル・R・ジャーンモハメドが示唆したように、そしてまたボーダー・インテレクチュアルとしてのエドワード・サイードを念頭に置きながら、批評家の思考の場所として措定し直している。

ところで吉本は「観念の共同性の理想的な水準」を見つけるために、フーコーの方法論のなかに「観念の考古学的な層」を見いだそうという関心から、フーコーに接近した。しかし、フーコーの〈知の考古学〉の方法論は、言説編成の実定性をふまえた、ニーチェ的な系譜学である。それは吉本が理解している「考古学的な」「古層」ではない。他方で、吉本の「原生的疎外」や「純粋疎外」、そしてそれらの異和がもたらす心像としての「〈表出〉」、また「反映論的層」から区別された「構造論的層」は、歴史的で時系列的な秩序にしたがった「古層」なのではない。それは時系列的な秩序が空間的秩序に置き換えられ、再び時系列を支配する空間的・地政学的秩序である。この意味において吉本が「逆立した鏡」として見いだしてきた「〈表出〉」態や、「古層」として措定しているのは、異時性的・異位相的なものである。そこで例えば次のようにいえるのではないか。農本ファシズムのリアリズムがとらえた「逆立した鏡としての天皇(制)」は、そこに社会の全体が「逆さまに」表象され、それを認識しようとする実践もふくめて、現実の事象の秩序が異化されてしまうようなヘテロトピア的な位相であると。

ヘーゲル－ガダマーのいう意味での「逆さまの世界」として現象している世界は、それを認識することと自体が「反転」を余儀なくされる。そしてその「反転」を真なる「逆さまの世界」に変えるために、今度は〈意志〉によって能動的な「反転」が必要となる。この世界において、異時性と異位相性を方法論とする思考は不可欠なのである。〈マルクス主義以降〉の世界において求められてきたそうした思考を言語化しようとする知的努力のひとつが、吉本とフーコーの対談であった。吉本の「考古学的な層」の関心に対応させるとするならば、荻生徂徠や本居宣長の「古学」から、丸山眞男の「歴史意識の「古層」」論まで位置づけられるような思想史の系譜図を描くことは難しいことではない。しかし、吉本は、そうした思考は、さらに普遍的な価値の産出にまでいたらねばならないと考えたのであった。普遍的な価値を産出する「反転」の論理が求められたのである。ここには、戦前のアジア主義から敗戦直後の保田與重郎までふくめた、西洋的原理にたいするルサンチマンとしてのアジアへの憧憬や、同様の葛藤のもとで日本社会の現実に対応したマルクス主義の定着をめざした日本の革命思想にたいする総括が反響している。[*40] ここに吉本の思考が戦前・戦後の日本思想にたいして企てた連続と切断と、そして飛躍がある。こうした背景について、どれだけ両者が相手の論理を理解していたかは定かではない。しかし、「逆さまの世界」、

「反転」の論理を、フーコーのいう、〈自己〉を「抗争、葛藤の原理としての戦略的視点だと宣言すること」によって、自己にたいする「自己内部の闘争」としての認識と記述の実践に重ねてみることは、興味深いことである。「自己内部の闘争」としての「逆立」と「反転」の実践である。そうした思考実験をすすめてみることは、主体の解体の果てに見極められるべき〈意志〉の実践／闘争に向けた論理にとって、無駄なことではないように思われる。

註

＊1　吉本隆明『世界認識の方法』（中央公論社、一九八〇年）所収。なおこの対談はガリマール版のフーコー集成にも収録されている。Michel Foucault, "Méthodologie pour la connaissance du monde: comment se débarrasser du marxisme," *Dits et écrits 1954-1988Ⅲ, 1976-1979*. (Paris:Éditions Gallimard, 1994), pp.595-618. 日本語訳「世界認識の方法：マルクス主義をどう始末するか」蓮實重彦・渡辺守章監修／小林康夫・石田英敬・松浦寿輝編『ミシェル・フーコー　思考集成Ⅶ　一九七八　知／身体』（筑摩書房、二〇〇〇年）。ただし、以下の引用は、特にことわりがないかぎり、中央公論社版にもとづいた。

＊2　吉本隆明研究会編『吉本隆明が語る戦後五五年④　フーコーの考え方』（三交社、二〇〇一年）一八頁。
＊3　同右、六九―九一頁。
＊4　前掲、吉本、一九八〇年、一〇五頁。
＊5　同右、五六―五七頁。
＊6　ミシェル・フーコー「素手での反抗」高桑和巳訳『ミシェル・フーコー思考集成Ⅶ　一九七八　知／身体』所収、三四〇頁。なおフーコーのイラン革命へのコミットメントとその際にすすめられていた「統治」と「政治的霊性」概念の深化については、箱田徹「イスラム的統治は存在しない――フーコーのイラン革命論と対抗導き」芹沢一也・高桑和巳編『フーコーの後で　統治性・セキュリティ・闘争』（慶應義塾大学出版会、二〇〇七年）所収が参考になった。
＊7　前掲、吉本、一九八〇年、八五頁。
＊8　同右。
＊9　ミシェル・フーコー「ニーチェ、系譜学、歴史」『ミシェル・フーコー　思考集成Ⅳ　一九七一―一九七三　規範／社会』（筑摩書房、一九九九年）所収。
＊10　前掲、吉本、一九八〇年、八九頁。
＊11　同右、一〇頁。
＊12　吉本の『心的現象論』『吉本隆明全著作集』第一〇巻（勁草書房、一九七三年）と「〈表出〉」の構造

については、本書所収「抵抗と表出——吉本隆明〈表出〉論についての省察」を参照のこと。

＊13 吉本隆明『ハイ・イメージ論Ⅱ』（福武書店、一九九〇年）二五〇頁。また、同右「抵抗と表出」。

＊14 吉本隆明『ハイ・エディプス論　個体幻想のゆくえ　インタビュー集』（言叢社、一九九〇年）一一五—一一六頁。

＊15 前掲、吉本、一九八〇年、「註二へのノート」一七四頁。

＊16 同右、一一頁。

＊17 同右、一七六頁。

＊18 ハンス－ゲオルグ・ガダマー『ヘーゲルの弁証法』山口誠一・高山宏訳（未来社、一九九〇年）六六頁。なおヘーゲルの全体性と実践概念を理解するために同書を参照するに際しては、上村忠男教授から示唆を受けた。

＊19 同右、八二頁、また、ヘーゲル『精神現象学』上、樫山欽四郎訳（平凡社、一九九七年）一九二頁。

＊20 前掲、ガダマー、八五頁。

＊21 同右、八六頁。

＊22 同右、八八頁。

＊23 同右、九〇頁。

＊24 吉本隆明「日本のナショナリズム」『吉本隆明全著作集』第一三巻（勁草書房、一九六九年）二二四—二二七頁。

＊25 同右、二二六頁。
＊26 ミシェル・フーコー『性の歴史Ⅰ 知への意志』渡辺守章訳（新潮社、一九八六年）、一〇六―一〇七頁。
＊27 前掲、吉本、一九八〇年、二二三頁。
＊28 梅本克己が丸山真男の「古層論」にしめした反応にこうした傾向をみてとることができよう。これについては本書所収「ある想念の系譜――鹿島開発と柳町光男『さらば愛しき大地』」を参照されたい。日本のマルクス主義哲学を語る思想的前提としては、梅本克巳における新カント派や西田幾多郎に、田辺元のみならず、戦前の三木清の、ディルタィからニーチェ、クローチェを経た「生の哲学」、そしてハイデガーの解釈学的現象学の摂取のうえで理解されたマルクスがあり、「フォイエルバッハ・テーゼ」や『ドイツ・イデオロギー』の主体的実践論としての訳出作業も参照されなくてはならないだろう。それは「アジア主義」と表裏一体の緊張関係のもとで、自生的な革命路線、あるいは〝土着的な〟思想風土との均衡を意識した思想闘争であったと考えていい。なおその系譜は、上村忠男が例証している、イタリアにおける、ジョヴァンニ・ジェンティーレによる「フォイエルバッハ・テーゼ」の、ヴィーコ的な、新観念論を媒介とした解釈と、相似的な関係さえも連想させる。上村忠男『歴史的理性の批判のために』（岩波書店、二〇〇二年）一三二―三五頁、一三六―五六頁。
＊29 前掲、吉本、一九八〇年、二三三頁。
＊30 前掲、吉本、一九八〇年、二五頁。

＊31　前掲、フーコー『性の歴史Ⅰ』一一八頁。
＊32　ミシェル・フーコー『性の歴史Ⅱ　快楽の活用』田村俶訳（新潮社、一九八六年）八七頁。
＊33　同右、一〇一頁。なおこのような視角から抵抗としての実践を、具体的な事例をとおして論じたのは松田素二『抵抗する都市　ナイロビ移民の世界から』（岩波書店、一九九九年）である。
＊34　前掲、吉本、一九八〇年、四三―四頁。
＊35　ミシェル・フーコー「アクタイオーンの散文」『外の思考』豊崎光一訳（朝日出版社、一九七八年）一〇九―一三八頁。
＊36　同右、一三八頁。
＊37　ミシェル・フーコー『言葉と物　人文科学の考古学』渡辺一民・佐々木明訳（新潮社、一九七四年）三二一頁。
＊38　これに関して、上村忠男は「ヘテロトピア」をひとつの可能性としての思考の場所として提起している。上村忠男『ヘテロトピアの思考』（未來社、一九九六年）、あるいは前掲『歴史的理性の批判のために』を参照。
＊39　前掲、上村、二〇〇二年、二五頁。
＊40　竹内好から保田與重郎までいたるアジア主義の系譜の整理に際しては、子安宣邦の一連の論考が参考になった。拙稿「書評・子安宣邦『昭和とは何であったか』『「近代の超克」とは何か』『徂徠学講義』」（『週刊読書人』二〇〇八年一〇月三一日）を参照されたい。

『論註と喩』　反転＝革命の弁証法

1　二つの宗教的実践

吉本隆明『論註と喩』（一九七八年）は、『浄土論註』（曇鸞）への注釈を中心とした親鸞の思想についての論考である「親鸞論註」と『マルコ伝』（マルコによる福音書）についての論考「喩としてのマルコ伝」の二つから構成されている。[*1]　親鸞論と『マルコ伝』論という、いずれも注釈的論考である。

この二つの論考の射程はつぎのようなものである。

まず一方が、浄土教の教義に対して、他力本願の徹底を「一切の期待の放棄」として推し進めた親鸞である。他方、『マルコ伝』について吉本が強調するのは、病気治癒をもたらし、貧民たちやユダヤ的共同体の経験を普遍化して世界の価値観の転換をなしとげる、奇蹟をもたらすイエスの言葉の劇的な反転の作用である。そしてこの著作の狙いは、この二つの宗教的実践を同時に俎上にのせることである。

俗に、「善人なをもて往生をとぐ、いはんや悪人をや」で知られる「悪人正機説」とは、実際には浄土教の教義であっただけでなく、鎌倉期の天台や真言などの仏教にも該当する思想であったことが知られている。[*2] これに対して親鸞が果たした革新とは、念仏による「摂取」（救済）とは、むしろ信仰や修行をとおした救済にかけられた一切の期待を放棄することでなければならず、しかもその放棄されるべき「期待」とは、〈信〉を成就しようと期待する信心すらも含まれるということであった。そこにおいては煩悩の有無も、そもそも〈信〉の有無も関係がない。その立場の徹底ゆえに、「他力本願」の根拠すら疑うような懐疑さえも親鸞教団内部に生まれた。それは信仰や修行になんら特権的な意味がもたされないことからくる、教団内部の混乱や内部の思想闘争としてあらわれた。しかし親鸞はそうした思想闘争すらも他力に向けた否定と放棄の遂行へと仕向けていく超越的実践へと転じていく。たとえば「悪人正機説」を額面どおりにうけとめたり、あるいは教義への懐疑から、往生のためにすすんで悪業をなし、悪人としてふるまおうとする主張が、期待の放棄のための契機として、そのつど親鸞の超越的実践の契機に回収されていく。親鸞においては、そうした懐疑すらも煩悩の所為、自力ではどうしようもない「如来のはからい」としての「宿業」に回収されるべきものであった。そうした徹底した放棄のはてにこそ、往生があるとされたのである。むしろ、「わがはからざるを、自然とまふすなり」（『歎異抄』）というように、自らの企図から発する一切を放棄することに、善へと至る如来の誓いである「自然法爾」＝「おのずからしからしむる」ことがあるのだというのである。[*3] そしてこうした実践は、結局は「念仏をとりて信じたてまつらんとも、またすてんとも、面々の御はからひなり」とする立場、すなわち信心も不信心もあなた方次第なのだ、という徹底的な放任の立場となる。[*4]

これに対して、『マルコ伝』の喩の作用においては、現世的な〈罪〉〈貧しさ〉の一切、「現世的な喪失」の一切が、「来世的な獲取」となる。文明的外部と精神的内部の矛盾や遅れに端を発する、後ろめたさ、悔恨、疚しさ、痛みの一切は肉体性をもった生々しい現実として、しかしまた普遍化された内面的価値をもつものとなる。

ローマ帝国的な秩序でも、ユダヤ的な地域支配の秩序でも、民衆の上に立って支配権と行政権をふるっているものは、偉大な者とみられている者である。けれどイエスの口から吐き出される教義的な秩序では、これは逆倒される。偉大なといわれている者であろうとすれば、人々に使役される者になり、最初の者になろうとすれば、すべてのものの下僕にならなければならないし、またそうなるはずだ。その世界は現実のどんな所有よりも観念の所有のほうが価値があるものだという世界から戻ってきたものが、ふたたび現実の世界で結ぶ関係の仕方である。そこで鏡像のように価値の序列は逆に像を結ぶはずである（二〇六―二〇七）。

主人を下僕とし、下僕が主人となるこの観念による反転はイエスの言葉によって遂行される。病いは治癒され、海の嵐はイエスの言葉とともに静まり、そしてイエスは復活する。そもそも、よく知られているイエスの伝道開始の言葉である、「（定めの）時は満ちた、そして神の王国は近づいた。回心せよ、そして福音の中で信ぜよ」[*5]において、時間はいまだやってこないにもかかわらずすでに到来している。クロノロジカルな時間は反転され、観念のもとに所有された時間（＝カイロス）による支配が実現している。そして反転された時間のもとでのみ不可能性が、奇蹟が可能となる。観念の支配という〈信〉が前提になるとはいえ、そこでは不可能をさす言葉こそが奇蹟なのだ。「言葉が成就するがゆえに現実は成就するのだ」（二六六）。「奇蹟はただ不可能な言葉の喩としてしか、わたしたちにあらわれない」。同様に、「現在では奇蹟は暗喩のひとつの在り方つまり不可能のことなのだ」（一七〇）。さらにこうもいえよう。世界の反転＝革命を欲するのならば、不可能なことを言葉にしなければならない、と。

2　反転＝革命

もう一度二つの宗教的実践を整理しよう。

（一）〈一切の期待の放棄こそ、往生である〉、（二）〈信とは、一切の不可能を言葉にすることであり、言葉の成就は現実の成就である〉。この二つの立場は、いずれも現世の反転＝革命を意味している。〈一切の期待の放棄〉という地平において出現するのは、いかなる作為をも、意志をも無化するがゆえに、根底的な平等の実現である。他方、〈一切の不可能なものの現実化〉は、発話行為＝表出（それは言葉でさえあればいい）という根源的な能力に平等にあたえられた革命の権利である。

この二つの宗教的立場から導かれる実践の射程がどれほど根底的なものであるかは、ただちに理解されるだろう。二〇〇八年六月一二日に秋葉原で起きた、七人が殺害され、一〇人が負傷したあの事件を想定しよう。

この事件において私たちは、生者も死者も、生も死も、その価値が著しく傷つけられ、損なわれる体験をした。かつてないほどに新自由主義と市場主義が大手を振るうこの現在に起きた事件である。この生と死の価値の簒奪を前にして、この状況の革命＝反転を望むのであれば、損なわれた生と死の価値を反転させなければならない。そのためには、一切のイメージや比喩、解釈をまじえることなく、こういわなければならない。失われた七人の死者よ、蘇えれ、と。この不可能性が可能となることこそ、〈信〉＝〈革命〉の創出である、と。
この言葉の遂行にともなって、私たちは、そこで生を失うために生きてきたわけではない多くの死者たちとの対話をはじめるであろう。この対話の不可能性によって、私たちは死者に対してなんらかの責任を負うことになる。そして私たちの観念の王国の期待の地平では、死者がこの世界を糾弾＝反転しつづけるであろう。さらに、死によって中断された個々の生の意味を考えることを継続しなければならないだろう。[*6]
だが親鸞の教義的実践をも参照するならば、ただちに、死者の蘇りも、生と死の価値の回復も、それによるグローバル資本主義がもたらす生の簒奪からの反転＝革命も、期待してはならないことになる。なぜなら、あらゆる生と死の価値をこれほどに下落させたのは、ほかでもない私たちなのだから。私たち「下根の凡夫」はすでに私たちの自力で自らを救済する資格を失っているのだから。救済を期待するより前に、私たちはその悔悟を徹底的に共有しなければならない。悪に対する分析や注釈、批評はこの悔悟の遂行を損なうだけである。この凡夫の罪業から逃れられるものは誰一人としていない。誰一人、この悪の世界から突出することはできない。

3　反転の弁証法

ここに突き合わされたふたつの宗教的実践が一つに綜合されることはない。それは絶対知の弁証法のように発展的に自己展開していくものではないからだ。革命＝反転とはクロノロジカルな時間の休止である。ここでジョルジョ・アガンベンが『残りの時　パウロ講義』（二〇〇〇年）において、「メシア的カイロス」と「パルーシア」（臨在）概念を介して分析しようとした時間の構造を参照しておこう。*7

アガンベンによれば、メシア的な時間の休止状態は、何一つ成就されていないが、しかしすでに成就されている、「すでに」と「いまだ」という時間の点の緊張の只中にある出来事である。メシア的救済は時間の終わりである。しかしそれは単に終末論的な神の国の到来とは区別される。むしろその到来を準備するものとして、メシア的時間は創造から復活までの過去の一切がそこに縮約され、総括されるような成就である。

この時間論を念頭において吉本が親鸞とマルコの福音書を通じて提示したことを再考してみよう。親鸞もマルコ福音書のイエスの経験も、主観の内部と外部が引き裂かれている。そのため、内部でも外部でもない、第三の領域からのみ可能となる経験の総括による分裂の止揚が必要になる。この総括の瞬間のためには作為や意志はいらない。しかし悔恨、痛みなどの「暗さ」の一切が、作為や意志にかかわらず経由されていなければならない。これらの「暗さ」はメシア的休止に似た、過去の経験の縮約を可能にする条件だからである。ただし経験の縮約＝総括をとおして、主体を仕向ける先はアガンベンとは異なる。そこで親鸞が仕向けるのはメシア的状態のかわりに「自然」であり、「解脱」である。

「自然」とは〈善〉と〈悪〉とも、そのどちらともおもわないで、おのずからそうさせてしまう意志だ。［中略］念仏者は救済をもとめて善悪の二つとも造ろうとすべきものでない。それなのに不可避的な内在性によって無上の場所と無上の解脱をもつようにさせてしまう本質力を意味している。［中略］決定的なことは現世の「煩悩具足の凡夫」に〈意志〉のかかわらないところに置かれた何かであり、現世的な規模における善悪とはちがったところへ横超する何かである。そんなものはあるのかどうか。せんさくすることはいらない。せんさくすればその瞬間から消えてしまう幻のようだと親鸞はいいたかった。あるいは揚棄自体を意味していた（七七）［強調は引用者］。

「自然」へと仕向けられるこのプロセスは如来によって約束されている。しかし、救済をもとめて試行錯誤する煩悩は経由されていなければならない。そこには意志を無化するための意志的な努力が必要となる。そうして可能となるこの意志の無化は「揚棄」といいかえてもいい。

ところでアガンベンは、ヘーゲルがメシア的時間を、歴史とクロノロジカルな時間のうちに捉えることで、〈揚棄（止揚）〉を宗教的実践の世界から歴史と理性の世界に奪取したことを指摘することを忘れなかった。[*8]これに対して吉本は、革命の弁証法の決定的な契機である〈揚棄（止揚）〉を、親鸞による浄土教の「摂取」の革新のうちに取り戻す。この意味で吉本の『論註と喩』はアガンベン『残りの時』とともに論じることが可能である。革命＝反転の弁証法が抱えている射程と緊張をつかまえようとした試みの共有として。〈揚棄（止揚）〉という時間をその緊張とともに生成する場にもどして理解しようとした試みとして。

4　補遺――吉本隆明における『論註と喩』

ここから先は補注である。

『論註と喩』は、相前後して上梓された『戦後詩史論』（一九七八年）、『悲劇の解読』（一九七九年）、『初源への言葉』（一九七九年）のなかで、ある弧絶を刻印している。この時期の吉本の思索は、『悲劇の解読』の太宰治論や小林秀雄論、芥川龍之介論、横光利一論がしめすように、アジア的共同体（＝内部）と西洋的普遍性（＝外部）との葛藤（＝第三の領域）を分析枠組みのひとつとしながら、『戦後詩史論』の荒川洋次論にみられるような、葛藤に支配されない「新しい跳躍」「虚構の線のうえをはるかに自在に飛んでゆく」表現の生成に注目したことに特徴がみいだされる。[*9]その流れに挿入された異和として、『論註と喩』と呼応するのは一九七八年四月二五日におこなわれたミシェル・フーコーとの対話「世界認識の方法」である。[*10] 問題はそうした異質な線分と、一九八〇年代の大衆消費社会論と日本のポストモダニズム論に併走する吉本の線分をどう整合的に理解するかであろう。あるいは、その思想的営為のうちに何を読み取るか。

一九九六年に吉本自身が回想するところによれば、大衆消費社会論に対しては、その過剰消費とともに、労働時間の短縮を指標とした個々人の労働からの解放に期待がかけられていたということである。[*11] しかしこの見通しには難点がある。過剰消費によって労働時間を短縮することは、商品制社会においては、同時に文化が文化商品としての反復性を強めていくということでもあるからだ。商品制社会を止揚していない労働時間の短縮は、文化の商品的性格に変更を加えるわけではないからである。文化の商品化が進むということは、日常と非日常を区別する、「あわれみとおそれ」を主題とする悲劇（の時間）がもはや不可能となることを意味している。[*12] 大衆消費社会もポストモダニズムも文化を消尽しつくす。ここにおいて、この時期のポストモダニズム批評を主要に担った蓮實重彥の吉本隆明論は、文化の反復性に無警戒でありながら、他方で矛盾と表象（＝意志）についての分析力に冴え渡った吉本の二面性をよくいいあてている。また、吉本に対するこの時期の論壇の毀誉褒貶をよくしめしている。[*13]

だが、ここでもうひとつ問題提起しておきたい。すなわち、一九七八年から七九年にかけての吉本の批評活動において問題化されるべきなのは、悲劇の終わりとしての文化の商品性・反復性に対する無警戒だったであろうか。つまり、吉本には文化の商品化に困惑する世論を笑い、価値の相対化を指摘しつつ表象のダイナミクスに機知をふるうポストモダニズム批評の作法がないことが焦点とされるべきだったのだろうか。

この点はいくぶん詳細にみておく必要があろう。「広場に出て解析しなければ駄目だ」という動機のもと、[*14]都市と大衆消費社会の解明に乗り出したとき、吉本が問題にしていたのは国家における歴史の意識と無意識であった。『宇宙戦艦ヤマト』論をふくむ「宇宙フィクションについて」（一九七八年）において、吉本は、旧帝国軍人の感傷性や欺瞞を回顧しながら、アニメーション映画によって陳腐化された「日本的心性」にあきれかえりつつも、商品化された文化への感銘を隠さなかった。アニメ映画を評価してしまうその無防備ぶりは、確かに蓮實の失望を招いていた。[*15]だがこの映画論は、『宇宙戦艦ヤマト』が国家の（帝国軍人によって体現されたような）無意識の部分を意識化しうるかという観点から語られてはいなかっただろうか。国家意識を複製文化の象徴としてのアニメ映画によって表象化できるようになったことに、吉本の意識が反応しているのである。同年、やはり『初源への言葉』に収められている「都市に関するノート」は、大衆消費社会の象徴としての都市論の準備であると同時に、そこにはまだ意識化されていない国家の無意識が書きつけられていた。これは批評の言説において、それ以降の都市論の視角を決定づける重要な論考のひとつであったが、そこで吉本は述べている。この国の都市では、「資本主義の自己停滞の世界史的な表現である産業と金融の高度な管制室化の進行がみられるとともに「古典的」なスラム街の路地の棟割りの線や、板塀に沿って自然の草花の世襲された手入れ法の、ゆきとどいたたんねんな鉢植えを鑑賞することができる」のであり、「脚絆地下足袋、腹巻姿とともに長髪菜ッ葉服姿の労務者の姿」がみられる。そしてこうした古典的スラムこそが「世界史の無意識の展示場」なのだというのである。[*16] それはたしかにやがて近代化・現代化によって均質化されてしまうような格差であり「遅れ」である。だが観念においては？　「無意識」において、それは均質化されずに保持される「暗さ」なのではないか？

実際、「高度な管制室」であり資本と技術の象徴であった成田空港の管制塔は、一九七八年三月二六日に、万を超える支援者とやはり万を超える機動隊とが衝突するなかで、六人の赤ヘル部隊によって破壊され、空港の開港は二ヶ月遅れることになった。御料牧場を開拓した明治期・戦前・戦後の開拓農民と、室町期からの古村からなる反対同盟の三里塚農民はこの闘争のなかで農民意識を再構築した。[*17] 空港とその周囲をとりかこむ北総台地のとりあわせはこの闘争の戦術を規定していたばかりではない。この空港の運命をも規定していたはずである。吉本は資本と国家を無化してしまう、このような光景を「暗さ」と呼んだのである。それは政治闘争における敗北にかかわらず「反転」の経験なのである。この「反転」の経験が意志として創出されるための条件をさがすこと。それが親鸞とイエスにおける「揚棄」の実践である。そしてこの経験が意志となるためには、普遍化という契機がなければならない。

世界の反転＝革命の条件としての後ろめたさ、悔恨、疚しさ、痛みは「無意識」のなかに保持されつづける。この「無意識」は反転＝革命が生起する可能性である。しかしそうした感受はそのままでは普遍化されない。普遍化されるためには、すくなくともその世界＝共同体からの分離が必要である。さらに、時間の休止による一切の過去の経験の総括がなくてはならない[*18]。そのために、経験を内面化し（普遍化し）、さらに自然化することで世界を観念的に所有していく遂行的な言葉の世界が必要となる。反転が現世の反復にみえて、反復と異質同型的な異化となるのはこうした遂行の過程においてである。ここでは主体は物理的に移動をはばまれている。移動をはばまれた主体の実践は反復的で統治の原理と同型的なものとなるのだが、またそれゆえに〈移動なき移動〉という条件を逆手にとることでしか異化はありえない。こうした意味で異化とは〈移動なき移動〉のもとで制約されている弱者の抵抗でもあるのである。さらに自然化という契機である。それはこうした異質同型の反復に沿うということでもある。反復に沿うことで、抵抗にとどまらず、さらにその先、つまり国家や統治のありかたを無化するような未来を先取する無意識を形成しようというのである。「朔太郎にならって詩第一という原則をとってきた」という吉本が常に〈喩〉化の作用にこだわってきたことの意義も、弱者の抵抗と国家の無化という文脈から再論される必要があるだろう。[*19] 吉本における現在の肯定の論理は、こうした意味でファシズムを意味する「受動的革命」とは区別されなければならない。[*20] 同様にこれらの論点を本質的に内在化している点において、『論註と喩』は依然として多くのポストモダニズム批評と一線を画している。

註

＊1 吉本隆明『論註と喩』（言叢社、一九七八年）。以下、同書からの引用は本文中に頁数を示す。

＊2 平雅行『親鸞とその時代』（法蔵館、二〇〇一年）、とりわけ「専修念仏とその時代」および「親鸞の善人悪人観」の各章を参照。

＊3 「歎異抄」『定本親鸞聖人全集』第四巻・言行篇（法蔵館、一九六九年）三一頁。

＊4 同右「歎異抄」六頁。

＊5 「マルコによる福音書」佐藤研訳『新約聖書Ｉ　マルコによる福音書　マタイによる福音書』（岩波書店、一九九五年）五頁。

＊6 ここでは被害者感情や死刑廃止という主題にかかわる議論を念頭においているが、革命運動における死者についての思考の継続という問題の出発点として、太田昌国「運動の論理のなかで相まみえるために」

『鏡としての異境』（影書房、一九八七年）所収、さらに同じく太田昌国による、東アジア反日武装戦線「狼」の三菱重工爆破事件をめぐる加害者と被害者の関係についての一連の考察をあげておく。

*7　ジョルジョ・アガンベン『残りの時　パウロ講義』上村忠男訳（岩波書店、二〇〇五年）一一二―一二四頁。

*8　同上、一六一―一六四頁。

*9　吉本隆明『戦後詩史論』（大和書房、一九七八年）二四八―二四九頁。

*10　吉本隆明『世界認識の方法』（中央公論社、一九八〇年）所収。

*11　吉本隆明研究会『吉本隆明が語る戦後五五年』八（三交社、二〇〇二年）、とりわけ「マス・イメージと大衆文化」を参照。

*12　ここで一九七〇年代に、「自立」しはじめる表象、という現象をもたらす高度資本主義における資本のハイパー化との関係もまた問題になろう。さしあたり、崎山政毅によって追求されている利子生み資本についての議論を参照されたい。崎山政毅「訳者あとがき」アントニオ・ネグリ／マイケル・ハート『ディオニソスの労働　国家形態批判』長原豊・崎山政毅・酒井隆史訳（人文書院、二〇〇八年）所収。

*13　蓮實重彦「吉本隆明『論註と喩』――矛盾について」、同「吉本隆明『悲劇の解読』――野生の悲劇について」、同『文学批判序説　小説論＝批評論』（河出文庫、一九九五年）所収。なお親本は青土社（一九八一年）。

*14　前掲『吉本隆明が語る戦後五五年』八、一一頁。

＊15　前掲、蓮實『文学批判序説　小説論＝批評論』六七頁。

＊16　吉本隆明『初源の言葉』（青土社、一九七九年）、二四〇—二四一頁。なお初出は『最後の場所』第三号（一九七九年三月）。

＊17　三里塚闘争の研究史において、とくに開拓農民の歴史に注目して戦後引揚者の歴史に位置づけたのは道場親信である。道場「「戦後開拓」再考——「引揚げ」以後の「非／国民」たち」『歴史学研究』八四六号（二〇〇八年）を参照のこと。

＊18　なおこの観点から、吉本の精神現象の数学的定式化の試みも理解される。吉本「精神現象の数学」前掲『初源の言葉』所収、を参照。

＊19　吉本隆明『吉本隆明全詩集』（思潮社、二〇〇三年）一六七四頁。

＊20　なお同様の観点から私は吉本の憲法九条論を検討したことがある。拙稿「固有時の秘密　詩的世界の成就」『文藝　別冊　吉本隆明』（河出書房新社、二〇〇四年）所収。

II

中上健次と部落問題

具体的な民衆の〈叛乱〉の位相を記述するうえで、最初にとりあげるのは部落問題である。ここでは中上健次の作品をとおして、戦後国民国家の主権権力の構成をなぞることで自己同一性を確立した部落問題の問題構制を論じている。それは戦後日米関係と人種主義を介して編制された。そのもとで、在日朝鮮・韓国人の問題は部落問題から内在的に排除されることになった。しかしまたこの過程は自己を組織化し、自律的な存在となろうとするマイノリティの経験でもある。こうした経験に対し、中上にならって脱構築批評を実践することで、主体の自己内部の闘争と地域社会の変容とを重ねることが試みられている。そしてまさに〈脱構築〉という事態を踏襲するかのように、中上における被差別部落の主体の解放はまったく予期しないところで遂行＝解体される。それは歴史が「偶然の闘争」であることを裏書きするかのようである。

中上健次と戦後部落問題

1　中上健次と差異主義的人種主義としての部落差別

中上健次（一九四六―一九九二年）は和歌山県新宮市に生まれ、一九六五年に大学入学を口実として東京に赴いた。東京では家族の生計を支えるためにフルタイムの仕事に従事するかたわら、詩を発表し、他方で小説を書き、やがて「岬」によって一九七六年に第七四回芥川賞を受賞した。ところで彼の文学における成功は、東京オリンピックによって極まる高度経済成長の期間に急激に発展した、一九六〇年代後半から八〇年代にかけて実施された同和対策事業ぬきには考えられないだろう。同和対策事業は、その実施地区は全国の被差別部落をカバーするものではなかったとはいえ、戦後の被差別部落における主要な生活手段を提供したと考えていい。実際、中上はインタビューにおいてこう語っている。「不遜を覚悟で言えば、私は部落民が文字に出会って生まれた初めての子である」[*1]。

それゆえ、部落史の通史のなかで描かれてきたような極端な貧困と苛酷な労働を中上は体験していたわけではない。しかしながら、そうした部落史を否定するかわりに、むしろ中上は彼の小説における物語の主題として、しばしばそうした歴史のなかに記録された体験を活用しようとした。明らかに中上は彼の出自と被差別部落の歴史が、同時代のほかの作家たちにはけっして手にすることができない宝物だと考えていた。中上は被差別部落の経験を物語化することができる位置に意識的に自らを置くことで、固有で超越的なポジションを確保することに成功したのである。この位置において、彼は被差別部落の物語を対抗的なそれとして発見し、再創造することが可能になった。いいかえれば、中上の文学的企てとは、第一には通俗的かつ政治的に慣例的に語られてきた部落史を塗り替えることを目的としたのである。通俗的で慣例的な被差別部落の物語では、部落民は常に非部落のマジョリティから疎外され、忌避され、そして差別される存在として描かれてきたからである。この野心的な試みによって、中上は、文学の世界において、近代化と西洋化の圧力のもとで生きる〝日本（人）〟という、あたりまえのように共有されてきた、単純だが矛盾に満ちた感情を表現することのできる、文壇のエースとみなされることになった。

ここでの目的は中上の文学的言説を時系列的に追跡することではない。また文学研究の観点から彼の作品を分析することでもない。私が試みるのは、戦後日本社会における部落問題の政治的軌道に対して政治的－精神分析的な言説分析を適用し、そのなかに中上の文学作品をも位置づけることである。近代日本を通して、所与の社会に規定され、そこで繰り返されてきた部落問題の言説を規定している権力関係を、中上は超越しているわけではない。それゆえ中上とその作品について、政治的－精神分析的な言説分析をとおして検討を加えることは、それ自体が部落問題の言説の分析を意味する。ただしそれは、被差別部落を歴史の犠牲者化し、その裏返しとして被差別部落をロマン主義的に語ることに慣れてきた、通俗的で慣例的な語りとは異なる言説の叙述である。

議論に入るまえに、しばしば「部落」と略称される、「被差別部落」についての簡単な定義をおこなっておこう。

まず、マイノリティとマジョリティとの位階的な序列を回避するためには、〝マイノリティ〟という概念を、普遍性と特殊性、あるいはマジョリティ／マイノリティという二項対立に回収されないように特異的《シンギュラー》な位置に置く努力が必要である。[*2] この観点からいえば、「被差別部落」という言辞は本来的な困難性を抱えている。「被差別」とは「差別された／されている」という受け身の意味であり、「部落」は村落のような区画・地区を意味している。前近代日本において、とくに徳川期においては、今日「被差別部落」と目される地域や、「被差別部落民」と称される被差別部落の住民は、身分呼称に等しい、それぞれ固有の名前を有していた。それはよく知られている呼称である「えた」「非人」にとどまらない多様な名称があったことが確認されている。「えた」身分でも関東を中心とした「長吏」、西日本の「かわた」のように、被差別身分が自ら自称する名称も存在した。こうした固有名は、職業的かつ宗教文化的な背景に由来するものであるが、しかしまた「えた」「非人」などの呼称の場合には、同時に身分的に〝賤〟であるという含意を有していたのである。明治維新に際した賤民身分とその呼称の制度上の廃止により、賤民身分の人々はそうした身分呼称から解放された。これに代わって、今日言われる「被差別部落」という言辞が、解放運動の進展と近代化プロセスにともなって定着した。それは旧弊・旧制度に由来する呼称との区別のためであり、そうした呼称が有する差別的なニュアンスを避けるためである[*3]。その意味で「被差別部落」という言辞の成立と定着の歴史には身分解放プロセスの歴史的背景が投影している。しかしまた、この名辞によっても、マジョリティとマイノリティの二項対立的な関係によって被差別部落の人々のアイデンティティが規定されているという事態は変わるものではない。そして、その言辞が旧身分制的なニュアンスを払拭しているからといって、社会的差別の存在まで解消したわけでもない。さらに、被差別部落の人々がアイデンティティと権利を主張すれば、ただちにその位置は二項対立的な規定関係のうちにとらわれてしまう。しかも、被差別部落の側がこうした自立的なアイデンティティを確立することの困難にあえいでいるとしても、マジョリティである非部落住民は自らの二項対立的関係への共犯的な位置を自覚する必要がない。それはいわば〝透明な〟位置である。以下で論じることになるが、こうした差別問題の構造は、なんらかの法律的な根拠をもったシステムでもないし、生物学的な差異にもとづくものでもない差別の構造である。この差別の構造は、文化主義的に特定の集団に種的差異を付与していくという点で、ひとつの人種主義である。このように、この人種主義が文化的差異によってつくりだされるものであることから、ネグリとハートにならって、これを〝差異主義的人種主義〟と呼びたい。[*4]

中上健次が部落問題を差異主義的人種主義だとみなしていなかったとしても、中上がその文学的企てにおいてターゲットにしていたのが、マジョリティとマイノリティの二項対立的で、相互規定的で差異主義的な関係であったことは疑いない。事実、そのことは彼が「被差別部落」という言辞の代わりに用いた〝路地〟という言葉によってしめされている。中上は〝路地〟という言葉によって二項対立的な隘路からの脱出を試みている。さらに被差別部落に対する差別をつくりだす支配的な価値序列的な関係を転覆させようと、文化的に超越的で象徴的な位置を確保しようとしていた。

中上健次の文学的企てとは、先回りしていえば、自らのアイデンティティを不安定にさらすというリスクを冒してまでも、〈部落ではない何か他のもの〉へと変容しようとする試みである。しかしそれはまた同時に、戦後日本社会においては、国民の形象とのあいだで格闘せざるをえないということも意味していた。だからここで私が論じようとするのは、戦後日本における部落問題の言説が国民の形象との関係においてどのように構成されたか、そして周縁化され、疎外されている部落の解放をめざす戦略が、戦後国民国家のもとで、どのように政治的－精神分析的に象徴的な構造に規定されているかということである。その構造とは戦前・戦後の日本の天皇制に由来するオイディプス的な構造である。慣例的な部落史の語り——そこではつねに前近代社会から変わらない日常的な差別に取り巻かれている被差別部落の姿が描かれるが——とは異なるとはいえ、中上健次の企てのうちに投影された経験は、戦後日本社会のもとで部落が有してきた典型的な軌跡のひとつであると考えられるのである。

2　中上健次の脱－物語化の戦略

中上健次がよく理解していたのは、被差別部落の起源が日本列島における前近代の政治体制や文化、習慣に由来しており、しかもそれが今日の部落をも条件づけていることから、部落問題とは資本主義的搾取や収奪によって説明が尽くされるものではないということであった。それは近代社会を前提とした理論や政治的実践もふくまれる。中上によれば、部落問題を条件づけているのは〝物語〟である。それは文学、伝統的な意味での和歌や俳句、小説のみならず広義の〝文化〟

によって構成されている。しかも、部落解放を目的として組織されてきた政治運動もこの〝物語〟に規定されている。中上にとっては、この〝物語〟は基底的な体制として絶対的な力を有し、それは究極的には天皇と天皇制に帰属するものであった。それゆえ、部落問題を条件づけている位階的秩序を転覆しようとするならば、何よりも天皇のもとに構成されている物語を破壊しなければならなかった。それは新たな物語に取り換えることではなく、脱‐物語化のプロセスを通して解体されるべきであった。[*5]そうした意図にもとづいて、中上は被差別部落の起源にかかわるかぎりで日本のみならず西洋やアジアの文学を探索した。そして、彼がいうところの〝アジア的物語〟が西洋に対する対抗的文学として機能すること、それが〝カタストロフィー〟と母性的なものを内包していることを「発見」するのである。[*6]

しかしさらに留意すべきことは、中上の脱‐物語化の企てと物語の再創造が、天皇を消去することをめざしたのではなく、むしろ天皇制の再分節化を意図していたということである。天皇制が暗黙のうちに部落のケガレをもたらす位階的秩序と鍵概念を配していることについて中上はよく自覚していたにもかかわらず、彼はけっして天皇への尊敬の感情を捨てようとはしなかった。この感情は、中上が被差別部落に対する自身のノスタルジックな同一化の心情を放棄しなかったことと無関係ではない。被差別部落は彼にとって失われた母の／父の大地であり、想像力の源泉であった。

天皇に対する中上のこの両義的な態度抜きには、被差別部落の日常をアジア的物語として解釈していく彼の企てを理解することはできないだろう。なぜなら、中上による被差別部落の物語の解釈は、部落の人々のばらばらな経験を統合し〝領土化〟することを目的としており、それはあたかも固有の神話と公用言語の創造によって達成される国民国家建設のプロジェクトのごとくなのである。これも後述するが、アジア太平洋戦争における敗北のあと、被差別部落の来し方行く末は国民国家内部の差異の言説として構成されるようになる。それは中上の文学的企てそのものでもあり、中上の王国のなかで天皇は父／母の場所を占めることになる。しかし同時にまた、中上はそうした、私がオイディプス的象徴構造と呼ぶものとの闘争を継続していたということであり、その闘争を通じて、天皇のもとでのマスター・ナラティヴから被差別部落を解放するために、他者−化（becoming-other）の試みを繰り返していたのである。天皇の物語を、天皇の否定や消去なしに換骨奪胎しようとするこの試みは、脱構築と呼ぶよりも、精神分析的な意味での愛着（attachment）に規定された分節化の繰り返しである。

ここでオイディプス的象徴構造について説明しておこう。フロイトの古典的定式にしたがえば、オイディプス・コンプレックスとは、母に対する息子の近親相姦的な欲望であり、母を性的に支配する父にたいする性的嫉妬であり敵意である。この家庭関係はしかし普遍的で社会的な隠喩構造となる。父あるいはオイディプスが死んでもこの隠喩構造は機能する。母の兄弟が父の代わりともなるし、あるいはその場では不在であっても象徴的な位置を占める。ラカンによれば、むしろ象徴的な構造の中に欠如が与えられるからこそ、それを充填しようとする欲望が生まれるのである。さらにドゥルーズ／ガタリにあっては、この象徴構造は資本主義的蓄積の構造においても、想像的な土地回復の欲望として存在することになる。[*7]

これに対して中上は、彼なりの探求の過程で母系制の物語がアジア的物語の特徴であることを発見した。それはフロイト・モデルのオイディプス・コンプレックスにもとづく父性的な物語と対照的である。[*8] たとえばオイディプス神話をヒンドゥー・インド神話のラマーヤーナーと比較して、ラマーヤーナーに記述されている古代母系制社会においては、母とその息子たちのリビドー的で性的な関係は父によって禁止されていないこと、だからその社会では父を殺す必要がないこと、したがって古代社会の人々は文明や法の起源となるような根拠を持たないと主張した。[*9] こうした関係性は、母と息子の関係が壊れないかぎり――その場合は母が息子への関心を失い、他の男や〝社会〟に関心を持つようになるということだが――、インセスト・タブーによって置き換えられることはない。中上にとっては、アジア的物語におけるこうした「性の愉楽」はあたかも海か母の子宮のうちの羊水にたゆたうように、私たちを包んでいる。[*10] 母の性的な力にもとづいて成立するアジア的物語とは、まさに母／父の土地に対する中上の欲望の実現である。この観点から中上は天皇の象徴的意味について、それはアジア的物語の産物として、母の性的力の体現であり、同時に母の回避しがたい力を統御する父の力の体現として解釈するのである。天皇を父と母の両方の意味において解釈するというのは日本の天皇・天皇制に対する典型的な論理である。それは西洋の王を父権的な権力として理解することと対遮的な関係にある。中上もこのような天皇についての解釈を踏襲しているが、しかしまたそれによって、アジアと西洋の両方の物語を「性の愉楽」の力で融合し、再構築できると考えた。つまり中上にとって、「性の愉楽」の力はあらゆる物語と社会を形成する根源的な要素なのである。性の力についてのこうした理解はフロイトのリビドー概念に類似しているが、中上はむしろマルクスの『資本論』になぞらえて、「性の愉楽」にもとづく物語を『資本論』における商品の物語に照応させて展開しようとした。[*11]

では、マスター・ナラティヴの転覆という中上の文学的企てがいかに行きつ戻りつしながら展開されたか、そして「性の愉楽」の力がどのように作品群のなかで働いているかをみておこう。〝熊野サーガ〟として知られている連作は、『岬』（一九七五年）、『枯木灘』（一九七七年）、『地の果て　至上の時』（一九八三年）の三部作を中心としている。それらは主人公・秋幸と父との対立、妹との性的関係、そして路地の消失を主題としてめぐる物語である。中上は、秋幸の父殺しの欲望と妹への性的関係を物語化することで、どのように〝部落〟が生み出されるかを繰り返し描いた。それはあたかもラマーヤーナーの神話のごとくである。実際、中上は古事記のようなマスター・ナラティヴを転覆しようとする。古事記は国の誕生が近親相姦の禁止を通じてのみ可能であることをしめしている。これに対して、部落の起源は部落の人々が近親相姦タブーを破ることに由来していると、中上は考えたのである。マスター・ナラティヴのこの転換こそ、三部作においで実行された企てである。しかし中上は路地を消失させざるをえなかった。三部作のしめくくりとなる『地の果て　至上の時』において、部落そのものである路地は、秋幸の父・龍造の自死と、秋幸が路地に火を放つことでこの地上から消すのである。中上のアルター・エゴとしての秋幸は、彼の想像上の他者を除去しようとするのだ。想像上の他者とは部落と父・龍造の存在にほかならない。それらの除去によって秋幸／中上は自分以外の何かになろうとするのである。この意味で、三部作の結論は、想像上の自己と想像上の他者との相互循環的な円環によって規定されている部落の人々の存在そのものが危機にさらされるポイントをしるしづけている。部落の消失は新宮における部落で実際に起きた展開に重なっている。一九七九年から一九八三年にかけての同和対策事業は五四戸の新しい住宅を建設したが、それによって伝統的な部落の共同体は根本的に変ってしまったからである。[*12]

秋幸を主人公とした三部作において、性の愉楽の力にもとづく中上の脱－物語の企ては、他者－化のための闘争、すなわち他者になるという点で不可能性の可能性を実現することを意味していた。しかし、自らの想像上の他者に対するこの闘争は、他者そのものをつかまえるときまで止むことがない闘いである。他者そのものとは、つまり、部落問題そのものを成立させている実際の条件である。したがって、路地と父の消失は、マスター・ナラティヴを脱－物語化するという中上の企てにとっての本来の解決を意味しない。三部作が終結したのち、中上は三部作の続編として、『日輪の翼』（一九八四年）を書くことになる。そこでは路地の火災のあと、七人の老婆と路地の青年が東京の皇居や主な神社をめざして旅をし、最後に老婆たちは皇居のある都市東京にまぎれこんで消えていく。この結論は中上のジレンマとその解決法を開示している。それは彼のマスター・ナラティヴへの反抗が、天皇と天皇の物語との対決によっては、成就を迎えることはできなかったということである。むしろ天皇と天皇の物語への侵入で終わるのだ。それは天皇との同化ではないかもしれないが、物語の中心としての天皇の位置をくみかえることなく部落の老婆たちが昇華して痕跡を消してしまうという点で、物語上の和解である。いいかえるなら、中上は確かに部落と、古代から現代までの様々な賤民たちの物語を対置することで、マスター・ナラティヴに抗し、それを脱－物語化しようとしたが、その試みによっては、天皇の聖なる位置を汚すことはできなかったのである。これは彼のすべての作品に共通する、部落に対する中上のノスタルジックな同一化とパラレルである。

しかしここで、もうひとつの主題が彼の文学には現れることになる。部落のアイデンテンティは部落の人々が部落を離れたときどのように保持されるのか。これが、彼の最後の、そして未完の長編である『異族』（一九八四―一九九二年）の主題となる。

3　『異族』と民族主義《エスニック》的国民主義のアイデンティティ

『異族』の主人公のひとりであるタツヤは路地から出てきた青年であり、青い斑点を持ち、在日朝鮮人のシム、先住民族アイヌのウタリと出会う。シムもウタリも同じ斑点が体のどこかについている。物語は、東京の空手道場に寄寓していたタツヤ、シム、ウタリが元日本軍の将校で右翼の黒幕である槙野原に操られながら沖縄、フィリピン、台湾に赴くことで展開していく。槙野原は満州帝国の復興を計画しているらしい。やがて同じような斑点を持つ八人の登場人物たちが現れることで、この小説が滝沢馬琴の『南総里見八犬伝』と三島由紀夫の『豊穣の海』のパロディであることがわかるのだが、『異族』は『八犬伝』のような冒険小説や国民国家建設の物語ではない。むしろ三島が構想したような、東西の文学の融合をめざし、想起のなかでしか現れない失われた文化と国家と選民たちを語る物語に近い。ただし三島との違いをいえば、天皇へと向かうベクトルの強度において三島を上回ることをめざした点にあるのではないかといい得るだろう。『異族』は何よりも天皇を欲する右翼的青年であるタツヤの物語である。彼はシムやウタリのようなマイノリティのなかで自らのアイデンティティを捜しもとめる。たとえば、在日朝鮮人との対比において、作者はシムに路地について次のように語らせている。

在日朝鮮人は路地の住人たちとはちがう。[*13]

『異族』の登場人物たちがさまざまなエスニック・マイノリティに出会えば出会うほど、タツヤは自分のアイデンティティが不安定になり、その結果、天皇に傾倒していく。ここで路地と部落のアイデンティティは、究極的には天皇によって規定される日本の国民主義の想像地図に重なることになる。いいかえるなら、中上はそれ以外の想像地図を見出すことができなかったのだ。それは部落のアイデンティティが日本と切り離してありえないということも意味する。四方田犬彦が記すところによれば、中上は一九八六年にニューヨークのハーレムに滞在したとき、マイノリティとのある種の心情的連帯が実現することを期待していたという。しかし彼は黒人たちの部落への無関心に直面し、それが中上をいらだたせたという。[*14] 実際、中上が部落の起源(の起源)が〝文化〟〝歴史〟、あるいは制度、つまり部落解放の物語が依拠してきたところの日本の物語との強い結びつきを前提するかぎり、〝日本〟という想像地図から部落を区別することは不可能になってしまうのである。とはいえ私がここで主張したいのは、中上の天皇主義や日本主義についての批判ではない。むしろ指摘しておきたいことは、中上は、部落を名指す固有名が不在である場所に、〝父の名〟を書き込みたいという欲望に逆らえないということである。[*15] この〝父の名〟は天皇であってもよいし、あるいは日本・日本人などのような、他のナショナリティによって置き換えることも可能である。つまり、部落の特異性《シンギュラリティ》を獲得するために、中上は一方で部落をマジョリティからも、他のマイノリティからも区別しようとするが、他方ではこの差異化はけっして終わることがないということである。なぜならこの差異はナショナリティの圏域のうちに無限に内在化されているからである。さらに、たとえ天皇が古代的で伝統的な紐帯であるようにみえても、実際には差異主義的な運動の欲望を満たすために機能するからである。不断に自己を差異化＝卓越化しようとする欲望は、天皇の名によって正当化され、天皇によって与えられている圏域のなかをかけめぐるのである。この意味で、中上の差異化の企ては差異主義的な人種主義の別名にほかならなくなる。それはたんに日本・日本人のナショナリティのなかでの差異化の再生産に過ぎない。そこではナショナリティが前提となっているため、そのナショナリティの限界を超え出ることができない。したがって、部落／路地は日本という想像地図のなかでのみ自分自身を満たすことができる。『異族』において、日本の想像地図の外に位置する在日朝鮮人と比較するとき、部落／路地の定義がトートロジーに陥るのはそのためである。

かくして、中上が提示した部落のアイデンティティの様式は、それが民族主義的な国民主義のアイデンティティのなかの差異、あるいは日本のなかの国民的差異であるときにのみ充足されるということがわかる。しかし、民族主義的な国民主義のアイデンティティのなかの差異として部落のアイデンティティをたちあげたのは、中上だけではない。むしろ、前近代社会に由来する固有名を失ったあと、国民主義のアイデンティティの内部で部落の人々がアイデンティティをたちあげようとしたときに、すでにそうした枠組みが前提されていたというべきである。こうした事態は、社会的経済的階級や社会的身分としての固有名を喪失し／欠落させ、そしてマジョリティ／マイノリティの二項対立関係に還元されたときに生起する、まさにサバルタン階級の出現に等しい。彼ら・彼女たちは自身が敵意と不平等を被っているところの支配的な体制から自己表象を探し求めなければならないのである。しかも、アジア太平洋戦争以後の人種主義と国民主義の布置関係は、植民地を有していた戦前の場合とは異なる様相をおびる。それは、部落問題における人種主義と国民主義の布置関係の変容をも意味していた。こうしたことは、戦後国民国家の形成のあり方が部落問題の言説にどれだけ決定的な影響を与えたかをしめしているのである。

4　部落のアイデンティティと人種的民族性

一九四五年の敗戦によって、戦後日本社会についての言説とともに、部落問題の言説も、多民族的な帝国のもとでのナショナリズムから単一的な国民主義へとシフトする。この変化を見定めるために、一九二〇年代の水平社運動の言説と一九四五年の部落解放委員会のそれとを比較してみよう。水平社運動は、部落民が自らの手で解放を求める国民的運動として一九二二年三月に創始されるが、水平社の創立メンバーは部落をある種の民族的／人種的な集団だと理解していた。少なくとも当時は、部落の指導者たちにとっては、人種的な民族主義のもとで部落のアイデンティティを把握するということはけっして突飛な思いつきではなかった。たとえば水平社創立大会の記録では、「我々穢多民族」「我々民族」という言葉が復唱されていた。[16] さらに、初期水平社運動の指導者の一人である平野小剣はこう書いている。「由来一切社会の歴史は階級闘争の歴史である——と。けれどもこの階級闘争の以前に、又それと同時に、種族の闘争があった」[17]。平野はまた水平社創立大会に先立つ文書のタイトルを「自発的解放の叫び　特殊民族解放運動」と名づけていた。「部落＝異民族起源論」は部落に対する人種主義的な差別の根拠となる一方で、戦前の多民族帝国主義日本の言説のもとでは、部落の差異性を正当化する根拠ともなったのである。

　戦前日本帝国主義とは台湾と朝鮮、中国東北部、さらに環太平洋諸国を植民地化することで多民族帝国として構成され、日本人はその想像地図におけるアジアの人種的序列の頂点に自らを位置づけた。その過程で、創立期水平社に参加した部落解放運動の指導者たちは、〝民族的・人種的な差異〟を刻印され、あるいは自己表象すると同時に、日本人としての国民主義的アイデンティティのなかに自らを位置づけていた。実際、水平社運動は、ユダヤ人や朝鮮の旧賤民である白丁など、国際的なさまざまなマイノリティとの国際連帯を表明している。そうした態度には、民族的あるいは文化主義的な種的差異がもたらす差別に対する共感があらわれているといっていいだろう。[*18] しかしやがて、部落のアイデンティティを人種的民族主義的な差異として声高に主張する必要はなくなる。第一次世界大戦後の社会の資本主義の発展と近代化の進展のもとで、国民主義の高まりと社会の均質化が進行したからである。水平社運動において、差異性とは、そうした社会の均質化が逆説的にもたらす部落の人々への差別の激化に顕著にあらわれていた。さらに、その結果として、マジョリティとしての日本国民に対する部落の人々の反発とルサンチマンの増大が部落民意識というアイデンティティを構成した。これが国民運動としての水平社運動の課題を規定した基本的な条件である。こうしたルサンチマンに支えられつつ、初期水平社にあっては、差異の根拠を探し求める衝動が直接的に天皇制と結びついてさえいる。そもそも徳川時代の賤民身分制度を廃止することで国民の統一を唱導した、明治天皇の「聖旨」が差別に対する糾弾闘争などの場で参照されることはまれではなかった。さらに、一九二三年の関東大震災に際会して、天皇を擁した部落の独立革命（〝錦旗革命〟）さえ、初期水平社は構想した。[*19] もちろん断っておかなくてはならないのは、戦前の全国水平社の運動のすべてが天皇を抱く日本主義や国家主義であったわけではないということである。朝治武が詳細に追求したように、一九二〇年代後半には全国水平社はその急進的な左翼化が問題視されていたのであり、そこでは部落問題という差異をプロレタリア階級の利害に解消しようという方針がリアリティをもって議論された。また、帝国主義戦争やファシズムとの闘いをうたった水平社の運動方針が影をひそめるようになるのは、一九三七年の日中戦争の全面化以降である。[*20]さらに、軍隊経験や国策への動員などを通して、部落と非部落との接触面を拡大する総力戦体制は、差別の増加とともに、融和主義という名の国民主義的な同化主義の高まりをもたらした。総力戦体制下の水平社運動は、部落民のなかに蓄積されたルサンチマンの組織化において、天皇制のもとでの皇民意識への統合をめざすか、あるいは天皇制国家との協調的態度をとりながら、そのもとで部落民意識という差異性に固執するかという葛藤に直面した。[*21]やがてこの葛藤にともなう路線対立と運動の分裂をかかえながら、日米開戦を前に全国水平社は解消過程に入ることになる。[*22]こうしたプロセスにおいては、多民族帝国に規定された人種的民族的な差異主義としての被差別部落という自己認識は後景に退いていったようにみえる。むしろそれは部落＝異民族起源論として、差別主義の言辞においてのみ確認されるようになる。ここでみておきたいのは、多民族帝国としての枠組みに規定された位階的な民族的人種主義が、総力戦体制に向かうなかで、皇国主義的な国民主義にとってかわられていくということである。この文脈に、タカシ・フジタニが提起している「粗暴な人種主義」から「慇懃な人種主義」への移行を参照してもいいかもしれない。[*23]とはいえそれはまだ戦後の国民主義ではない。そこで次に、戦前と戦後の国民主義の相違にもとづいて、戦後日本における部落問題の言説編制を検討しよう。

5 「オールロマンス事件」と戦後部落問題の言説

戦前日本の言説と比べると、一九四五年以降の部落問題の人種的言説は、日米関係に規定された人種主義的言説によって抑制されるようになる。占領期に、冷戦下の秩序にしたがって、SCAP（連合軍最高司令部）は「相互の人種主義の相対的調和」政策にもとづく占領政策をすすめた。そこでは日本とアメリカ合衆国とのあいだの人種的位階秩序は潜在的に維持されていた。[*24] 一九四二年九月一四日の日付を持つ、ライシャワーの「日本に対する政策についてのメモ」では、日本占領についての基本政策は、米国のアジア人に対する人種主義に由来するアジアへの不安にもとづいている。[*25] 日米の潜在的な人種主義と人種的位階秩序は、国民主権のもとでの日本の国民主義に帰着した。しかし、日本人の優越性に根拠を置いたこの国民主義は多民族帝国としての日本帝国主義の崩壊と、多民族原理から排外主義的な単一民族原理への劇的な転換をとおしてのみ可能であった。[*26] さらに、単一民族的な国民主義に基礎を置いたこのナショナリズムは日米の協力関係の結果でもある。それは単一民族的な国家のもとでのみ近代化が存在しえてきたのだという言説を構築したのである。このことは、アメリカ合衆国が一九四五年前後に部落問題をどのように理解したかという点によくあらわれている。そうした理解は、アメリカ合衆国情報部による日本に関する調査資料のなかに散見できる。そのひとつが「エタ、日本における被圧迫集団」（一九四二年二月五日）である。[*27]

この報告は、起源、人口、歴史、解放運動、さらに差別の状況を述べたあと、「今日、この集団は潜在的には一〇〇万か二〇〇万存在しているが、日本社会におけるアキレスの腱であり続けている」と結論している。さらにこの報告では、日本人の人種差別的偏見の証拠として、「日本人は他のすべてのアジア人を同胞だとは考えていない」と記し、「人種的社会的偏見という観点からいえば、日本人はアメリカ合衆国に石は投げないだろう」と述べている。また、部落民＝朝鮮民族起源説をとりあげ、それは間違いであることを指摘しつつ、「朝鮮人の処遇をみるかぎり、日本帝国のそれは大東亜共栄という思想とはまったく一致していない。それは日本のエタに対する迫害に等しい」と論じている。この報告は、部落と非部落は法的な区別にもとづくものではないから、差別の責任は行政府にはないとも付け加えている。こうしたアメリカ情報部の主張は、敵国日本に対して戦略的かつ倫理的な優越性を確保し、心理戦において勝利するためのものである。そのために部落問題と日本人のアジア植民地への蔑視を、〝日本のアキレス腱〟と表現したといえよう。それによってまた日本の劣等性、封建的性格、野蛮さなどを際立たせようとしているのである。こうした言説はのちにルース・ベネディクトの『菊と刀』において範例化される。それは占領政策のためのガイドブックとして書かれたのである。むしろ情報部の報告はベネディクトの著書の基礎資料のひとつになったと推定できる。[*28]

この合衆国レポートにおいて、人種的位階秩序は近代化論からみた秩序に置き換えられ、人種的差異にかかわる論点は国民国家間の論点に取り換えられている。部落問題は、人種的差異の問題として把握されるというよりも、近代化論からみた日本の劣等性と封建的性格の根拠に転換されたのである。同時に、アメリカによる占領政策の一部でもあった単一民族的国民主義は、日本政府が、日本社会内部における人種的差異に深くかかわっている問題を、人種的差異を無視してあつかうことを可能にした。これらの人種問題は、戦前の多民族帝国主義に起源を有していたが、戦後は国民国家間の問題として処理することが可能になったのである。こうして、旧植民地出身者に対する国家賠償は国家レベルで処理されることになり、他方、部落問題は国内的差異、一国の国民主義内部の差異とみなされるようになったのである。そして部落問題の解決をうたう人権問題にかかわる諸政策は、同時に排外主義的な国民主義／ナショナリズムを強化する言説の生産にあずかることになったのである。フィヒテが『ドイツ国民に告ぐ』において主張したように、敗北し、占領された国民は熱狂的にラディカルな平等主義を標榜することも加味しておく必要がある。[*29] こうした排外主義的な平等主義は単に政策や政治的原理として〝上〟からもたらされるわけではなく、部落民自身の、マイノリティとしての部落民自身の欲望として形成された主張でもあったのである。

部落民の場合においても、行為主体にあらわれる欲望は、他者（Other）の欲望との関係において規定された自己（Self）の欲望である。そこには、米合衆国の占領政策と日本政府、そして戦後日本社会が協働して形成した単一民族的な国民主義が投影している。こうして創出された人種的言説は、戦前の言説とは異なる単一民族的な国民国家に規定されている。そのもとで戦後の言説は人種主義や種的な差異を参照することなく作り出されたのであり、それゆえ社会の構成員たちは人種主義や種的差異を忘却することが可能になった。繰り返しになるが、このような条件のもとで、戦後の部落問題の言説は、基本的には国民内部の差異の言説として形成されたのである。しかしそれは、部落問題における国民的言説の構築にかかわる、一九五〇年の朝鮮戦争勃発直後に発生した決定的な事件を介した転換を経由している。それが以下で紹介する「オールロマンス差別事件」である。

一九五〇年一〇月、『オールロマンス』という大衆雑誌に「特殊部落」と題された小説が掲載された。舞台は同時代の京都に設定されている。登場人物たちのほとんどが在日朝鮮人であり、その地域も在日朝鮮人の集住地域であることがわかるようになっている。しかしまた注意しておきたいのは、その地域が「柳原部落」と呼ばれていることである。それは京都ではよく知られた被差別部落であった。しかし小説で描かれた舞台は実際には「柳原部落」に近接しているがそことは異なる在日朝鮮人のスラム、〝朝鮮人部落〟なのである。まずここに〝部落〟という呼称をめぐる意味作用が生じている。ひとつの言葉から別種の意味生成の作用が起きてしまうのである。主人公はこの朝鮮人部落に住む日本名の若い医師であるが、朝鮮人の父と日本人の母を持つ。彼が愛している女性もまた朝鮮人の父と日本人の母から生まれた。ふたりのロマンスが物語のプロットを支えていくが、しかし小説の描写のほとんどが費やされるのは、特に密造酒をめぐる朝鮮人住民と日本警察との争闘である。そこでは朝鮮人部落のボス、娼婦、青年団の若者たちが中心に描かれる。物語のクライマックスに向かって、警察は密造酒の醸造所を急襲し、朝鮮人たちが抵抗する。その暴動が収まるかとみえたとき、豪雨のために河川が決壊し、洪水が地区を襲う。その過程で、堤防を守ろうとした青年が命を落とし、警察と朝鮮人たちは協力して地区を守る。嵐が去ったのち、今度は地区に腸チフスと赤痢が蔓延する。医師は京都市の衛生局員たちや保健職員たちとともに患者の治療にあたり、地区の青年たちも医師たちの看病と地区の衛生活動に組織的に協力する。

この小説について、キム・チョンミは次のことを論証している。小説に描かれた場所は被差別部落ではないが、モデルになっているのは実際に被差別部落の近隣にある京都の朝鮮人スラムであり、登場人物たちもそこに住んでいる朝鮮人である。小説のプロットには作者の意図がよくあらわれている。彼は当時、京都市の臨時職員であり、かつての植民者と被植民地住民との想像的な関係をフィクションに仕立てたのである。さらに想起しておきたいことは、これが朝鮮戦争の開戦時に書かれたということである。当時、内務省はGHQとともに在日朝鮮人組織を、日本における中国と朝鮮の共産党の活動家を支援しているとの口実から弾圧していた。実際に多くの朝鮮人が日本共産党に参加し、北朝鮮の闘いを支援していた。この状況を鑑みて、日本の外務省は一九五〇年八月二〇日に日本における第一の敵は在日朝鮮人であること、そして朝鮮戦争は北朝鮮の共産軍と米合衆国および国連との「二つの世界の対決」であり、日本人は誰しもこの「思想戦」からは逃れられないという声明を発表している。[*30] こうした事情をふまえて、キム・チョンミは、小説「特殊部落」は、当時の日本官憲と在日朝鮮人との抗争を事例として、朝鮮戦争下の状況を充分に意識した明らかに政治的な意図をもって書かれたのだ、としたのである。

しかし、キム・チョンミがもっとも厳しく批判したのは、この小説と雑誌を部落差別であると糾弾した部落解放全国委員会京都府連合会（以下、京都府連）の取り組みが、その後の戦後史のなかで顧みられることがなかったことである。京都府連は、当時、この小説において著者が舞台を「柳原部落」に設定していること、そして小説の題名が「特殊部落」であることを根拠に糾弾闘争を組織した。さらに、京都府連は、その糾弾要綱において、日本が敗戦以来、占領軍による統治のもとで植民地状況にあるという一般的な状況にのみ言及し、それが外国人に対する日本人の劣等感、朝鮮人と部落民に対する優越感を生み出しているという分析に終わっていた。つまり、京都府連はこの小説の内容とその政治的含意を完全に無視したのである。むしろ、京都府連は誰であれ部落・部落民という言葉を侮蔑的なニュアンスをふくめて用いた場合には、謝罪すべきであるという基本的な運動路線を実践したといえよう。それは確かに戦前の全国水平社の闘争方針を踏襲している。またこの運動路線は、被差別部落に対する社会的不平等については、地方行政および国家行政がその解決にあたるべき責任を有するということも意味していた。部落に対する差別的言辞の存在は差別的な体制や社会的現実の存在の証拠であるという解釈によって、部落解放運動はこのときに、差別に対する部落民の怒りやルサンチマンを組織するための方途を見出したといってもいい。ただしその場合、そうした言辞と実際の政治体制との関係についての詳細な分析は後回しにされた。そしてこの運動路線にもとづくことで、京都府連は京都府行政に対して、市内のいくつかの部落における環境改善事業を実施させることに成功したのである。

「オールロマンス事件」を契機として見出されたこの運動方針＝行政闘争方針が全国的に適用されるようになるのは一九六〇年代である。同和対策事業が本格的に展開されるためには、一九六五年の同和対策審議会答申の提出と一九六九年の同和対策事業特別措置法の施行までまたなければならなかったからである。さらに、こうした同和対策事業の本格化のなかで、「オールロマンス事件」は「オールロマンス闘争」としてロマン主義化されて物語られることになった。しかしだからこそ、一九八九年から一九九〇年代前半にかけて、キム・チョンミによる研究をふまえた問題提起をとおして、「オールロマンス事件」は運動体と研究者をまきこんだ論争を巻き起こすことになったのである。なによりも一九五一年当時の部落解放全国委員会京都府連合会による問題のとりあげ方と、糾弾闘争の論理を反復するかのように、一九七〇年代から一九八〇年代前半までの同和対策事業が進められたからこそ、この問題はまさしく論争的な主題となったのである。

ここで、戦後における部落問題の言説形成にかかわって、〝特殊部落〟という言辞がどのように構成されてきたかに焦点が当てられる必要がある。先にみたように、この言辞は被差別部落を指示するために一時的に捻出された言葉のひとつでしかなかった。それが一時的かつフレキシブルな言葉だからこそ、戦前日本の植民地総督府は、李氏朝鮮期の賤民である白丁の人々がすむ居住地だけでなく、僧侶たちが住む地域をこの名前で呼んだことがある。[*31] この臨機応変性によって、〝特殊部落〟という言葉は特徴的な機能を有するにいたった。さまざまなスラムに対しても、あるいはこの小説のように「朝鮮人部落」を意味する言葉としても用いられた。そうした事情のもとで、「オールロマンス闘争」はこの言辞の両義性を強力にコントロールし、被差別部落にかかわらないほかの解釈を除外したのである。それは、〝特殊部落〟という言辞のアレゴリカルな効果を統制する操作だったといってもいいだろう。しかも言語のアレゴリカルな効果の統制というこの操作は、戦前の多民族的なナショナリティから戦後の単一的で排外的な国民主義への転換にまさしく対応していた。

さらに、被差別部落を日本国民の内部にある汚点や内的な差異としてみなすことは、マジョリティの日本人にとって〝無限の負債〟を課す。被差別部落を日本国民の構成員とするために――平準化された〝日本国民〟という共同性を維持するために――、マジョリティの日本人はこの〝差異〟を解決しなければならないという負債である。同じ物語から、被差別部落の人々も、〝無限の負債〟を受け取るという効果が生まれる。それは被差別部落の意識のなかに深く内面化される負債である。しかもこの内面化された負債は、〝特殊部落〟――言葉としての、参照項としての――がけっして消え去らないという事実によって、たえず意識に呼び起される。そこでは被差別部落は常に自己肯定の根拠をもたないままに放置されているのである。こうして、自己表象をもとめる感情は、この部落解放運動の慣習的な物語のなかにある、ルサンチマンの内面化の道筋に沿いながら方向決定されていくことになる。つまり、自己肯定や自己愛の根拠をこの物語の内部にさがしもとめるという方向に誘導されていくということである。

もちろん私は、被差別部落に対する差別的な言辞の存在が、マジョリティ／マイノリティという二項対立を構成している〔大文字の〕他者（Other）のありかを暴きだしていることを否定するものではない。ここでいう大文字の他者とは、無意識の審級において自己肯定の根拠を最終的に規定しているもののことであり、ときに天皇制であり、日米関係によって支えられた国民主義であり、〈西洋〉である。この他者（Other）こそが、マイノリティ／マジョリティの二項対立を構成し、被差別部落をたえず一方的に命名する力を有することで、部落を認識論的な暴力に晒すものだ。だが問題は、こうした認識論的な暴力の存在にとどまらない。理解しなければならないのは、それがマイノリティの内面に働きかける作用である。戦後日本の国民主義の物語は、被差別部落の内面化されたルサンチマンを構成し、マイノリティのアイデンティティが国民主義の外に出ようとすることを阻害し、さらにはその結果、マイノリティ自身が自律的な内部世界を構成することさえも阻害する。これによって、若き中上健次がそうであったように、自分で自分を自己愛の対象を喪失したものとしか考えられないように追い込み、喪失感と疎外感を意識のなかに育てていくことになるということである。[*32]

私はこうした内面化されたルサンチマンについて、それが「トラウマ的出来事に対する言語的な代補である」ことから、そしてとりわけ差別的な言辞という出来事に起因するものであることから、トラウマ化（traumatization）と呼びたい。これはジュディス・バトラーの用法にしたがっている。[*33]およそいかなるマイノリティも、慣例的な物語において、このトラウマ化を避けるのは困難である。なぜならマイノリティの闘いは彼ら・彼女たちの経験をまずルサンチマンに転換することに成功したところからはじまるからだ。フランツ・ファノンが次のようにいったとおりである。「人間の行動は単に反応的（reactional）なものではない。それに、反応（reaction）のうちには常に怨恨（resentment）が混っている。『権力への意志』においてニーチェはすでにそのことを指摘した」[*34]。こうしたトラウマ化は個人的な行為であるというよりも、不可避的に言語論的であるということである。「特殊部落」の意味作用が常に参照項を無限に増殖させるか、参照項そのものを空白にしてしまい、自己表象が困難になるように、である。とはいえファノンは先の引用に続けてこういっていた。「人間世界を作り上げている根本的価値の尊重をあらゆる面で維持しつつ、人間をして作動的（actional）ならしめること、それこそが反省の果に行動に備えているものの、緊急の任務である」。ファノンにしたがえば、解放のプロジェクトにおける最重要の責務とは、反応的（reactional）な意識を、ヒューマニズムの諸価値にもとづいた能動的（actional）で肯定的なものに転換することである。

これに関していえば、反応的な意識を解放に向けた能動的で肯定的なものに転換するプロセスが、「オールロマンス事件」と京都府連の運動においては、総じて国民主義的な文脈に翻案されて展開されたということになる。確かに在日朝鮮人の抵抗運動や朝鮮人の共産主義運動に公然とかかわることは、SCAPが占領する日本においてはきわめて大きな危険があった。とはいえ京都府連の運動方針は、小説「特殊部落」の物語を、朝鮮戦争と東アジアの政治情勢にかかわらせて考えることを否定しただけでなく、そうした関係そのものを除外＝否認したのである。この否認の働きのもとで、被差別部落のトラウマ化と自らの犠牲者化とともに、日本の敗戦と被植民地住民に対する責任をも否認した。平等化への興奮が、敗北した主体の位置を、敗戦に無関係でイノセントな主体へと変えることができたのである。

さらにつけくわえるならば、平等化を要求する位置をとおして、「オールロマンス闘争」の語りは在日朝鮮人と日米関係の相互作用のなかにある人種主義的な言説を否認することも可能にしている。そして、人種主義的な言説を国民主義的な言説へと転換したのである。これによって、被差別部落は人種主義と民族的人種的なアイデンティティの亡霊から自由になることができたし、在日朝鮮人のような他のエスニック・マイノリティとその人種的言説から自分たちを度外視することができるようになったのである。こうして、戦後における被差別部落の解放の語りは人種主義的言説を抑圧することで形成されたといえよう。

ここにおいて、部落問題の慣例的な語りが問題となる。その語りが一国主義的な国民主義内部の差異として部落問題を語るかぎり、それは、被差別部落に対する差別的な敵意を国民主義への背反として説明することになる。そして自明とされているその歴史的〝起源〟については、その言説を規定している文化主義的で差異主義的人種主義の仕組みに言及しないならば、他の人種主義的言説との関係から切り離してしまう。それによって、エスニック・マイノリティに対する人種主義的敵対を超越した位置に、被差別部落を措定することになってしまうのである。こうして、部落差別の語りとその起源の語りが、人種主義の言説を抑圧し、戦後日米関係が構築してきた一国主義的国民主義の言説の抑圧的な権力構造と共犯的な関係をなしてしまうということである。そして同時に、アイデンティティの根拠の喪失をもたらす循環を構成してしまうのである。それによって、部落のアイデンティティはオイディプス的象徴構造のなかにとらわれていく。この意味において中上は被差別部落の〝サバルタン階級〟としての外見について――自己表象を不可能にしてしまう外見である――、それがアイデンティティの根拠とならないがゆえにきたす困惑について記述していた。ふたたび、『異族』からタツヤの独白を引用しよう。

(路地のものは)大和の中の異物だが、大和であるのに変わりない。異物というが、何が異物か定かではない。肌の色、骨格、髪の毛、何も違わない。言葉も違わない。宗教も違わない。あえていえば、先祖が、卑しめられ、疎まれ、人が遠ざける仕事に従いて来たからだった。槙野原はまさにその点に牙の力があるのに気づいた。その牙に、一つつけ加えてやればよい。その一つが牙の煩悶を解消する。先祖のせいで、いまの煩悶が在るというなら、歴史や文化を集約して体現するその一つをつけ加えればよい。牙はその一つ、てんのうを叫ぶ。タツヤは槙野原の理想のてんのう主義者となり続ける。てんのうと叫ぶと煩悶がおさまる気がする。そのうち他人がてんのうと叫ばないと、自分が屈辱され、差別される気がして無理強いまでして、てんのうを叫ばせようとしはじめる。[*35]

全国水平社によってはじまり、戦後部落問題において頂点に達した言説のひとつの極北は、ここにみられるオイディプス的象徴構造である。天皇に父の役割が付与されることで、被差別部落の人々の意識において、自己愛の対象をもとめようとする運動が、その対象の喪失を天皇という補遺を充填することで完結する。それはアイデンティティの修復でもある。

戦後日本社会においては、自己愛の欲望の対象は国民内部の差異の位置の措定によって確保された。それはあるいは象徴天皇制のもとで国民主義との一体化をめざした天皇との関係において、あるいは国民主義との関係において規定されていた。被差別部落の人々が他のマイノリティと出会おうとしても、さらには国民主義の境界を越えた連帯が可能だと期待しても、欲望の運動とその対象は被差別部落以外の〝他者〟となることを許さず、むしろ差異主義的に自己の内部化を継続するしかなかったといっていい。国民国家は常にその境界の外側に接しているし、グローバリゼーションの想像地図をいつも無限に発展させていくことは可能である。しかし、国民国家にとって、その限界を越えようとすることは、それ自身の構造を拡張することによってしか可能ではなく、それは実際に境界を突破したことにはならない。国民国家内部のさまざまな差異はまさに多文化主義のスローガンのもとで無限に微分化されていくだろうが、この多文化主義も国民国家をひとつのユニットとして成立せしめている人種的な位階的秩序の変更を迫るものではない。中上が記述した被差別部落の人々の意識もまたそのような想像地図の等高線を辿っている。このように中上を読むことで、私はひとつの雛形を作りだした。それによって戦後部落問題の言説を再構築してみたのである。

註

＊1　中上健次「生のままの子ら」『中上健次全集』柄谷行人・浅田彰・四方田犬彦・渡部直巳編（集英社、一九九六年）第一四巻、三〇四―三〇八頁（以下、中上全と略記し巻と頁数のみ記す）。

＊2　Etienne Balibar, "Ambiguous Universality," *difference: A Journal of Feminist Cultural Studies*, vol.7, No.1 (1995) (Indiana: Indiana University Press), pp.48-74.

＊3　なお、明治維新以後、旧賤民たちは新たに平民身分となったものという意味で「新平民」と呼ばれ、また、一八八〇年代後半から「特殊部落」「特種部落」という呼称があらわれた。部落の呼称の変化をめぐる歴史的推移については、小島達雄「被差別部落の歴史的呼称をめぐって」関西学院大学同和教育プロジェクト編『日本近代化と部落問題』（明石書店、一九九六年）所収、を参照のこと。

＊4　Antonio Negri and Micheal Hardt, *Empire* (Cambridge: Harvard University Press, 2000), pp.190-195. 日本語訳、アントニオ・ネグリ／マイケル・ハート『〈帝国〉』水嶋一憲・酒井隆史・浜邦彦・吉田俊実訳（以文社、二〇〇三年）二四七―二五四頁。

＊5　Robert Young, *White Mythologies: Writing History and the West.* (London: Routledge and Keagan Paul plc, 1990), pp.1-90.

＊6　中上健次「物語の系譜」中上全、一五、一一七―一四〇頁。

＊7　ジル・ドゥルーズ／フェリックス・ガタリ『アンチ・オイディプス』市倉宏祐訳（河出書房新社、一九八六年）三五二―四五七頁。

＊8　なお、フロイトがあつかったオイディプス的構造と類似した神話が西洋にかぎらないことについては、ガナナス・オベイセケレがヒンドゥーの神話にそくして論じている。Gananath Obeyesekere, *The Work of Culture: Symbolic Transformation in Psychoanalysis and Anthropology* (Chicago: University of Chicago Press, 1990).

＊9　中上健次「もうひとつの国」中上全、一五、三九五―四一四頁。

＊10　同右。

＊11　中上健次「物語の系譜」中上全、一五、一一七―一四〇頁。

＊12　同和対策事業の施行による新宮市内の部落の変化について、中上は親族もふくめた部落内の建設業者の内部事情を作品として発表した。中上健次「熊野集」、中上全、五頁。

＊13　中上健次「異族」中上全、一二、六一三頁。なお中上の「異族」概念を考えるためには、吉本隆明『共同幻想論』および同『情況』（河出書房新社、一九七〇年）所収の「異族の論理」を参照する必要があるだろう。さらに一九七二年の沖縄返還協定にいたる過程における異族概念をめぐる議論については、『沖

縄文学全集』第一八巻（国書刊行会、一九九二年）所収の新川明、谷川健一らの論考を参照のこと。

＊14　四方田犬彦『貴種と転生』（新潮社、一九九六年）三四三頁。

＊15　「不在の構造」に名前が与えられる政治－精神分析的メカニズムについては、以下の議論を参照。まず表象／代理 representation をめぐる「不等価交換」と「不在の構造」については、J・A・ミレールおよびジャック・ランシエールによる議論が参考になる。ルイ・アルチュセール、ジャック・ランシエール、ピエール・マシュレー、エチエンヌ・バリバール『資本論を読む　上』今村仁司訳（ちくま学芸文庫、一九九六年）二〇九頁。さらにこの「不在の構造」をマルクス『ブリュメール一八日』における独立小農民の固有名への欲望とかかわらせたのは、スピヴァクである。ガヤトリ・チャクラボルティ・スピヴァク『サバルタンは語ることができるか』上村忠男訳（みすず書房、一九九八年）三一―三二頁。もちろんこうした議論の前提として、ラカンによる、無意識が否認しているものとしての父＝神についての定義が参照されよう。ジャック・ラカン、ジャック＝アラン・ミレール編『精神分析の四基本概念』小出浩之・新宮一成・鈴木國文・小川豊昭訳（岩波書店、二〇〇〇年）七八―七九頁。

＊16　『水平』1（水平出版、一九二二年）二四頁。

＊17　菊地山哉『先住民族と賤民族の研究』（復刻、批評社、一九九五年［温故書屋、一九二七年］）。

＊18　なお、従来から主張されてきた水平社による諸外国のマイノリティに対する国際連帯の思想について、その形式性に金静美が批判を加えている。金静美「朝鮮独立・反差別・反天皇制　衡平社と水平社の連帯の基軸はなにか」『思想』七八六号（一九八九年、一二月）八六―一二四頁。ただしここで問題にしたい

のは、部落の自己認識・自己表象を確立するうえでの参照項として諸外国のマイノリティが参照される必要があったという事実である。

＊19　師岡佑行『西光万吉』（清水書院、一九九二年）八五頁。

＊20　日中戦争とアジア太平洋戦争をピークとして変遷をとげた全国水平社の運動史についての包括的な研究として、朝治武『アジア・太平洋戦争と全国水平社』（解放出版社、二〇〇八年）をあげておく。

＊21　国民主義的同化と、部落としての差異性の維持＝異化というふたつの対立的契機から近現代部落史を通観しようとしたのが、黒川みどり『異化と同化の間　被差別部落認識の軌跡』（青木書店、一九九九年）である。

＊22　前掲、朝治、第四章を参照。

＊23　タカシ・フジタニ「殺す権利、生かす権利」小澤祥子訳『岩波講座　アジア・太平洋戦争三　動員・抵抗・翼賛』（岩波書店、二〇〇六年）所収。なおタカシ・フジタニは同論文においてアメリカ国内における日系アメリカ人に対する動員政策においても同様の人種主義の変化あるいはその否認があったことを指摘している。これは本論考の次節の論点にもかかわっている。

＊24　Koshiro Yukiko, *Trans-Pacific Racisms and the U.S. Occupation of Japan.* (New York: Columbia University Press, 1999), pp.1-13

＊25　Edwin O.Reischauer, “Memorandum of Policy Towards Japan,” 14 September 1942: with material collected by War Department General Stuff, Organization and Training Division, G-3, concerning “Enlistment of loyal

"American citizen of Japanese descent into the Army and Navy," 17 December 1942; 291.2, Army-AG Classified Decimal File 1940-42; Records of the Adjutant General's Office, 1917-, Record Group407; Entry 360; Box147; National Archives at College Park, College Park, MD. タカシ・フジタニ「ライシャワー元米国大使の傀儡天皇制構想」『世界』二〇〇〇年三月号、一三七―一四六頁。このメモ執筆時にライシャワーは三一歳、陸軍省と国務省から時折要請をうける東アジア研究者の一人であった。メモはハーバード大学の教授たちで組織されたアメリカン・ディフェンス・グループという愛国主義団体を通じて、陸軍次官補ジョン・J・マックロイのもとに届けられた。メモの力点は二つある。第一に占領を成功させるためには、「傀儡政権」(puppet regime) が必要であり、それは天皇にほかならないこと。第二に、日系アメリカ人兵士の果たすプロパガンダとしての役割の重要性である。後者は、日本がこの戦争を「白色人種からの自由を獲得するための聖戦」として、合衆国の人種主義を論拠にしていることへの対抗であった。メモには、すでに連合軍がアメリカ合衆国への宣戦布告と植民地帝国「満州国」による反米経験を有しており、日本の植民地主義に頑強に抵抗している中国が仮に戦線から外されることになれば、日本はこの戦争をアジア全域での人種主義戦争へとつくりかえることができるかもしれないという危惧を表明している。これはライシャワーのみならず、アジア戦略における合衆国の人種主義認識を端的に物語るであろう。

*26　Sakai, Naoki. "You Asians": On the historical role of the West and Asia binary. *South Atlantic Quarterly* 99.4, 789-817.

*27　部落解放研究所編『資料　占領期の部落問題』(解放出版社、一九九一年)。以下は同書の日本語訳から

の引用である。ただし一部翻訳を変えてある。
＊28　ルース・ベネディクト『菊と刀』長谷川松次訳（社会思想社、一九六七年）七三頁。
＊29　フィヒテ『独逸国民に告ぐ』大津康訳（岩波文庫、一九二八年）。なお、マイノリティがめざす主権が国民主権と等しくなるという意味で、この論点は主に第二次大戦後の第三世界の民族解放運動が民族主義的国家を形成したことにかかわってネグリとハートが指摘した、「サバルタン・ナショナリズム」の問題にもつながる。前掲、ネグリ／ハート、一四五―一四九頁。
＊30　朝日新聞一九五〇年八月二〇日。
＊31　「特殊部落と土幕民」（善生永助『朝鮮通覧』一九三三年八月三一日より）近現代資料刊行会編『戦前・戦中期アジア研究資料Ⅰ　植民地社会事業関係集［朝鮮編］三　社会事業政策［窮貧事業と方面事業］――失業対策と土幕民1』（近現代資料刊行会、一九九九年）。
＊32　中上健次が十代の最後に書いた詩のひとつ「海へ」にはこうある。「姉は……叫んだ　みんなを殺してやりたい　よっちゃんを殺したみんなを殺してやりたい／……／おお、アモールのかみよわたしにもわたしをこいさせてください」中上全、一、六四―七八頁。
＊33　Judith Butler, *Excitable Speech: A Politics of the performative*. (New York: Routledge,1997), p.36. 日本語訳、ジュディス・バトラー『触発する言葉――言語・権力・行為体』竹村和子訳（岩波書店、二〇〇四年）五七頁。
＊34　フランツ・ファノン『黒い皮膚・白い仮面』海老坂武・加藤晴久訳（みすず書房、一九九八年）二四〇

頁。

＊35　前掲、中上全、一二、五七七頁。

「路地」とポルノグラフィの生理学的政治

中上健次の『野生の火炎樹』（連載・一九八四年―八五年、刊行・一九八六年）は、同時期に書き進められていた『異族』の登場人物のひとりである、「路地」出身の女ヨイと黒人兵士との混血児として生まれたマウイの物語であり、本伝『異族』の外伝である。[*1]『野性の火炎樹』を読むことで、戦前日本帝国主義の植民地拡大の版図をなぞりながら、「路地」喪失後、青アザを刻印された「新しい人種」の生成を描く『異族』を、〈混血の子〉マウイの物語を通して解釈することが可能となる。[*2]しかも『異族』において、主人公タツヤとともに「路地」をあとにした夏羽は、タツヤのように青アザをもたず、あたかも「新しい人種」の物語との断絶を表明するがごとく投身自殺するが、この夏羽の最後の瞬間に居合わせたのがマウイであった。ここでは、「路地」と『異族』の順接と逆接の結節点であるマウイという形象の意味を探ってみたい。

『異族』における「ヘイ・メーン、黒んぼってのいいぜ」を口ぐせにするマウイの人物造形は人種主義的に類型化されている。とはいえ、マウイという形象も、中上の文学の作法通りに、「路地」出身の中上のヒーローのひとりとして、「路地」の神話の類型に位置づけられている。「オリュウノオバは路地に高貴にして穢れた中本の一統の血の子として生れ落ち、若衆として育ったマウイのなにからなにまで知っている。半蔵がそうだったように、三好がそうだったように人に誘われるまま疵ひとつない黒いつややかな肌に一瞬の愉悦を求めて針を刺すマウイに、……美しさと若さの張りの絶頂で人生の幕が非情にも落ちるという宿命が待ちかまえている」[*3]。マウイを生かすものは、サド・マゾ的な性交の繰り返しと痛みがもたらす「愉悦」であり、それはまた「中本の一統」の命を縮める「因果」でもあった。痛みと愉悦を伝える枕詞を冠した中上のヒーローたちは、いずれも神話的類型化の効果を負っている。そのとき、痛み、愉悦は自己の内部に属するのではなく、身体という自己の外部に属している（あるいは自己と外部との境界線上にある身体に属している）。それは表象不可能性や命名不可能性、あるいは明証不可能性といったものではない。まったくそのままの意味での生理（physiology）そのもの、デリダが「言葉の化学」「口（語）によらないいっさいの類比による代替を禁止する」といったものである。[*4] それはニーチェの生理学である。ニーチェが、『道徳の系譜』において、普通に「宗教」と呼ばれているものに対する「私の一般的な方式」として、キリスト教的禁欲主義が操作しようとしてきたものとして明るみにしたのは、〈生〉（あるいは〈意志〉）が受け取っている「生理的阻害感情」であった。しかしこの感情は、「生理的知識の欠乏」のゆえにそうとは意識されず、その原因は「単に心理的・道徳的に求められる」[*5]。ここで、フロイトとの相似を考慮しても、精神分析とも、その生理学的説明とも異なる、ニーチェのこの生理学とはいったいいかなる審級に措定されるのかという問題が意識されるだろう。ただしここでは、反復可能性を拒むどころか、身体的比喩によって反復される、しかし他のどの比喩にも代替されないこの生理学が、中上の方法論のひとつであったことだけを確認しておきたい。「事実の肯定とは、神話の方法だといってよい。秋成の『樊噲』が、古事記や日本書記の登場人物を思わせるようにである。また、事実の肯定、肯定の運動とは、日常生活のコードそのものだということである。そこでは在ることへの問、ありつづけることの問、などは一切無用である。まず在ればよい。在りつづければよい。ピンが刺さっていれば、ピンを抜けばよい[*6]」。中上のこの言葉にしたがって、心理的・道徳的説明を拒否し、「事実の肯定」において記述する神話の方法をニーチェの生理学にしたがって読みかえよう。それによって、中上の作品群におけるポルノグラフィックな性描写が、「路地」の登場人物たちが常にかつ不意に熊野の自然へと溶解していくことと同様に、身体がその外部へと接続されていく浸透性が示され、それが生理的な（そして情動的な）〈意志〉そのものの運動についての、他のものに代替不可能な表現であったことがわかる。さらに、ニーチェが理想化した古代ギリシアの神々と古代ギリシア人との無邪気な関係では、〈意志〉のテクノロジーは、神々とのあいだに心理的・道徳的関係を結ばず、そこに形而上学的な価値を与えない、遂行的な〈意志＝情動〉の生理学であった。そこで、この〈意志＝情動〉の生理学を遂行することとは、他者とのあいだの無類の抗争（différend）へと開かれていくことを意味している。それは自己に代わるいかなる代表による代替可能性をも拒否しながらの他者との交渉可能性である。その意味でこの遂行とはきわめて政治的な実践となる。そうであれば、中上のポルノグラフィの遂行は、まさしく〈ポルノグラフィの政治〉そのものとなるだろう。[*7] そして、私が問いかけてみたいのは、中上の〈ポルノグラフィの政治〉が試される領域として措定されたのが、『異族』と「マウイの物語」にほかならなかっただろうということである。そこでは〈政治〉のテクノロジーはどのように働いたのか。もちろん中上におけるサド・マゾ的なポルノグラフィは、男根中心主義と女性敵視を自明視しており、フーコーが慎重に区別した「性的選択（の絶対的自由）」と「性的行為（の絶対的制限性）」の相違をまったく配慮していない。[*8] 私はその点では中上を救済することなく、彼の生理学的政治を考察してみようと思う。

すでに前章で論じたことだが、中上の『異族』は戦後部落問題の言説の形成過程を反復しながら、しかも戦前水平社が構想した、被差別マイノリティの人種的連合による解放の物語を反復してみせるものであった。多民族的帝国主義としての戦前日本帝国主義の言説に対応した水平社運動初期の部落解放構想においては、部落民とはエスニックな／人種的な差異であると同時に日本人であるという自己同一性を妨げるものではなく、むしろこの自己規定から、被差別民同士の連帯と人種的民族主義の政治が、萌芽的ではあれ構想されていた。これに対して、単一民族主義的な国民主義へと言説が再編成された戦後社会においては、部落問題とは国民主義内部の差異として構成された。部落問題における人種的言説から国民主義的言説への転換をよく示す事例は、朝鮮戦争下の一九五一年に京都で発生した「オールロマンス差別事件」である。この差別糾弾闘争を契機に、部落解放運動は、被差別部落と同様に、「特殊部落」として表象されていた在日朝鮮人部落との表象上の切断をおこなうことで、「特殊部落」という記号と、それとの参照項の関係を、被差別部落の問題へと一元化した。それはこの時期の多民族ナショナリティから単一民族的で排外主義的な日本のナショナリティへの言説の転換に対応していたのである。米軍による占領期であり、また朝鮮戦争下の東アジアの極度に緊張した政治関係を反映して、在日朝鮮人との人種的抗争関係とそのうえでの共同性を開くことを回避した防衛的な機制がここにはあったかもしれない。しかし結果的に部落問題を国民主義内部の差異として構成する一方で、在日朝鮮人というエスニック・マイノリティを部落問題の責任の範囲から原理的に区別した。こうしたことは、前近代社会から近代社会への転換にともない、身分制社会に帰属した固有名を失った被差別部落が、常にマジョリティからの規定によってしか自己を名乗ることができなかったという歴史性に由来する、自己表象を自らが決定することの不可能性に規定されてもいたのである。だが、戦後部落問題という言説を、在日朝鮮人とのあいだで、国民の内－外という位階的な関係において決定づけた規定的な要因は、戦後日米同盟のもとでの米国による日本の占領政策を経由して構成された戦後社会の一国主義的な言説である。それによって、人種主義にもとづく支配ではなく、近代化を基準とした民主化過程が普遍性の装いをもって登場した。国民主義がそうであるように、人種主義とは常に自らを近代化原理によって偽装しないかぎり自己を普遍化し正当化できない。その意味で、戦後部落問題における人種的言説の系は、日米関係に規定された人種主義的言説によって抑圧されている。そして、はからずも中上が『異族』において、国境を越える被差別マイノリティの連帯という物語の叙述によって曝したのは、部落問題と「路地」の神話がその国民主義内部の差異であり、それによって普遍主義化された差異の下に、激しく抗争しあう人種的関係があるということであった。その場合、国境を越えて、他の被差別マイノリティとのあいだでみずからが相対化されるならば、「路地」＝部落のシンギュラーな起源を求めようとする欲望は、国民主義の内部で、外部を閉ざして微分化し内面化していくしかない。『異族』においてタツヤが「てんのう」と叫ばずにはいられないのは、そのシンギュラーな起源を確証してくれる根拠が万世一系の〈天皇〉以外になかったからである。[*9] この自己の内面を微分化する運動は、自身にしか参照項をもたない「純然たる自己形成」としての人種主義の神話と同型であった。

しかしまた、「路地」の神話が天皇とのあいだでオイディプス的構造と関係をむすぶ『異族』は、そもそも中上が熊野の神々やアジア的な母なるものとのあいだに結んだ関係において確認されていたことでもあった。中上と中上の神々との関係は、ニーチェが称揚したギリシアの神々と古代ギリシア人との関係のようにはならなかったのである。なぜだろうか。何らかの対象を自己参照項としてもたない、不在の構造をかかえたままで、純粋な〈意志〉の運動――ドゥルーズのいう潜勢態の現働化という運動――を想定することができなかったからである。ただし中上がそうした運動を構想できなかったのは、『異族』におけるオイディプス的かつ脱オイディプス的な神話が自らの文学的企てにおいて特権的な位置を占めているために、〈意志＝情動〉の運動をみずからの原理として意識化することが阻まれてしまったからである。いいかえれば、起原の喪失にいやおうなしに迫られ、遂行的な〈生〉のありように耐えられなくなるという不安に支配されていたのである。中上の文学が常に「路地」への郷愁という心理的・道徳的感情に浸っているのは、こうした不安が常につきまとっていたことをしめしている。こうして「路地」の多くの物語は、〈意志＝情動〉の遂行的な表現を相殺してしまう。「路地」を、そして被差別部落を、穢れ、貶められたものとして構成するマスター・ナラティヴを転倒させる物語をつくりあげることを課題としたのが中上健次の文学である。しかしその企ては、再び部落を道徳的な物神的対象とする「路地」の神話をつくることになってしまったといえるだろう。とはいえ、神話化された「路地」は、「高貴にして穢れた血」の起源を構成するものであり、その神話の実現こそが、中上の「神話の方法」

だったのだ。中上の企てからいえば、中上の〈生理学〉がこの「神話の方法」の内部に屈折されることは失敗ではなかったのである。したがって、無類の抗争的関係と交渉可能性のなかで他者との関係を開くこと、そのような〈政治〉を構想することは、あらかじめ閉ざされているということになる。しかしこれは、中上の文学だけでなく、〈部落問題〉という問題系もまた同じ葛藤として抱え込んでいる事態ではないだろうか。ここにおいて、マウイの物語である『野生の火炎樹』が参照されるべき理由がある。

前述のように、「路地」の〈混血児〉であるマウイもまた「路地」の神話のうちに、羊水のなかにあるように包まれている。それはこの物語の語り手としてマウイを見つめるオリュウノオバの天上からの視線に支えられているからである。しかし、〈混血児〉であるマウイは、その名前とは別に、「路地」での本名であるマサルという名前を持っていた。こうして二つの名前をもち、しかし〝マウイ〟であることでステレオタイプな「黒人」を模して描写されることによって、マウイ＝マサルは一元的な「路地」への帰属を免れてしまっている。「路地」とは異なるもうひとつの〈場所〉——ここではないどこかという対抗的な場所——という二重の帰属をもっているのである。それは「路地」を相対化し、「路地」の特権性を侵食している。しかもマウイ＝マサルは、マサルから分化しマサルの「路地」への帰属性をも侵食してしまう。マウイ≠マサル。マサル≠マサル。これがマウイの生理学的な遂行性である。さらにその存在は、マウイとともに「路地」から出てきた連れのタケキの「路地」への帰属をも希薄にする（このタケキも生まれは「南洋」である）。タケキ≠タケキ。マウイ＝マサルという等式は接触したものを汚染していく不等式の関数なのである。この不等式は路地≠路地という事態すら招くことがただちに理解されるだろう。同時に身体による物語そのものの撹乱の事態である。その意味で、生理学的遂行性を介して、あらゆる一元的な帰属が否定されていくことになる。そうした感染の拡大をもたらすものがマウイの物語的身体なのである。

私は〈部落問題〉という問題系について、その国民主義と人種主義的構成に介入し、その相対化のための効果的な政治的実践の可能性を中上のなかに読みこもうとした。それによって、マサルからマウイへの身体の転位が、国民主義と人種主義をかき乱すことで、部落問題に内在している、一見すると強固な主権権力を交渉可能な対象に引き下げることができることを確認した。中上が物語を通してたびたび試みたような、「路地」なきあとの物語を考えるよりも、それをかき乱す実践にこそ解放の可能性があるということになる。それは私たちが主権権力そのものに日常的に投企的にかかわる可能性を示唆している。

註

＊1 『中上健次全集』第九巻（集英社、一九九六年）。以下、中上全、巻数、頁数として略記。

＊2 野谷文昭「青春と成熟のはざま」『中上健次全集月報九』（一九九六年二月）。

＊3 前掲、中上全、九、三七八頁。

＊4 Jacque Derrida, "Economimesis," tr., R. Klien, in *diacritics* (June 1981). 日本語訳、ジャック・デリダ『エコノミメーシス』湯浅博雄、小森謙一郎訳（未來社、二〇〇六年）

＊5 ニーチェ『道徳の系譜』木場深定訳（岩波文庫、一九六四年）一六六頁。

＊6 中上健次「地図の彼方へ」中上全、一四、二五六頁。

＊7 ポルノグラフィックな政治という論点はウィリアム・ヘイヴァーの次の論考に拠る。William Haver, "Really Bad Infinities : Queer's honor and the Pornographic Life," in *parallax*, vol.5, No.4, 1999, pp.9-21.

＊8 ミシェル・フーコー「性の選択、性の行為」増田一夫訳、蓮實重彥・渡辺守章 監修／小林康夫・石田英敬・松浦寿輝 編『ミシェル・フーコー思考集成Ⅸ　一九八二―八三　自己／統治性／快楽』（筑摩書房、二〇〇一年）所収。

＊9 中上健次「異族」中上全、一二、五七七頁。

III アジアの民衆表象

ここで扱うのは、開発主義と主権権力にさらされた民衆についての映像の分析である。賈樟柯《ジャジャンクー》、富田克也・相澤虎之助の映像は、それぞれ中国下層民衆と、日本の地方都市の若者たちという差異はあるが、同様に死に瀕したひとびとが放つ輝きを記録した。経済成長の犠牲となりながら歓喜の輝きを放つその形象は、賈の言葉を借りれば「狂歓のなかの死」である。神話や物語に過剰に満たされた、実存的というよりは密教的法悦に近いそのイメージは、生の闘争についての私たちの先入観を裏切りさえする。同時に、映画が仮構化とフィクションによって、未来に向けた未知の経験としての連帯の思想を先取りする手段であることがしめされる。

アジア全体に現れている疲労という感覚

賈樟柯《ジャジャンクー》『長江哀歌《エレジー》』の映像言語

キャメラをもって入っていくと、都市はまさに消え去りつつあった。建物が破壊され、爆破され、崩壊していくのを見ながら、騒音と土ぼこりのなかで、私は、この絶望的な土地で、生命はその輝きを放つのだということをゆっくりと理解した。キャメラのレンズの前を行ったり来たりする労働者たちが静物のように沈黙し、何も語ろうとしないその表情を私は心から尊敬した。

これまでの私の映画の主人公たちはすべてみな息苦しさで〝窒息死〟しそうだった。彼らはかりそめの生を生きていた。しかし、この映画の主人公たちは、歓喜のあまりに死んでいくのである。

賈樟柯[*1]

1 『長江哀歌《エレジー》』（『三峡好人《サンシャハオレン》／スティル・ライフ』）

三峡ダム

『水滸伝』の英雄のひとりである林冲を歌った民歌「林冲夜奔《リンチョンイエベン》」（林冲、夜を走る）が流れる。まるでキャメラのレンズそのものが、三峡地域の暑さのために汗で滲んでいるようにぼやけた映像は、やがてピントが合いはじめ、長江を上る連絡船に乗り合わせた人々をフレームにおさめる。そしてキャメラはひとりの無精髯の男の顔をとらえるだろう。ああ、あの男か――『プラットホーム（站台）』（二〇〇〇年）や『世界』（二〇〇四年）で忘れがたい存在感をしめした山西省の炭鉱夫、韓三明《ハンサンミン》。

山西省の炭鉱労働者である三明《サンミン》は妻を捜しに奉節《ファンジエ》にやってきた。一六年前、三明の妻はこの土地で誘拐され、三明は彼女を三千元で買った。妻は子どもを妊娠すると、警察に助けを求めて、三明のもとを離れ、ここに戻ってきたのだ。映画『長江哀歌《エレジー》』の舞台、重慶市奉節県は三峡ダム工事によってその大半が水没する運命にある。映画のもうひとりの主人公、やはり山西省からやってきた看護婦の沈紅《チェンホン》（＝趙涛《チャオタオ》）は二年前、水電兵としてこのダム工事に派遣されたまま音信不通となった夫の郭斌《グオビン》（＝李竹斌《リ・チュウビン》）を探しに来た。すでに、水位一三五メートルで一部貯水をはじめる第二期工事が二〇〇三年に終了しているため、奉節の街は大半が水の下である。現在は第三期工事中であり、最終的には通常水位一七五メートルまで水没するために、残された上方の街の建物も容赦なく取り壊されている。街には至るところに「拆」（「取り壊し」）の白字が書かれている。

三明の妻は彼女の兄がつくった借金のために、水上生活する老夫婦の身の回りの世話をさせられているのだが、三明は取り壊し現場で人夫をしながら、妻からの連絡を待つ。一方、沈紅は水電兵の仲間で、現在は奉節県の遺跡の発掘調査に携わっている王東明《ワンドンミン》（＝王宏偉《ワンホンウェイ》）を頼り、夫を探し出す。郭斌は現在、ビル爆破を請け負う福建省廈門《アモイ》出自の工事会社で働いているが、そこの女社長とできているらしい。

　賈樟柯《ジャジャンクー》の『長江哀歌』（原題『三峡好人《サンシャハオレン》／スティル・ライフ』二〇〇六年）は二〇〇六年の第六三回ヴェネチア映画祭でサプライズ上映され、金獅子賞を受賞した。最初の長編劇映画であった『一瞬の夢』（原題『小武』一九九七年）以来、賈樟柯の映画をみてきたものにとっては、この受賞は時間の問題であったはずである。とはいえ、稀有の映像作家による『長江哀歌』の主題が三峡ダムである以上、国際社会は何がしかのレスポンスをしなければならないはずで、その最初の態度表明がこのグランプリ授与であったということもできる。

　三峡ダムについては、日本においても、一九八九年に中国で出版された戴晴《ダイチン》編の報告書が『三峡ダム　建設の是非をめぐる論争』（築地書館、一九九六年）として翻訳出版されている（原題は『長江　長江』）。その後、この本の翻訳者のひとりである鷲見一夫『三峡ダムと日本』（築地書館、一九九七年）や鷲見一夫・胡暐婷《フーウェイティン》によって『三峡ダムと住民移転問題』（明窓出版、二〇〇四年）が出版されている。長江（揚子江）本流をせきとめ、東京―神戸間より長い六〇〇キロのダム湖が出現する、「世界最大」を謳うこのプロジェクトでは、しかし、一〇〇万人以上の住民の立ち退きが必要とされ、その多くが下層民であることから、難民化が予想されている。政府は「開発型移住」の名の下に、農村への再定住や工業化、さらに中国各地への移民も計画しているが、そのほとんどが生活水準の低下につながることは必至だと考えられている。さらに、世界第四位の土砂含有量の多い河川である長江にダムをつくることでもたらされる土砂問題、『三国志』の舞台ともなった歴史遺産と景観が水没すること、カラチョウザメや長江カワイルカなどの希少種への影響などの環境問題が指摘されている。中国政府が香港返還とならぶ国家プロジェクトとして推進してきたこのダム建設が、同時に構造的な汚職の源泉ともなり、関連プロジェクトへの日本のＯＤＡ援助ばかりでなく、日本企業もふくめた国際的なゼネコン企業――「ハイドロ・マフィア」によって食い物にされていること、前掲の『三峡ダム　建設の是非をめぐる論争』出版が天安門事件と同年に起きた政治スキャンダルであったことなどは、上述の報告にゆずろう。だが、こうした知識は、この映画を理解するためにはとりあえず必要である。そして、この小論にとっても必要な前提である。

それは、この映画の始まりと終わりに流れる「林沖夜奔」は、三明と沈紅、王東明と郭斌という男と女にもたらされた運命の岐路を象徴しているからである。妻を高官に奪われ、無実の嫌疑から役人を殺して、不本意ながら梁山泊に逃げ込み、しかし恨みを晴らせないまま朝廷の走狗となってついに病死する林沖の運命は、絶望のなかで生きる生の比喩である。妻への負い目を抱える三明に林沖の比喩を連想するのは簡単である。また、遺跡発掘に従事し、部屋に廃墟から拾ってきたような針がとまったさまざまな時計を飾っている王東明が、三峡ダム建設に参加して今ここにいることの贖罪を背負っていることも、確かであろう。郭斌と王東明が参加していた「水電兵」とは、三峡ダムの船舶ロック（船舶のダム通過のための水路）建設のために動員された中国人民武装警察部隊（武警）の武警水電部隊を指している。それは、民兵組織とともに中国中部と西部の開発と入植のために投入されてきた軍事部隊の歴史を象徴している。[*2]そして実際、王東明が住む奉節の高台にあるアパートで、昼間からその外でマージャンに興じている住人たちは、おそらく開発によって成金となったか、王東明のように外からやってきた新住民であるはずである。一方で郭斌はこの開発を利用し、利権にありついたのだろう。沈紅が選んだ決断については、後述しよう。

「狂歓的死」

「林沖夜奔」は絶望の生を生きる英雄の歌である。賈樟柯映画のヒーローたち——スリ、二〇歳近くなって職にあぶれている不良少年、北京のガードマン——は権力に対して斜に構え、義理を重んじる現代の武侠＝江湖《ジャンフー》である。[*3]ただし彼らの居場所は砂漠の荒野ではなく、山西省汾陽《フェンヤン》や大同《ダートン》の片隅であり、世界の名所旧跡がミニチュア化された北京世界公園のなかでしかなく、そこで「窒息死」しそうに生きているのだが。そして『長江哀歌』の三明や王東明もそうであり、「林沖夜奔」はそうした江湖の英雄性と悲劇性を謳いあげる。だが映画の主題を表すために周到に選ばれたこの楽曲は、あくまでも叙事的物語の輪郭でしかなく、この映像作家の映像言語を説明するには不十分である。そもそも、カーニヴァルの狂乱のなかで一瞬の生を生きるというような意味の、「狂歓的死」＝「歓喜のあまりに死んでいく」ことの意味を説明しえないだろう。

中国研究者でもなく、訓練を受けた映画研究者でもない筆者によるこの考察の目的は、ただひたすらこの歓喜のあまりに死んでいくという言葉にこめられた、歓喜と絶望が共存する映像言語を言葉によって翻訳してみようとすることにある。

映画をみるという体験において、映画がひとを動かすということは、対立する主題が持続によって異質な領域へと移動させられ、生々しいリズムを刻むことであるという定義は、いまも有効である。[*4] 対立する主題と持続がもたらすこの異質なものへの変容のプロセスは、生成変化の変容をともなう情動の作用である。変容とは、多数者的な同一性の反復ではなく、そこにとらわれてしまうことで、〈少数者化＝マイノリティ〉化してしまうような、多数者的なものとは異なる別のものへと変容していく運動である。[*5] 生成変化が、この少数者性を本質的な運動としているならば、「映画がひとを動かす」とはそのような少数者性への変容なのだ。しかも、映画のなかの人物たちがそもそもそうした変容をとげていくのである。そこでは常に対立する主題同士が共存させられ、飛躍し、融合させられる。対立する主題が共存することも、それが飛躍し、かつまた融合することも、十分に政治的な実践である。[*6] だからこの映画の運動は、映画という制度の限界への挑戦によって可能となる。映画と映画をみることがもたらす変容と、思想研究が言説化すべき義務をもつ解放という問題はここで重なるのである。さらにこうした変容の政治性を、「連累（implication）」（テッサ・モーリス＝スズキ）といいかえることは、それほど突飛でもないだろう。[*7] したがってこの考察は、そうした「連累」を実践する言説史に連なろうとする試みでもある。

2　映像言語が生成するということ

仮構化（fabulation）

賈樟柯《ジャジャンクー》によれば、『長江哀歌』は、最初、記録映画『東』を撮るために三峡地域に赴いたことがきっかけで生まれた。このふたつの映画は、ヴェネチア映画祭で同時公開されたが、二〇〇六年台湾国際ドキュメンタリー映画祭（台湾国際記録片双年展）で「アジア賞大賞」を受賞した『東』は、賈樟柯の友人でもある画家・劉小東《リュウシャオドン》が三峡地域を題材にした連作を制作する場面を撮影している（劉小東は前作『世界』（二〇〇四年）において、主人公の小桃が友人に連れられていくカラオケパブで、カラオケを熱唱している客の一人として出演している）。実際、ふたつの映画は同時に撮影され、同時に公開された双子のようなものだ。『長江哀歌』において三明《サンミン》が下着一枚で投宿先の木賃宿の屋上から三峡の景観を眺望するショットは、『東』では他の労働者たちといっしょに劉小東のモデルになっている一場面であり、三明が歩く背後で建物の壁が崩れ落ちるショットもそのままドキュメンタリーのためにとられた映像である。そしてこれらの映像の記録性が私たちを慄然とさせるのは、『東』のなかで工事現場で死んだ人夫の遺体が花柄の毛布に包まれて運び出されるときだ。この場面は、『長江哀歌』では、『男たちの挽歌』のチョウ・ヨンファの役名である〝マーク〟を気取って小馬哥《シャオマーク》と名乗るチンピラが、おそらくは工事や利権をめぐるいざこざの処理のための暴力団として雇われていたが、死体となってビルの破壊工事現場の瓦礫の下から発見される場面として編集されている。さらに、『東』では、死んだ工夫が劉小東のモデルの一人でもあったことから、劉《リュウ》たちはその人夫の家族が住む山間部まで写真や子どもへのお土産を携えて向かうという後日談も記録される。

ひとつの死があり、消失していく都市がある。すでに表現の限界を超えているその渦中で、『東』の制作が『長江哀歌』という長編映画を必要としたきっかけについては、賈《ジャ》は次のように述べている。

ある日、一人の年寄り、映画のなかでは十元札を見せるシーンに出てくるその人をモデルに撮ったとき、彼は煙草を吸いながら、冷ややかに笑っていました。年寄りの笑いのなかには、彼自身の尊厳と、映画に対する拒否があり、まるで、お前らみたいな観光客が、生活についてどれだけのことを知っているのかと言っているようでした。その夜、私はホテルでどうしても眠れませんでした。誰にも自分自身を守ろうとする自然な意識がある。そしてこれがドキュメンタリーの限界ではないかと思いました（二〇〇六年一二月四日、北京大学での講演[*8]）。

これは、ドキュメンタリー映像の力ではなく、ドゥルーズがいうような意味での仮構化（fabulation）の想像力が必要とされる瞬間である。映画作家自身が他者とつりあいのとれる位置どりを測り、そして、それによって映画のなかの人物を対話的な存在としての他者とするために。そのためには、映画のなかの人物は生成する実在でなければならない。ひとつの映像は、一つの状態から次の状態へと移行するような、その前と後の連続が必要となる。それによってその人物が実在のものとして生成しなければならない。そして映画の人物が自らを虚構化する「現行犯」となることで、映画はひとつの民衆像を創出することができるのだ。だからこのフィクション化は単なるフィクション化ではなく、仮構化＝作り話となることである[*9]。『長江哀歌』が奉節《ファンジエ》の住人ではなく、二人の旅人を主人公にした理由はその表現の限界のなかでの選択である。だが、必然的にそれぞれの人物は旅人でなくてはならない。旅人は連続する仮構化された物語をまとってやってくるからである。さらにこれが決定的な特徴であるが、賈の映画ではこの仮構化は人と人との関係においで遂行されているのではない。人とモノとの関係において、人とモノとの関係の根源的な平等——「より偉大な平等」——が遂行されているのだ。[*10]

沈紅《チェンホン》が郭斌《グオビン》を探してたずねた工場で、事故で片腕を失った労働者に代わって、責任者に抗議する仲間たちがいる。もっとも激昂しているのは、この男の妹だ。この喧騒にまるで気配を消しているかのように、しかし熱水器からペットボトルに水をくむその静かな存在感をしめしている沈紅の動作がひとつの持続をもたらす。私たちの視線はこうして動きのある人々ではなく、静物＝スティル・ライフの存在感を追いかけることになるからだ。抗議がおさまったとき、いつの間にか片腕の男は、工場の一角でたちつくしている。私たちに向かっているような、やや下を向いた角度で。この男を、自転車のハンドルを押さえている妹が見ている。さっきまで激昂していた妹は、まるで別人のように動きをとめて兄の方を向いている。ロングショットのキャメラのなかで静止したままの二人は、言葉を交わすことも、視線を交わすこともなく立ち尽くしているだけだ。二人は言葉にならない絶望に向き合っているのだと理解するしかない。だがそうした理解すらもどこかで拒絶されるのだ。私たちにはそれ以上わからないのである。どうして彼らが彼らの不安を、彼らの明日からの生活を、私たちに説明する必要があるのだ？——私たちはそこから心理主義的に物語を作り出してはならないのである。共存しているのは複数の対立する主題であるどころか、複数の自立した存在であることがわかる。沈紅も、そもそも彼らに関心を向けない。ただ傍らを通りすぎるだけだ。生活の苦労や貧困、絶望を知っているものの、それが普通の処し方だろう、といわんばかりに。

今日の多くの中国映画や台湾映画がそうであるように、自転車は若さと青春の象徴である。しかし映画史を想起すればわかるように──デ・シーカの『自転車泥棒』（一九四八年）──それはもともとは生活と仕事の道具であり、失業した父が息子の前で窃盗をして群集に糾弾される不吉な主題でもあった。賈の映画では『青の稲妻』（原題『任逍遥』二〇〇一年）において、兵役検査で肝炎が発見された斌斌《ビンビン》が、駅の待合室で北京に旅立つ恋人の圓圓《ユエンユエン》に携帯電話をプレゼントするとき、彼女は彼を最後のデートに誘うが、肝炎が彼女に伝染するのを恐れる斌斌はそこを動こうとしない。このとき、圓圓の斌斌への不満が失望にかわる感情の動きが、彼女が自転車で彼のまわりで円周を描く動作によって表現される。ここで青山真治の『ユリイカ』（二〇〇〇年）がやはり周回する自転車という主題を用いていたことを想起してもいい。まっすぐ走るのではなく、周回する自転車は暴力的にならずに痛々しさを表現するのである。だが、『長江哀歌』ではそうした動きさえ禁じられている。自転車は動かない。そうした映像は物語化されずに、映像言語として私たちの視力のなかに存在し続ける。そこには人とモノとの根源的な平等の関係がある。あるいは、三明が投宿先の親爺に煙草をさしだすとき、妻の兄のもとを訪れるときに酒を贈ろうとするとき、沈紅が夫が残した持ち物のなかに茶をみつけるとき、画面には「烟」「酒」「茶」の字幕があらわれる（そして〝出入り〟に向かう小馬哥が配る菓子、三明が妻との再びの別離のまえに短い逢瀬の時間をもつときに、ふたりが分け合う菓子には「糖」の文字が）。これによって事物と記号のあいだには乖離が起きる。そして主題の持続のなかで記号とイメージは再結合される。ここでは事物が記号以前の根源的な存在へと還元されている。モノと主題のこのような根源的な存在への還元を分子化と呼ぼう。

分子化が生み出す共同性

この人とモノの存在論的で根源的な平等は、歓喜のなかに打ち震えている映像的想像力をもたらすだろう。そして、想像力が加工するのは、存在を静物へと分子化することだけではない。この映画が公開当時から評判になっていた場面がある。それは、郭斌と会うことになるであろう日の早朝（それは夫に別れを告げるときである）、眠れなかった沈紅が王東明《ワンドンミン》のアパートの窓からちょっとだけ離れたすきに、火炎を噴射して飛び立つ物体のことである。王東明のアパートから見えるその奇怪なビルは、アンバランスに四角い部屋が積み重ねられたような、コンクリートがうちっぱなしの建造物である。それは三峡地域のダム・サイトにおいて、一九九三年にはじまった土地収用による移民の記念塔なのだ。一万人にのぼるその移民事業は強制的な移民作戦であったことが報告されている。[*11] 賈はその撮影の動機についてこういっている。「はじめてそこにいったときに、塔と周りの環境とはアンバランスで、なぜか、見ているうちに、その塔は飛んでいくべきだと思いました」（前掲、北京大学講演）[*12]。表現者の自作についての発言をすべて信じるべきではないが、この発言も参考にはなる。強制的であったにもかかわらず、移住民たちを「英雄移民」として称揚した政策についての怒りがロケットのように飛んでいく映像となったのである。それは爆破するのでも、沈めるのでもなく、ここからどこかに立ち去ってもらうのだ。

とはいえ、これもひとつの持続の延長である。その前日、沈紅は王東明に、感情を昂ぶらせて、音信不通のまま、使用していない携帯電話の番号しか残さなかった郭斌のひどい仕打ちを訴えざるをえない。怒りで泣き出す女性は賈の映画では稀なことである（『プラットホーム』において中絶を強いられる鐘萍《チョンピン》を除いて）。ここで高まる緊張は、深夜、暑さで眠れない沈紅が壁にかかった扇風機のまえで、ダンスを踊るように上半身を回して風にあたる場面で頂点に達する。彼女は発話を引き延ばしている。そのために扇風機のまえで踊るように動く。そして息がとまるような緊張を生み出すのである。蓮實重彥が『世界』のあるシーン――工事現場で死んだ山西出身の青年の送り火のバックに流れ出す小津安二郎『東京物語』の主題歌――について指摘したように、そこでは極限的な緊張が武装解除された場面にとりかえられる[*13]。火を吹いて飛び立つ記念塔もまた頂点に達した緊張に対する武装解除の役目を持っている。

だが、それにしても映画において最も緊張の高まるショットが、扇風機の前で、風にあたる動作であるとは。このショットが奇跡的に生み出された映像言語であることは、賈の次の言葉からも知られる。

彼女が夫との別れを決意する前夜のシーンの撮影で、シナリオでは彼女が一人で、居眠りをし、ぼんやりして何をしているかさえ分からないシーンを表すドキュメンタリー映画式の撮影で、彼女を座らせ、一時間もかけて撮っているうちに、本当に眠くて、いらいらして、眠り込もうとしたので、撮影をおしまいにしようとした。そのとき趙涛《チャオタオ》にいきなり、「監督、壁に扇風機がある」と注意された。［中略］たかが扇風機では四川の湿気、四川の蒸し暑さ、そして内心の焦燥を演じきれるわけはなく、大きな決意をするのは容易なことではなかったが、結局、私たちはヒロインが扇風機をかけているシーンを撮影した。彼女はダンスをしているようである。撮影が終わってから、これは普通の人物のダンスであり、庶民のダンスであると思った。街を行き来するどの女性も、彼女たちなりの美しさをもっている。そして、俳優の創作によってこのような美しさを撮れたと思う*14（前掲、北京大学講演）。

これは撮影の現場が俳優と監督の映像言語の発見の場であり、それが見出されるまで妥協がないという賈の演出方針を物語っているが、ともかくひとつの身体言語が映像言語となるのは、日常的な身振りが非日常的な主題へと置き換えられたときである。『一瞬の夢』を見たことのあるものならば、上半身をダンスするように回す動作には見覚えがあるだろう。王宏偉《ワンホンウェイ》演じるスリの小武《シャオウー》が恋した、カラオケで働く梅梅《メイメイ》が一人で病気で臥せっているとき、彼女はベッドから起きだして外の水道から水を汲む。蛇口に口をつけて、ちょっとの間があってから迸りはじめた水がヤカンに溜まるあいだの動作。それはどこを見るともない遠い視線で上半身だけで踊っていたのである。このとき梅梅の孤独は頂点に達していた。それは冬の弱い日差しのなかのシルエットだけの水道のショットにもあらわれているだろう。身振りとシルエットが分子化され、映像の持続のなかで共同性をつくりあげる。この水道のシーンでも、梅梅が身体言語以上の何かを発するわけではない。孤独だからといって、一人でいるときに涙を流すわけでもないし、何かに心を奪われて凝視してみせたりするわけでもない。切り返しショットがそうであるように、対象を必要とする視線は人間の内心の弱気を表現するための常套手段である。涙を流すのは小武が不器用に口説くことで、彼女の緊張が解かれるときである。こうした演出には梅梅のなかにある、ひとつの傾向へと収斂されないいくつかの意志が表現されているのだ。彼女は確かに優しい男がいたら心を開くかもしれないが、しかし自立してもいる。そのような意志は、梅梅がそうであるように、太原《タイユアン》の金持ちから誘いの手がさしのばされたとき、それを断らないこととは別なのだ。夢も、幻想も、思い出もある、そのようなさまざまな要素が先在している重なりの層。一人の人格も、その日常も、ひとつの性情やひとつの物語に単純化することはできない。このようにつくりだされた共同性のなかで持続する賈の映画の女性たちは、男権主義からみれば、その日常的なあり方こそが最大の去勢不安をもたらすだろう。したがってこの存在論的に根源的な分子化が生み出す共同性とは、父権的な共同性の否定となる。[15] そのような反父権的な共同性の持続のなかで、この映像イメージを、解釈に先在する記憶や情動の重なりの層として、私たちは知覚せざるをえないのだ。

こうした映像言語と映画の技法は賈が証言するように、その処女作である自主制作映画『小山回家（小山、故郷に帰る）』（一九九五年）の撮影のなかで、主演の王宏偉とともに生み出したものだ。[16] 発話に頼ることのないその身体言語は、そのまま映画のスタイルばかりか、その映画の思想をも決定している。

自らも認めるように、賈はロング・ショットに強い愛着がある。それは、クローズアップという古典的ハリウッド映画が開発した技法が、ひとつの物語を強烈につくりあげることで、多様な解釈の余地を残さないという、映画技法上の問題を私たちに気づかせはする。だが、技法上の特徴は、批評的な映画作家がそうであるように古典的ハリウッド映画への抵抗のうえに成り立っているのではない。ロング・ショットあるいはミドル・レンジからのショットは、自らドキュメンタリー作家でもあり、その手法に敏感なこの映像作家が世界を認識していく手段だと考えるべきだ。キャメラはそこにさまざまな表情を読み取り、分子化するからだ。そして、そのキャメラは、この時代を生きる人々の表情に、歓喜とともに絶望や息苦しさ、見えない圧力が普遍的に現れていることを発見したのである。

3　「歓喜のあまりに死んでいく」

公共の場所

『イン・パブリック』（原題『公共的場所』二〇〇一年）は『青の稲妻』と並行して制作されたドキュメンタリー映画である。実際、『長江哀歌』と『東』のように、ここでも両者に重なるショットが見出される。山西省大同《ダートン》市の街道や駅舎や長距離バスの待合室を撮影したこのフィルムについてのインタビューで、賈《ジャ》は興味深い「公共の場所」論を語っている。デジタルカメラによる映画撮影を目的として大同に向かった理由は、炭鉱が枯渇して大同の人々が新疆に移住しなければならないという噂を北京で聞いたからだという。引越しの噂があるその都市をキャメラにおさめようとしたのだと。

最初ははっきりした目標がなかったが、次第に焦点を大同の公共の場所に置いた。当時、中国の経済システムは国有（経済）から市場経済に移り変わる最中であった。五〇―六〇年代の多くの建物が廃棄物になったが、それが記念碑の如くに立っていたのに興味をもち、焦点を駅やバス停など旅行に関わる公共の場所におくようになった。このような場所の一番の特徴は機能・役割が重なっていることである。例えば、長距離バス停は、切符の販売もしているが、同時にダンスホールでもあり、ビリヤードの場、デートの場としても使われている。狭い空間で、楽天的に共存するためには、一つの公衆の空間に多くの機能や意味を与えざるを得ない。[*17]

列車の駅や長距離バス駅、空港は、娯楽施設を備え、しかも国家や文化的な境界にまたがって移動するひとびとの非日常的な空間である。小津安二郎の『浮草物語』（一九三四年、のちに『浮草』として一九五九年にリメイク）のラストの和解の場面が駅の待合であったことを想起すればいいように、映画ではそれが物語の結構を変える場となる。『青の稲妻』では、映画の冒頭で長距離バスの待合室で賈樟柯《ジャジャンクー》その人が演じている人物が、ヴェルディの「ラ・トラヴィアータ」を「さあ、楽しい杯を飲み干そう　美は咲き誇る　はかない時間」と調子はずれに歌うように、はかない歓楽の場ともなる。

賈の映画において、人々が「狭い空間で、楽天的に共存するため」に存在する公共の場所への注目は、近代化と市場主義経済のもとで、そしてグローバリゼーションのなかで街が有していた空間の公共性が囲い込まれていった結果である。それはすでに『一瞬の夢』に始まっていた。梅梅《メイメイ》に振られ、失意のままいったん帰郷した故郷でも父や母と諍いをおこし、そこも逃げ出す小武《シャオウー》が汾陽《フェンヤン》に戻ってくると、街はいたるところで道路の拡張工事をしており、雑貨店を開いていた従兄弟も店を移転してしまう。盗んだ財布から身分証明書を取り出して郵便ポストに入れていく小武は、けちなチンピラだが、彼なりに武侠的な倫理を守っている江湖《ジャンフー》である。だが、浄化されていく街に彼の居場所はなくなっていく。そしていつものようにスリを働いたとき、梅梅からの連絡を待つために買ったはずのポケットベルが鳴り、彼は捕まる。警察署で見せられる地元テレビ局のニュースでは、小武が逮捕されたことについて、街をゆく人々に感想が求められる。たまたまインタビューされた小武の手下だった男は「やつはまさしくペストです。すぐに捕まえるべきです」と言い放つ。

『長江哀歌』において、公共の空間は駅や長距離バスの待合室ではなくなっている。連絡船が奉節《ファンジェ》の港についたとき、三明《サンミン》は無理やり安っぽい手品をみせる待合室に連れ込まれる——そこでみせられる手品は人民元をユーロ紙幣に換えてみせる。こうして市場経済が戯画化されているその場所は『青の稲妻』ほどには楽天的ではなくなっている。むしろ公共の空間は、三明が、破壊工事に従事する労働者たちとともに投宿する木賃宿のなかにある。その宿において、妻を取り戻すために、妻の借金を返済するために山西省の炭鉱労働者にもどることを決心した三明とともに、労働者たちも山西省の炭鉱労働に向かうことを決める。たとえ日給は工事現場の四倍になるとしても、〝毎年数人が落盤事故や爆発事故で死んでいく危険な仕事だ、よく考えろよ〟——三明はそう警告するが、労働者たちは山西に向かうことに決めるのだ。公共の場所はこうして江湖的な、危険と隣りあわせの生を背負って生きる人々が運命共同体となる場所へと変容する。映画の終わりでは、現代中国では農工民の貧困問題や、「民工潮」として社会問題として語られる内陸部の移住民たちが、江湖の英雄に変容している。

江湖の共同体

絶望の土地において、静物のように沈黙する人々がこのように美学的に昇華されるのは、その絶望のなかに、少なくとも自分の運命を自分で決定できるという自由があるからだ。映画の終わりに、奉節の街を振り返る三明がみやる視線の先のはるか高所で、綱渡りする人物のシルエットは、その自由に与えられた形象である。かくして、これは運命に定められ、それに抗いながら生きる英雄たちの叙事詩的な物語の一部となる。この江湖的な共同体は義兄弟たちの物語であるという点で、父権的な共同体に対抗する兄弟的（fraternal）な血の共同体とは異なる。しかも、分子化された主題の持続は、江湖的な共同体をむしろ宇宙的な存在論的な関係に結びつける。火を吹いて飛び立つ記念塔、三明と沈紅がみかけるＵＦＯのような物体。さらにあの滑稽なチンピラ、小馬哥《シャオマーク》の死に際しては、その直前の食堂のシーンで、三明のとなりのテーブルでファミコンで遊んでいる、京劇からそのまま出てきたような衣装の劉備《りゅうび》・張飛《ちょうひ》・関羽《かんう》がいた。三人の英雄は小馬哥の死を予言し、彼を迎えにきていたのだ。賈よりも先に三峡ダムと三峡地域を舞台にした映画である章明《ツァンミン》の『沈む街』（原題『巫山雲雨』一九九六年）がそうであったように、この地域の古代の伝説が幻覚となって映画の主題と融合している。確かに、前作『世界』が賈の映画のなかではじめて中国政府の検閲を受けて政府公認の映画となったこと、そして山西省という舞台を離れた題材へと移ったことも、この奔放な表現の契機となっているだろう。だが、それは解放されて歓喜の叫びをあげている映画的想像力の条件でしかない。この映画の真の自由は、分子化された主題の持続によって、人とモノがともに根源的で平等な関係を生み出したことにあるのだ。そしてこの根源的な平等とは、そもそも神話的である。「歓喜のあまりに死んでいく」とは、この根源的な平等を存分に味わいつくす喜びの刹那を生きることとなのである。

メランコリア

ところで、香港、台湾、そしてポスト文革世代の中国の東アジア映画が、兄弟の共同体と時に重なりながら江湖の義兄弟の共同体の世界を形成してきたのは、父権的な共同体に対抗する映画的解放の場だったからである。これにかかわっていえば、東アジアのポスト植民地主義の映画と映画批評が、非西洋世界の映画表現における複雑な葛藤の二項対立的性格の追認にとどまらない美学を賛美してきたのは当然なのである。これらの映画の映画的歓喜の源泉は、生物学的連続性を意味する血縁関係《フィリエイション》(filiation)と、擬似血縁的な非 - 家系的な関係である養子縁組《アフィリエイション》(affiliation)からなる西洋の権威との戯れ、さらにそうした権威との対抗から構成されているのだ。*18 一九八四年のイギリスから中国への香港返還の合意締結から一九九七年の香港返還までは、香港社会にとって不安や希望、不確実性やナショナリズムがないまぜになって噴出した期間であった。この合意締結の前後から量産されはじめた香港ニューシネマは、一九五〇年代から六〇年代にかけての日本映画、八〇年代から九〇年代の台湾映画にも比肩しうる東アジアにおける映画史上の画期であった。そのなかで、ツイ・ハーク(徐克)の『蜀山奇伝/天空の剣』(一九八三年)、ウォン・カーウァイの『楽園の瑕』(一九九四年)、同『ブエノスアイレス(Happy Together)』(一九九七年)、ジョン・ウー『男たちの挽歌(A Better Tomorrow)』(一九八六年)などについてそれぞれ一作ずつの評論をまとめている香港大学の〝ニュー・ホンコン・シネマ・シリーズ〟は、適切にもこれらの映画に共通するメランコリアを指摘している。

すなわち、ツイ・ハークが得意とするトランス・ジェンダーや陰陽五行に形式を借りた変容の連続が、大英帝国と大陸中国とのふたつの選択のあいだで迷い、独立した超越的なポジションをとろうとする香港社会の葛藤の表現であること。ウォン・カーウァイ映画に反復される自己放擲と自己肯定、失われた愛の対象についての記憶の反復強迫は、アイデンティティをもとめてさまよう返還準備期の香港社会の自画像であること、さらにジョン・ウーやジョニー・トゥの「黒社会」映画にみる義兄弟たちの父権的秩序への闘いと必敗の法則等々（実際、香港大学のシリーズの目的は映画評論を通した返還準備期の香港社会論にほかならない）。フロイトによって定義された、愛の対象や理想の喪失の反動としての〈哀悼〉――それは一定期間ののちに克服される――ではなく、愛する能力の喪失であり、周囲への関心の衰退と絶え間ない自己卑下である〈メランコリア〉は、常にすでに自己肯定のよりどころを失っているポスト植民地主義社会に普遍的な状況であるとりあえずはいえるかもしれない。[19] ただし、メラニー・クラインによるフロイトの定義の修正をふまえてジュディス・バトラーが指摘しているように、メランコリアは自己内部への関心にとどまるために、自己の内－外の関係を固定化する心理を強化していく。[20] それは、上記の香港映画がナショナリズムというよりは香港アイデンティティへと回帰する結末を裏書きしているかもしれない。とはいえ、そこで主体はけっして固定化されていないようにもみえる。『蜀山奇伝／天空の剣』や『天上の剣』（二〇〇一年）に代表されるツイ・ハークの映像言語は、男－女、陰－陽の役割をあてがわれた蜀山の修行者たちが合体すると同時に分裂し、破片化する美学を楽しんでいるし、ウォン・カーウァイは親密なものの共存が出会いそのものを無限に遅らせる、その遅延の体験をこそ賛美している。これらの映像言語はポスト植民地状況がもたらす美学的《エステティック》な感覚＝感性的《エステティック》な体験を映画的歓喜へと転換する。しかし実はそこでは、主体が概念的なものと体験的なものとに解体されてしまっているという喪失が、家系的かつ擬似家系的な系譜へと横領されてしまっているのだ。それによってまさにメランコリアとなる。これに対して、これらの映像作家たちの表現に連なりつつ、しかし賈樟柯の映画が傑出しているのは、江湖の義兄弟的な共同性を分子化された主題の持続へと変えることで、ポスト植民地主義の時代の映像作家たちの表現を支える、家系的かつ擬似家系的な系譜のいっさいから自立した映像空間を創出してみせたからなのである。それはメランコリアの起源そのものを分子化された主題へと変容させたのである。

4 「アジア全体に現れている疲労の感覚」

疲労の感覚

ドキュメンタリー映画『東』は後半、三峡地域からタイ・バンコクのスタジオで数人の女性モデルを相手に連作の続きを制作する劉小東《リュウシャオドン》の記録となる。その構成について賈樟柯《ジャジャンクー》はこう語っている。

プロットからいうと、川の流れによる転換で、小東《シャオドン》が（長江の）船に乗って、転回すると彼はすでにメコン川の上にいる。記録映画を撮り始めたときには明確な方向はなかったが、後になってタイの洪水被害に遭遇し、それが天災であることから、突然三峡で撮ったことの核心が人禍だと思いいたった。大きな観点から見ると、このフィルムは天災人禍の構造であり、私は両者の間のコントラストを描こうと考えたが、のちになって発見したのは、バンコクが大都市であり、奉節《ファンジェ》が小さな町であるという違いを除けば、人々の状態、圧力は非常に似通っていることで、そこで彼らの違いを撮ることをやめて彼らの相似性を撮ろうと考えた。タイには非常に多くの所謂「異境」があるという特徴があるが、それらの要素を最小まで取り去ると、最後に残るのは眠っているような、出来事に対する焦慮の構造であり、事実上、アジア全体に現れている一種の疲労の感覚ということになる。[*21]

タイの相次ぐ洪水はタイにおけるダム建設推進の口実ともなっているが、二〇〇六年の洪水の原因は森林伐採であるとも、中国雲南省の漫湾ダムの放水が原因であるともいわれている。[*22]ダム建設はまたしても大規模な住民移住をもたらすであろう。そもそも、劉小東と賈樟柯の進路が三峡地域からタイに向かったことは、私たちに三峡地域で土地の買占めをおこなっている不動産業者たちがタイの華僑資本であるということを気づかせるものである。天災が人災であるという直観には布石がある。『東』のなかで、死んだ工夫の家族が住む山間部に向かう徒次、大雨のために小さな水路に流されてしまって半分以上沈んでいる自動車にキャメラが向けられていた。ドキュメンタリー映像のこのショットは、おそらくは『長江哀歌』制作につながる賈《ジャ》の連想の――視角の運動の――痕跡である。それは自然が人間に反乱する場面であり、水没の意味が理解された瞬間である。

タイにおいて劉《リュウ》が描く華やいだモデルたちは、その日常に戻ってみれば、『一瞬の夢』の梅梅《メイメイ》のように、夢がおしつぶされた表情を浮かべている。その表情に対して「一種の疲労の感覚」という名前が与えられるまでには、賈樟柯自身がその表情を映像化する体験が必要であっただろう。『一瞬の夢』が映し出す山西省汾陽《フェンヤン》は、一九九七年の香港返還の年でありながら、その国家的な祝賀を祝う雰囲気はなかった。街にあふれていたのは新刑法の施行と、犯罪者の告発を促すアナウンスであった。汚職の摘発が軽犯罪の取締りに転化することで、テレビのなかの小武《シャオウー》の手下がそうであるように、そこは過剰な道徳に支配される相互監視社会となる。『青の稲妻』は、二〇〇一年の中国のWTO加盟と北京へのオリンピック招致決定に湧く人々を記録しながら、炭鉱の爆発事件や海南島の米軍機墜落事故を挿入した。

この映像作家は、自分の映画に同時代の時事問題を多弁に盛り込む。しかもそれは物語の起伏と不可分なのだ。『プラットホーム』において、おそらくは賈樟柯が撮影するうえで最も決意を必要としたシーンがある。一九七九年、文革末期の文化工作隊が改革開放政策の波のなかで政府援助を打ち切られ、なお自主劇団として旅回りを続ける劇団員たちを描いたこの映画の終り近く、山西省太原《タイユアン》あたりから内モンゴル自治区に近づいて荒野を走っていた劇団員たちのトラックは、突然停止し、そしておもむろに旋回してもと来た道を戻っていく。このときトラックはラジオの天気予報を聞いていたはずだが、トラックが止まったまさにその理由に他ならないラジオの音声はここでは聞こえなくなる。だが旋回してもどるときには、幌のなかで寝ていた劇団員たちはみな起きだしている。ここでは賈の解説が必要である。「ぼくは、あまり隠喩的な手法は好きではありません。でもこういう方法をとるしかなかったのです。今の中国の政治的な情況からして、そしてぼくの現在の立場からしても、はっきりとあのシーンを描くのは不可能でした。でもあの時期を避けることは絶対に出来なかったのです」——賈樟柯がこう明かしているように、これは一九八九年の天安門事件の報道に接した瞬間を、ぎりぎりの表現で映像にしたシーンなのだ[*23]。この衝撃は歓喜となるが、しかし汾陽にもどったとき、かつて自分の芸術家ぶった振る舞いを咎めていた主人公の崔明亮《ツァイ・ミンリャン》の父親は女をつくって母親と別居している。そして、自分も旅を止めて昔の劇団仲間であり恋人であった瑞娟《ルイジン》と家庭をつくることになるだろう。やがて二人の子どもであろう赤ん坊を、瑞娟があやすそばで居眠りをしている崔明亮がいる。しかしそのとき、赤ん坊の泣き声とともにかぼそいノイズが聞こえはじめ、ついにそのノイズが耳を覆わんばかりの騒音となり、まさに爆発するのではないかと恐れるほどに緊張が高まる寸前で映画は終る。これはノマドを気取っていたアマチュア芸術家たちが青春の夢に敗れて小市民的な家庭に回帰して終る映画ではない。一九八九年五月から六月にかけて中国で起きた事件の意味を根本的に問いただそうとする映像作家の宣戦布告なのだ。時代に対するこの態度は、同時代の証言としてはまったく用をなさない張芸謀《チャンイーモウ》や陳凱歌《チェンカイコー》に代表される拝金主義と国民主義を謳歌する大作映画を量産している中国の映画文化への不断の妥協のない批判につながっているだろう。

〈世界〉への回路

とはいえこの監督は批判的知識人である前に、表象の運動をとらえるキャメラの機能の本質を、世界を認識し理解する手段だと考えている表現者である。そしてこの立場の徹底によってこそ、ポスト文革、ポスト冷戦体制の拘束がいたるところで力を放っている中国社会の特殊事情から、西洋社会に共通する社会的現実へと開かれる回路がつくりだされるのである。『世界』において、山西省出身の青年が工事現場の事故で落命し、その親戚として北京にやってきた三明《サンミン》が会社の事務所で保険金を受け取るシーンを反芻していると、このシーンが、イギリスの犯罪学者であり社会学者でもあるジョック・ヤングが描く西洋の後期近代社会の特質である「排除社会」の現実そのものに思えてくる。[*24] 移住民とその家族に対する社会保障制度の整備がいまだ途上にある今日の中国社会の不安をまざまざと実感させるこのシーンは、発達した西洋社会において、ポスト・フォーディズム期に出現する「排除社会」が、人間の生の重さをセキュリティとリスク、保険危険率上の正義（actuarial justice）によって裁断する現実とほとんど重なってみえる。どちらの社会も、死と引き換えにしないかぎり、その生命に値段がつけられることはない。この意味で『長江哀歌』と『東』を通じて賈樟柯が見出した「アジア全体に現れている疲労という感覚」という言葉が私たちの腑に落ちるためには、私たち自身が西洋社会と非西洋社会がかかえる絶望の相違と共通性を目撃しなければならないのである。このことは、前作『世界』を理解するうえでも必要なことだろう。北京世界公園というテーマパークを舞台にすることで、その人工的な空間（内）とその外部（外）との対立がきわだたされ、内部＝人工の世界から外部＝本当の世界へと脱出しようとする現代中国の青年たちの物語となっている、と理解することは難しくない。実際、小桃《シャオタオ》はスチュワーデスの扮装でジェット機のコックピットを模したセットのなかで、「ここにいると幽霊になってしまう」という言葉を口にする。だが、たとえば『世界』において、主人公の小桃の元カレが北京の小桃を訪ねてきて、パスポートを持って「これから外国へ行く」というとき、その「外国」とは内モンゴルでしかなかった。そこは実際には観客の笑いを誘う場面である。だが、地理上の「外国」はどうか。ロシア・ウランバートルから来たアンナは、カラオケパブで酔客の相手をしなければならない。温州出身で服装会社を経営する女性も、パスポートをもって海外へと旅立つが、その夫はフランスにいったまま数年間、音沙汰がない。内部へと折り曲げられた外部としての国外は、象徴化され、戯画化され、とても居心地の悪いものとなっているのだ。賈の映画において中国社会は、貧困と格差に満ちた、「牢獄」のような内部として描かれているかもしれない。そして、常にそこから出ようともがいている人々が描かれるだろう。しかし、「外部」が地理上の国外を意味するのだとしたら、そこにも希望はないのである。内部－外部という対立はつねに共存させられている。しかしそれが私たちを導く異質な領域は、少なくとも、内部と外部の格差を確認するような類のものではないのである。つまり、その映像が表現している不自由な息苦しさとは、中国国外で賈の映画をみるものに、ああ、結局、社会主義中国だからな……という安堵を与えるようなものではまったくない。分子化された映像が提示しているのは、この同時代の世界があまねく経験している疲労と息苦しさだからである。

5　おわりに

賈樟柯《ジャジャンクー》は、故郷の山西省汾陽《フェンヤン》で、映画を愛するものであることを条件に、それ以外の資格を問わない、映画人と映画文化を育てるためのワークショップの開催を計画し、それは二〇〇六年から毎年一二月に開かれている。炭鉱の町と映画。それはもちろん賈樟柯の故郷だからであり、映画作家としての出発点であり、そして映画制作にとって必要な共同体がそこにあるからである。[*25]

だが、二一世紀の今日、コンピューター・ソフトウェア産業が労働の概念を転換してしまった現代では、炭鉱の町と映画という組み合わせは、映画的想像力について示唆する何かではある。少なくとも廃鉱においこまれる炭鉱やその町は産業構造の転換をとげた後期近代社会の疲労の象徴である。

ポスト植民地、ポスト冷戦の台湾の映像化というだけでなく、「アジアの疲労」を映像化するという点でも最先端を走ってきた侯孝賢《ホウシャオシェン》の『ミレニアム・マンボ』（二〇〇一年）では、北海道夕張市の映画通りを舞台に、通りを飾る名画の看板のなかを通り抜けることで、キャメラはまさに映画史に自己言及しながら、その疲労からの脱出を夢見ていた。台北でも、東京でも――これにブエノスアイレスやカンボジアのアンコールワットを付け加えてもいい――おそらくは世界の果てまでいってもこの疲労と絶望から自由になれないと知ったとき、キャメラは映画の町を選んだ。疲労と絶望におかれている存在が放つ歓喜の瞬間を伝えることに、映画が成功していたとはいいがたい。そこでは『長江哀歌』の三峡地域の場合のように、夕張そのものの消失が描かれたわけではないからである。だが、台北の夜から東京へ、そして夕張の雪の夜へという反転は、たとえ夕張炭鉱の運命に言及しなくても、あの雪の下に先在しているさまざまな記憶や夢へと私たちを導いたのだ。こうした記憶や夢、さらに映画的主題を、賈樟柯もまた、分子化していくことになるだろう。時代の疲労と絶望と、そこにある存在の歓喜に対して適切に、映画的想像力による表現を与えるために。キャメラがとらえたものを理解する想像力と視力を有した主体を形成し、映画をみることが映画をつくる実践に転化し、さらに連累の関係へと変容をとげていく共同性をつくりだすために。この意味で、賈樟柯の映画は、それ自体がすぐれた政治的実践なのである。

註

＊1　『賈樟柯・電影語録』、『世界電影窗』（二〇〇六年一〇月）一六―一七頁。
＊2　前掲、鷲見一夫・胡暐婷『三峡ダムと住民移転問題』（明窓出版、二〇〇四年）五〇三―五〇四頁。
＊3　『看電影』一九号（二〇〇六年）総三一一期「山西好人――ベニス独家専訪」における賈樟柯のインタビュー。
＊4　蓮實重彦『監督　小津安二郎』（ちくま学芸文庫、一九九二年）四〇―四一頁。
＊5　Gilles Deleuze, Félix Guattari, *Capitalisme et Schizophrénie 2: Mille Plateaux*, (Paris Les Éitions de Minuit , 1980), pp.356-358. ジル・ドゥルーズ／フェリックス・ガタリ『千のプラトー』宇野邦一・小沢秋広・田中敏彦・豊崎光一・宮林寛・守中高明訳（河出書房新社、一九九四年）三三四―三三七頁。

＊6　このテーマを「少数者」の概念をもとに「少数者政治」の問題へと開いている論考として、酒井直樹「小序」酒井直樹編、ひろたまさき／キャロル・グラック監修『歴史の描き方① ナショナルヒストリーを学び捨てる』（東京大学出版会、二〇〇六年）所収。

＊7　テッサ・モーリス＝スズキ『過去は死なない』田代泰子訳（岩波書店、二〇〇四年）三四―三五頁。

＊8　http://maze06.tianwang.com/cgi-bin/ftp_search2.exe?word (2006/12/20). なおこの講演は、賈樟柯『賈樟柯電影手記　賈想一九九六―二〇〇八』（北京大学出版社、二〇〇九年）に収録され、日本語訳『ジャ・ジャンクー「映画」「時代」「中国」を語る』丸川哲史・佐藤賢訳（以文社、二〇〇九年）に訳出されている。ただし、ここではもともとのインターネット版にもとづく翻訳に従った。

＊9　Gilles Deleuze, *Cinéma 2: L'image-Temps*, (Paris: Les Éditions de Minuit , 1985), p.196. ジル・ドゥルーズ『シネマ2　時間イメージ』宇野邦一・石原陽一郎・江澤健一郎・大原理志・岡村民夫訳（法政大学出版局、二〇〇六年）二〇九―二一〇頁。

＊10　Jacques Ranciére, *The Flesh of Words: The Politics of Writing*, trans. Charlotte Mandell (Stanford: Stanford University Press, 2004), p.158.

＊11　前掲『三峡ダムと住民移転問題』二四六―二四九頁。

＊12　前掲＊8。

＊13　蓮實重彦「ある場違いな「出会い」について――賈樟柯の『世界』に触発されて」『UP』二〇〇六年一月号、一―六頁。

＊14　前掲＊8。

＊15　op. cit., Ranciére, p.159. また、Gilles Deleuze, "Bartleby ou la formule," in *Critique et Clinique*, (ParisLes Éditions de Minuit, 1993). ジル・ドゥルーズ「バートルビー、または決まり文句」『批評と臨床』守中高明・鈴木雅大・谷昌親訳（河出書房新社、二〇〇二年）所収。

＊16　安徽文化音像出版社『賈樟柯作品集』（二〇〇五年）所収インタビュー映像より。

＊17　同右『賈樟柯作品集』所収インタビュー映像。

＊18　Edward W Said, *Beginnings: Intention and Method* (New York: Columbia University Press, 1985[1975]), Preface,p.xvii. エドワード・サイード『始まりの現象　意図と方法』山形和美・小林昌夫訳（法政大学出版局、一九九二年）xvii頁。

＊19　Wimal Dissanayake, *Wong Kar-Wai's Ashes of Time* (Hong Kong: Hong Kong University Press, 2003), pp.110-117.

＊20　Judith Butler, *The Psychic Life of Power* (Stanford: Stanford University Press, 1997), pp., 167-169. また、op. cit.,Wimal Dissanayake, p.112.

＊21　http://www.ce.cn/xwzx/gnsz/gdxw/200610/18/t20061018_9024891.shtml（2006/12/20）（李径宇中国新聞周刊主筆のインタビュー）なお日本語訳は http://kaishi.exblog.jp/i10 を参考にした。

＊22　http://www.bangkokpost.net/（2007/02/07）。

＊23　二〇〇二年三月一三日付け西日本新聞掲載「「見えない差違」賈樟柯の映画作り」

http://wanzee.at.infoseek.co.jp/jiazk_long_distance.htm（2007/02/07）。

＊24 Jock Young, *The Exclusive Society: Social Exclusion, Crime and Difference in Late Modernity* (London: Sage publications,1999). ジョック・ヤング『排除型社会　後期近代における犯罪・雇用・差異』青木秀男・伊藤泰郎訳（洛北出版、二〇〇七年）。

＊24 『一瞬の夢』の撮影において、賈樟柯の幼馴染の友人たちはもとより、当時、父親が責任者であった汾陽市文化局とテレビ局の協力は不可欠であった。野外ロケを多用する賈の映画において、地域社会の協力は不可欠であり、苦心もそこにある。汾陽の協力体制は『プラットホーム』でも生かされた。これについては、二〇〇六年二月九日、張偉および友常勉による汾陽市文化局および同電視台・趙登新氏へのインタビューにもとづく。なお趙登新氏は『一瞬の夢』でインタビュアーの後ろでキャメラを担ぐ役で出演している。

震災経験の〈拡張〉に向けて

1　開発主義のなかの〈生〉

二〇〇八年のカンヌ映画祭で披露された賈樟柯《ジャジャンクー》の新作『四川のうた』(『二十四城記』)は四川省成都の巨大工場「四二〇工場」の記憶をめぐる映画である。一九五八年に国防戦略に基づいて瀋陽《シェンヤン》から成都《チョンドゥ》に移転されたこの一大軍用機工場群では、最盛時に三万人の工員が働き、一〇万人の家族を擁していた。いまその工場は再び移転され、その跡地に高級マンションを含む複合施設が建設されようとしている。「二十四城」=「24シティ」とはこの複合施設の名前である。日本の「六本木ヒルズ」を連想させるこの再開発を前にして、監督は一年あまりの取材を通して一〇〇人以上のインタビューをおこない、四〇万字にのぼる記録を取り、工員・会社幹部・ニュースキャスターらのインタビューと、三代の女性たちを演じる三人の女優と一人の男優のフィクションからなるこの作品をつくりあげた。北京を舞台にした『世界』、四川省を舞台にした『長江哀歌《エレジー》』『東』（さらにこの間に発表された『無用』）のいずれとも異なる手法を用いて、王兵《ワンビン》のドキュメンタリー映画『鉄西区』を想起させる工場と破壊がすすむ風景のなかで歴史が証言され、そして仮構化されたドラマによって痛苦に満ちた記憶がたどられる。工場の仕事の風景が映し出す鋼鉄の手触り、その一部としてしかしモノのような存在感をもつ工員たち、爆破された工場の粉塵のなかから、ジャの映画ではおなじみの趙涛《チャオタオ》の影がゆっくりとあらわれ、ドキュメンタリーの画面が仮構のドラマへと一挙に距離を縮めて転回する、息を呑むような瞬間。

開発主義と新自由主義のもとで市場から排除されていく〈生〉が輝きを放つ瞬間は、メディア・時代設定こそ違え、蘇童《スートン》の新作『碧奴《へきど》　涙の女』（飯塚容訳、角川書店、二〇〇八年）においても印象深く表現されている。万里の長城建設のために北方に連れて行かれた夫のために、冬服をもって後を追いかけていった妻が、夫の死を知り、その涙は長城を崩壊せしめたという孟姜女《もうきょうじょ》の神話を改作したこの作品では、妻・碧奴《ビー・ヌー》は行く先々のどこにも居場所をもたない難民であり、しかし夫と自分の目的しかみえていない自己中心的な庶民である。だが碧奴は身体のどこからでも涙を流すことができるために、聖化《セイクレッド》＝排除される異人なのだ。聖化されたこの異人は体中から涙を流すという自然の力を味方につけることで、主権権力に抗って〈生〉の存在を訴える。だから蘇童によって改作されたこの神話物語を読むとき、私たちはそれが開発と新自由主義に曝され、身体を通して抗議している現代中国のメタファーであるという思いつきから離れることができないのだ。

　孟姜女の神話はまた私たちに王兵のもうひとつのドキュメンタリー映画『鳳鳴《フォンミン》　中国の記憶』を想起させる。映画のなかで、夕闇が迫る一室で、一九五〇年代の反右派闘争によって強制収容所に追放された夫のために衣類と食べ物を届けに、極寒の甘粛省安西から酒泉まで歩いたときの不安と孤独を語る和鳳鳴《フーフォンミン》の物語は、そのまま孟姜女の足取りに重なる。実際、甘粛省安西から嘉峪関を経て酒泉にいたる道は長城の西端にいたるルートでもある。ここに物語の祖型が共有されているのではないかと推定してもいいだろう。しかしこの映画の奇跡はその物語だけではない。アパートの窓から入る自然光のもとで（「自然光を味方につけて」と蓮實重彦は評したが）物語を語るこの老女は、その存在を生の原初的なあり方にまで還元している。映画のなかの鳳鳴はほとんど動かず、ソファーに座ったまま、物語を語るだけである。彼女の〈生〉の一切はその記憶を所蔵していることであり、しかもこの記憶を誰にも譲るまいとして守り抜いていることにある。「殺さないように生かし」、ただし「死ぬに任せる」主権の権力のもとで過酷な体験をくぐってきたこの〈生〉は、その主権権力とともに生成した〈生〉である。[*1] 法規範が停止する臨界としての例外状態で生まれた〈生〉。これは〈剥き出しの生〉にほかならない。[*2]

2　震災のなかで

中国の農民工問題においてすでに進行してはいたが、これまで局所化されていた例外状態と〈剥き出しの生〉は、現在、四川汶川大地震のもとで一挙に普遍化したといわざるをえない。その現実は日本社会に身をおく私たちの身体性をゆさぶった。阪神・淡路大震災の記憶がよみがえり、その教訓が反芻される間もなく岩手・宮城を地震が襲った。私たちがこの連続した出来事のなかで体験しているのは、情報を知覚しながらも適切に整理できずにいる状態、ポストメディア論がいうところの「閾下筋肉反応」であり、あるいは「意味の体感」である。[*3] いや、実際には報道をとおしたこの体験を理解するうえで、震災後・復興過程においてヒューマン・セキュリティとナショナル・セキュリティの相克が、長く困難な道のりと一層の格差をもたらすことになることを私たちはすでに了解はしているはずである。[*4] だがその事前の了解どおりで果たしてよいのか、この未曾有の事態をそこに回収して済ませてよいのかという倫理が私たちに警告を発している。そもそもオリンピック・イヤーの二〇〇八年には、ギョーザ事件やチベット民主化運動の弾圧など日本にとっての〈他者〉としての中国の否定面の露出が相次いだ。その一方で四川汶川大地震を通した地震国・日本の「筋肉反応」があり、震災経験の共有化がある。中日政府レベルでは懸案のガス田開発をめぐって、一部共同開発に向けた利害調整がおこなわれ、六月末には自衛隊の護衛艦が戦後初めて中国広東省の軍港に赴く。明らかに共同でグローバル化のゲームに命がけで乗り出した中日両国の戦略のもとで、そして例外状態が拡大し主権権力がさまざまな〈生〉を呑み込もうとしているさなかに、私たちは自身のこの「閾下筋肉反応」に対して――それは本来、他者に向き合おうとする情動である――どのような意味を与えていけばいいのか。

3　震災報道という経験

中国の震災に直面した私たちの「筋肉反応」は、他者を感知し、出来事に率直に向き合おうとする志向性である。不意に訪れる他者の事実性を感知してしまう情動は、そのことによって倫理的な責任を引き受ける。それは、グローバル化のもとで自律的な責任が不在のまま、他人の欲望、他人の承認を求めようとする他人志向的で空虚な運動に対峙する条件である。[*5] 問題はそうした他者・出来事と向き合おうとする情動に「どのような意味を与えるか」という点である。それというのも、震災報道がつくりだすナショナル・セキュリティへと向かう物語には、同時に罹災体験が不可欠とする説明の土台があり、それはかならずしも国民の物語と同一化されないからだ。二〇〇一年の九・一一に際して北米の左翼的な言説が雪崩をうってナショナルな哀悼の共同性を構成したことを想起するならば、なおさら震災報道に身構え、同時にそれが常に国民の物語とそこからの変奏という両義性を持つことを踏まえる必要がある。

ここで成田龍一がおこなった関東大震災の震災報道の検証「関東大震災のメタヒストリーのために——報道・哀話・美談」を参照しよう。[*6] 九・一一後の北米のメディアの体たらくを見事に先取りすることになった成田の論考は、当初の目的であったメタヒストリーとしての歴史叙述の試みとしてよりも、今日においては優れた実証的メディア論として再読されるべき考察である。成田によれば、震災報道とは「参照系としての震災像」の制作を目的とする。それは念を入れた構成からなる。まず、①震災をトータルに把握するための志向性の模索がすぐ始まる。②鳥瞰と虫瞰、必要とあらば罹災地のフィールドワークも含めた検証による「面」の形成と、震災の進行過程の叙述。③内部の視点からの全体への接近、そして罹災図の作成。さらに、こうして制作される震災像・罹災図は、空間的な構造を内包している。すなわち、視点の高／中／低の区別、炎上(関東大震災の被害は火災によるものが大半であった)／瓦礫、避難／復興。さらにこれは、建物／瓦礫／低、人／復興・復旧過程／中、鳥瞰／虫瞰／高という指標において再整理される。そしてより大局的に震災の外部／内部、全体／断片、文章／グラビアというトポグラフィが構成される。この報道プロセスにおいて集積されるのは、また、「哀話と美談の詩学」であり、死者の微分化である。つまり、「面」的に作成された立体図に対応して、記憶のトポロジーが構成されるのである。

そこで働いているのは「プロップ流の物語化」である。すなわち、多層化・内／外の区別、固有の経験の全体性への回収、性状（勇気の発揚）と行為（英雄的自己犠牲や肉親との別離や愛情）の差異化と強調、そしてマイノリティの声の抑圧である。かくして、メディアによって、断片的な固有の経験が「われわれ」（＝国民）の経験へと代位される。〝われわれ〟はメディアを介して「われわれ」を確証する。そこで一人一人の固有の経験が「全体」の時間と空間のもとに均質化されて回収されることになるというのである。[*7]

震災経験においては、一人一人はそれぞれの固有の体験をメディアが作成する「全体」に位置づけて意味を見出していく。「哀しみ」もまた「全体」を参照することで公定の語りとなる。

成田が再構成したこの震災報道のプロセスと物語構造は、地震という自然史的過程が人間の記憶のうちに包摂されていくプロセスでもある。それは出来事が時系列化され位相論理的に配置されているため、構成主義的な記憶であることを見破るのは難しい。だが、〈生〉をそのように操作するという点で、構成されたこの記憶は例外状態の適用と生政治的な統治の条件となる。被災地や仮設住宅、あるいは仮設住宅への入居を待つテントでの生活において、〈生〉の境界線が恣意的に引かれる例外状態の生政治的な統治が現出するのである。メディアが青写真を描いた震災体験と復興のプロセスが、アノミー状態にある法と生との結びつきの装置が作動する条件となる。いいかえれば、メディア報道がナショナル・セキュリティという目的に向かうかぎり、メディアは生を例外状態の法規範に投げ込もうとする生政治の統治に同調するということなのである。

だがここで留意しておきたいのは、断片的な体験を回収する「全体」とは、断片的であるからこそ、語りとして対象化できない体験を説明するための土台を提供するものだということだ。情報理論が物語の特性として提起してきた冗長性（redundancy）や拘束性は、言語化されていないメッセージの意味を伝達するための条件である。[*8] そうした条件からなる物語とは、不分明で整理のつかない身体の記憶の暴走を回避し、それを癒すための〈知〉＝〈智〉でもあるのである。ただし、そのときに〈生〉が――〈剥き出しの生〉が――求める物語がどのようなものであるかは自由である。実際、鳳鳴《フォンミン》の記憶には孟姜女《もうきょうじょ》の神話が呼応していることが窺えるし、賈樟柯《ジャジャンクー》の『二十四城記』というタイトルは中国王朝の正史「二十四史」を、さらにそのうちの一つである司馬遷の「史記」を連想させるはずである。「全体」から分離した「部分」が勝手にどのような物語化と結びつくかは、「全体」の物語は決定できない。しかもこの物語化は〈剥き出しの生〉がその〈生〉に意味を見出すために必要な智恵なのである。ここには『アウシュヴィッツは終わらない』のなかで、プリモ・レーヴィが記憶をたぐりよせ、詩篇を思い出そうとするときに訪れる、『神曲』地獄編第二六歌の「オデュッセウスの歌」のあの歴史的な啓示の瞬間をも付け加えることができる。[*9]

この意味で、震災報道の語りがつくりだす「われわれ」とは異なる、個の体験が関数となって形成される無数の〈われわれ〉の物語があるというべきだろう。それは「われわれ」（＝国民）の構成と対峙する物語の発見につとめることでは見落としてしまうような物語の変奏である。

4　震災経験の拡張にむけて

私が希望するのは、「闕下筋肉運動」に類した、中国における震災体験に向いた私たちの情動が、中日メディアのどのような報道にあっても、そこに謳われている物語を拒絶せず、むしろ罹災者たちの切迫性と必然性をみてとろうとする意識へと転じることである。それは方向性をもとめて震えている私たちの身体に意味を与えることでもある。

『例外状態』においてアガンベンは、「構成する権力」となることよりも政治的なことは、「暴力と法とのあいだのつながりをたちきるような行動」であると述べている。そしてそのような開かれた空間から出発し、例外状態において法と生とをむすびつけていた装置を「不活性化」することを通して、法の使用の可能性を論じることができると。[*10]

その点からいえば、主権権力と対峙する「構成する権力」へと〈剥き出しの生〉を組織化するかわりに、〈生〉を過剰な神話物語によって満たすのが、賈樟柯《ジャジャンクー》や蘇童《スートン》、そして王兵《ワンビン》と和鳳鳴《フーフォンミン》の作法であった。その作法は神話物語がひとびとを紐帯するという効果に期待をかけるものだ。それは、排除を前提としたうえで生を包摂していく主権権力のあり方からもっとも遠く、なおかつ国民の物語と親和性を保ち続けるという点で、主権権力を局所的に脱臼させる可能性をもつ。それは天安門事件を経験し、いまだに継続する収容所的な権力のもとで表現をつづけてきた〈知〉が、生政治的統治と交渉するための智恵でありつづけるだろう。

中―日のあいだで、さらに依然として開発独裁に対する耐えがたい交渉を強いられている他のアジア地域のひとびととのあいだで震災の経験を共有することは、そうした智恵を共有することでもある。それは〈世間〉という空虚な共同体を保持して他者とむきあうことを学ばず、グローバル化する資本と排除の権力の蔓延に終止符をうつ条件を見出せずにいる日本社会の私たちにとって、多くの示唆を含んでいる。

註

＊1　主権権力の定義については、ミシェル・フーコー『社会は防衛しなければならない』石田英敬・小野正嗣訳（筑摩書房、二〇〇七年）、とりわけ「一九七六年三月十七日」講義を参照。

＊2　以下、「例外状態」および「剥き出しの生」については、ジョルジョ・アガンベン『ホモ・サケル　主

権力と剥き出しの生』高桑和巳訳・上村忠男解説（以文社、二〇〇三年）、同『例外状態』上村忠男・中村勝己訳（未來社、二〇〇七年）を参照。

＊3　デリック・ドゥ・ケルコフ『ポストメディア論』片岡みい子・中澤豊訳（NTT出版、一九九九年）一三一一七頁。

＊4　阪神・淡路大震災に際した復興報道と防災行政が提起している諸課題については、山中茂樹『震災とメディア　復興報道の視点』（世界思想社、二〇〇五年）が参考になる。

＊5　グローバル化と他人志向性、さらにこれに抗する倫理のあり方については、柄谷行人「文字の地政学――日本精神分析」、同『柄谷行人集四　ネーションと美学』（岩波書店、二〇〇四年）所収、を参照。

＊6　成田龍一『近代都市空間の文化経験』（岩波書店、二〇〇三年）所収。なお当該論文の初出は『思想』第八六六号（一九九六年）。

＊7　同前、二三三―二三四頁。

＊8　グレゴリー・ベイトソン『精神の生態学』佐藤良明訳（新思索社、二〇〇〇年）、とりわけ「冗長性とコード化」を参照。

＊9　プリモ・レーヴィ『アウシュヴィッツは終わらない　あるイタリア人生存者の考察』竹山博英訳（朝日新聞社、一九八〇年）一三一―一四〇頁。

＊10　前掲、『例外状態』一七八頁。

街道の悪徒たち

『国道二〇号線』の空間論と習俗論

1

監督、脚本・富田克也、共同脚本・相澤虎之助による映画『国道二〇号線』（空族《くぞく》、二〇〇七年）の舞台は山梨県甲府市である。元暴走族のヒサシは同棲しているジュンコともども、パチンコ・スロットに明け暮れる毎日で、シンナー中毒である。ヒサシは消費者金融からの借金を重ね、〝族〟仲間でいまは闇金屋の小澤からゴルフ用具の販売をもちかけられる。倒産したゴルフ店の型落ちしたゴルフ用具など売れるわけもなく、借金はさらに膨らむ。ジュンコは出口のないこの生活から抜け出て幸せな家庭をつくることにあこがれている。薬物中毒の友人・ユカリをひきあいにして「ユカリのようになりたくない」と結婚をせまるジュンコに対して、ヒサシはこういう。「（ユカリも）そうなりたくないと思っているからああなるんだ」。結婚にあこがれ、他人の借金を肩代わりさせられ、しがらみでがんじがらめになり、家の前のコンビニに強盗に入ってしまう友人たち。安定した家族を熱望した結果の出口のない末路は、それを望んだ時点で定められていたのだと。これは、世間的なしがらみからの身軽さを強弁しているというよりも、そもそも不安を反復強迫すること自体が破滅を招くのだという精神分析的な知恵である。ヒサシにとって一番の関心事は、シンナーを吸引しているときにみる幻覚である。その幻覚は大きな渦が巻いている世界で、人が立って、こっちに来いと招いているのだという。そこでは全世界の、過去から未来までの人類とつながり、神の存在さえ直観することができる。「本当にオレ、いってもいいの？」とヒサシは聞くが、そこにはまだいけない。小澤はヒサシの話にはとりあわないが、この幻覚を小澤もいっしょに見たはずだとヒサシはいう。ジュンコもまた「あたし、そんなところにいきたくない」とヒサシのたわごとを拒絶している。だが、ヒサシより先に薬物注射で〝飛んで〟しまったのはジュンコだった。それはヒサシとジュンコに訪れた最大の悲劇であるが、この悲劇＝死さえもただちに冒涜され陳腐化されてしまう。映画のラスト、車から乗り替えたバイクで街道を突っ走るヒサシに小澤のモノローグがボイス・オーバーでかぶさる。〝オレも渦を見たけど、そっちの世界にいっちゃだめなんだ、こっちの世界でないと……〟。

死につつある街のなかで、確実に死につつある若者たち。彼らはキレる寸前のようにみえるが、しかしけっしてキレることなく、単調な日常と動作を反復している。ヒサシとジュンコの合言葉は「うらみっこなし」「貸し借りなし」であり、そこには生活の破綻に相手を巻き込まないための倫理すらある。

2

映画の舞台である甲府市は監督・富田克也の故郷でもある。旧甲州街道に並行して、甲府市内を貫通している国道二〇号線は、山梨県を東京西部と結ぶことで、甲府を東京の衛星都市化し、山梨県経済の東京への依存を深める機能を担ってきた。それは土木・建設の公共事業と陳情行政で支えられてきたこの地方の歴史の象徴でもある。ところで、映画において国道は常に一方向が渋滞している。隣接地の巨大モールへの通過点でしかない甲府市は、ＩＴ産業都市への転身をはたせず、駅前はシャッター通りと化して衰退の一途をたどっている。他方、シャッター通りと化してはいないが、国道沿いの両側を飾るのは消費者金融の無人契約機と看板、パチンコ・スロット店、ドンキホーテのような格安量販店、ゴルフ関連の店、そしてラブホテルだ。大型店が立ち並ぶロードサイドの光景は、日米構造協議の圧力によって——米国の圧力によって——、一九九八年に成立した「大規模小売店舗立地法」（大店立地法）など、大型店出店に関する規制撤廃の産物でもある。日本の地方都市のどこにでもみられるこの光景のなかで、ヒサシは消費者金融のATMとパチンコ店を、国道を横切って往復している。ヒサシたちが国道の恩恵に浴しておらず、それをとおってちがう世界へと脱出できないのは言うまでもないが、そもそも彼らにとって国道は移動の手段ですらないのである。

登場人物たちの日常の細部にいたるまでリサーチを積み上げることで組み立てられた映像は、確かに地方都市の現状を効果的に活写している。その映像は、「巧・ガテン系」から単純なサービス業へと変化した労働や、製造業の激減という産業構造の変質など、労働と若者との関係だけでなく、そうした状況のなかで〝ヤンキー〟文化の担い手たちが経験してきた経年的な変化を描写している。そしてそうした経年的な変化が彼らの身体にもたらした作用と、それがグローバル経済において占めている位置を切り取っている。社会的経済的エリートたちの社交の道具であるゴルフが闇金の高利貸しの担保となって、収奪の資源としての元〝族〟たちを吸収する仕組みや、その闇金のパシリをしているアキラがヒップホップ系であり、一線を越えてヤクザにはなるまいとする小澤とちがってはるかに残酷で暴力的であること、他方、ヒサシの部屋にかけられたままの（旧文化を代表する）特攻服や、ヒサシの後輩たちの、機能性よりも装飾的なバイクのデコレーションにみられる確かな考証は、この映画の監督と脚本家が〝ヤンキー文化〟の社会史について一家言もっていることをよく示している。さらにここには、街道という境界領域を無政府的に制圧した暴走族が、その領域を公的に支配した土木行政と警察――それはどちらも戦前内務省が統括した領域である――に対抗し、しかしただちに右翼・天皇制イデオロギー集団のもとに系列化されていく歴史が凝縮されている。加えて、ヒサシ－小澤－そして小澤のボスである富岡らをつなぐ闇金の人間関係には、甲州文化の一面を物語る〝無尽〟の伝統をみてもいい。近世以来の歴史をもち、相互銀行の母体となった無尽はこの地域では網の目のようにひろがる大小の会合をも意味している。補足すれば、某消費者金融の自動無人契約機の名称「むじんくん」が、その由来は「無人」ではなく「無尽」であることも付け加えれば、この映画に通底しているアイロニーを読み取ることもできるだろう。それは「世間」を乗っ取ろうとする金融資本の姿である。

3

だが、『国道二〇号線』という映画で注目されるべきなのは、プロットや物語的主題だけでなく、ヒサシ、ジュンコ、小澤らの映像の運動である。

ヒサシの主な日常においては国道を単車や車で走るのではなく、歩いて横切る。パチンコ・スロットの三つのボタンをかわるがわる押す。単純な反復の動作が彼らの日常を、その狂気とうらはらな世界の常軌を支えている。シンナーをビニール袋に大事そうに注ぎこみ、袋を抱えながら吸引するそのしぐさも、正面から向けられたキャメラによってとらえられ、自己愛のしぐさにかわる。サラ金業規正法後に闇金業を続けることに心身ともに限界を感じている小澤は、かつて闇金のチラシを電信柱に張っていたころの手作りの感覚を思い出して現実逃避する。〝ペタペタペタペタ〟と……。死につつある日常の終焉を先延ばしし、絶望から逃れるための心理的エコノミーであるこの反復される動作は、同時にスクリーンのフレームに規定された映像の運動でもある。あくまで主題は映像的思考によって翻案された映像運動を通して表現されるのである。それは物語的主題と映像の均衡状態の実現である。

スクリーン内で反復されるこの運動は、ある地点からある地点への実質的な移動がないということに等しい。そしてそれはグローバル経済と新自由主義がつくりだす新たな階級社会のエコノミーに合致している。この階級社会においては階層移動や職住の自由選択は制限され、社会は富を集積する階級とただ消費に耽溺する階級とに分化し、後者は消費のための消費を命じられて生きるのである。これらの階級は政策的にも固定化されており、階級間・階層間の交流もない。少なくとも富の集積にあずかることができる階層は、ＩＴ都市の中心部とつながり、安全な郊外に住居を持つだろう。そしてシャッター通りと化した甲府市中心部には、ヒサシたちのような、〝ゾンビ〟の群れが居住することになるのである。とはいえこの〝ゾンビ〟はただ死につつあるのでも、ゲーテッド・コミュニティの住人たちや警察権力に狙撃されるのをまちうけているのでもない。ここで起きていることは、シリコンバレーと、二〇〇九年一月現在、黒人暴動が再燃しているオークランドのゲットーが隣接する南カリフォルニアの場合とは多少異なっている。メガスラムとＩＴ都市、ゲーテッド・コミュニティという、今日の都市社会学による現代都市分類とは異なる類型が必要になるのである。

4

国道二〇号線に沿って設置されている消費者金融のＡＴＭとパチンコ・スロットは、金融資本による空間支配の一形態を表している。国道沿いの土地は趣味の悪いネオンや看板に占拠されているが、これは土地を独占する金融資本が空間をも所有しているということだ。それは金丸信のような山梨県の政財界を支配した自民党議員と消費者金融業、都市銀行などによる地上げ、ゴルフ場開発、観光開発がもたらした光景であるが、重要なのは土地と空間の支配が金融資本の資本蓄積の前提条件となっているということである。土地と空間という「複合財」が、金融資本の投機的市場に組み込まれた結果、刹那的なサービス・消費産業とシャッター通りとが表裏一体となって国道二〇号線沿いに出現しているのである。この複合財に対応した資本蓄積過程では、すでに膏血を絞られて枯渇したヒサシやジュンコ、小澤たちからさえも利息という価値を絞りとることが可能である。その意味で金融資本の身体の一部として、彼ら・彼女たちは国道二〇号線の社会経済圏のなかに不可欠の——もちろん取替え自由の——パーツなのだということができよう。生きている身体は、そうしたパーツになるための拒否反応に耐えていかなくてはならない。シンナーはそのとき、この拒否反応に耐えるための緩和剤である。さらには吸引の動作において、生命活動を確証する運動でもあるのである。だがもちろんシンナーは有機溶剤である以上、この運動は死にいたる運動である。

とはいえ、〝無尽〟的な「世間」があちこちに組織された地方都市において、このネットワークを再編しようとする金融資本による支配という条件のもとで現出するのは、世界のグローバル都市が生み出しているメガスラムではない。人間的な侠義を律儀に守ろうとする小澤や富岡がしがみつく闇金の世界がそうであるように、「世間」と金融資本の融合はまだ中途半端な関係を維持している。それはむしろ地政学的権力と資本蓄積の過程とが相克しながら均衡している〝受動的な達成〟というべきなのかもしれないが。そして、グリーンを夢みながら、廃車となった旧型のスカイラインが放置してある倉庫で、ゴルフの素振りをするヒサシと小澤の前にあるのは、隣とのあいだを隔てる粗悪なセメントブロックの壁である。すくなくともまだ最低限の住居の体裁は維持されている。それはスラムではなく、ゲットーでもなく、あるいは巨大開発のために地肌をさらけだした荒野でもなく、むしろ、七〇年代までの戦後開発主義と公共投資の後退のあと、国際競争に出遅れた民間資本が、それでもなおリスクの分散のために展開する資本蓄積がもたらした、まだらな更地を抱えた周縁的な空洞であり、〈荒れ地〉である。世界都市のスラムの多くは、無軌道な開発主義のために非自然的要因によって大規模な自然災害にみまわれる多大な危険要素をかかえている。これに対してこの〈荒れ地〉はそうした危険にたいしてはとりあえず安全である。だがその一方で、外からはうかがえない国道の裏側において、生活世界の空洞化や衰退、侵食がゆっくりと進行していく。

5

ところで街道のような境界領域で自己を実現できたのは歴史的に異形の異物たちであった。柳町光男が撮った暴走族、あるいは収奪される農村からトラックで街道に出ていった農民たち、賈樟柯《ジャジャンクー》や王兵《ワンビン》が映像化した、社会主義のもとでの市場開放にさらされた中国社会の若者たちや労働者たち、さらにペドロ・コスタが愛するポルトガル・リスボンのスラムに住まう住人たち。これらの異物たちには、暴力が支配する境界領域を生き抜くためのそれぞれの習俗がある。それは例えば水滸伝の江湖《ジャンフー》や、ギリシャ神話のユリシーズのように、神話的な身体性を有した習俗である。また日本の中世史研究が提示した、「山河海泊」の自由通行・自由交易の権利を僭称した供御人、賤民、悪党たちは、偽の由緒書や綸旨によって、根底的には天皇の支配に依拠した習俗を身体に書き込んでいた。柳町光男が描いたブラックエンペラーの〝族〟たちの身軽な暴力や狡知も、街道を自由に往来するための武装自衛としての習俗にほかならなかった。こうした習俗は、土地や大地などの自然的条件にたいする共同体の本源的権利に等しい、人間が自らの身体に対して持つ本源的権利の行使であり表現でさえある。だから、土木行政と警察行政の領域を侵犯していた〝族〟たちが経験していたのは、期せずして身体の本源的権利と、自衛の共同体的な暴力を体験する瞬間だったにちがいない。すでに暴走族が政治的に系列化されていた世代に属するヒサシたちにとっては、その体験自体がすでに失われたものではあっただろう。だからこそシンナーを手放すことはできなかったにちがいない。だが、それによって精神の内部にまでふみこむ開発や暴力にたいして安全な世界を内側に構築したことで、土木と警察にかわって土地と空間を支配するにいたった金融資本の世界に、ヒサシはひとり目覚めたまま取り残されたのである。「そうなりたくないと思っているからああなるんだ」――つまり、〝そうなりたくないと思わなければそうならないんだ〟というヒサシの格言は、危機の無限延期を意味しているのではなく、生死の境界を超えてしまった生命器官としての身体が、他の身体とのつながりをも求めながら営む自己運動のひたむきさである。かくして、シンナーの匂いをまきちらし、後輩たちから遠巻きにされているヒサシの習俗は、死につつある生を慌てて取り戻そうとする努力をあらかじめ放棄している点で、そしてそのことを省みることなく淡々と日常をやりすごすことができる点で、際立って研ぎ澄まされている。たとえそれがシンナーとほとんど同化した中毒患者の世界だとしても。

『国道二〇号線』の映像が表現しているのは、若者文化内部での世代交代やグローバル資本と地方都市の相克について、その二極化を表現しつつ、しかし同時にそれらが重なりあう、けっして一枚岩にならない感覚である。クールではあっても希薄さと多孔質をあわせもった映像は、おそらくはこれから重ねられる、この地を舞台にしたさまざまな生や死の物語に連結されていくだろう。それはこの時代にふさわしい表現とその対象を獲得したものの特権ですらある。

参考文献

網野善彦『日本中世の非農業民と天皇』（岩波書店、一九八四年）。

有泉貞夫編著『山梨県の百年』（山川出版社、二〇〇三年）。

大泉英次・山田良治編『空間の社会経済学』（日本経済評論社、二〇〇三年）。

マニュエル・カステル『都市・情報・グローバル経済』大澤善信訳（青木書店、一九九九年）。

デヴィッド・ハーヴェイ『ニュー・インペリアリズム』本橋哲也訳（青木書店、二〇〇五年）。

広田照幸編著『若者文化をどうみるか？　日本社会の具体的変動のなかに若者文化を定位する』（アドバンテージサーバー、二〇〇八年）。

Mike Davis, *Planet of Slums* (Verso, 2006). 日本語訳『スラムの惑星――都市貧困のグローバル化』酒井隆史・篠原雅武・丸山里美訳（明石書店、二〇一〇年）。

Ⅳ 農民論

ここで分析されるのは、開発主義にさらされる戦後の農村を舞台にした映像作品（柳町光男）と、戦前の農村・農業問題を描いたプロレタリア演劇作品（久保栄、伊藤貞助）である。いずれも日本資本主義発達史論争以来の、日本農業問題というアポリアに挑む表現である。奇しくもそれらの表現は、すべてが悲劇である。そもそも悲劇は、人間が創造した技術や制度、権力のアポリアについて私たちに教化するという、人間にとっての根源的な役割を有している。そこで、農民についての表象＝悲劇は、農業問題の固有性と普遍性を同時に体現したものとなる。また、これらの作品群をとおして、自己を組織化する試みや抵抗が多様であることと、その失敗が絶望的であることも了解されるだろう。それは主体の構成についての新たな次元の表出＝実践への問題提起となるはずである。

ある想念の系譜　鹿島開発と柳町光男『さらば愛しき大地』

1　〈開発〉という主題

はじめに

『さらば愛しき大地』(プロダクション群狼、監督・柳町光男、一九八二年)は、鹿島開発によって荒廃する茨城県鹿島地域の農村の青年たちの生を主題にした映画であると、とりあえず紹介することができよう。この映画の監督である柳町光男は一九七九年に書かれたエッセイ「日本映画の復権に向けて」において、八〇年代を前にした平穏な社会状況に対して苛立ちながら、自己の方法論をこう書きつけていた。

一見、穏やかなムードの中の、習慣としてある現実の日常性の小さな裂け目に、非日常的なものやどろどろととぐろを巻いて潜んでいる、その闇の中の〝悪〟を引きずり出す手段は？やはり溝口や今村の〝傍若無人のリアリズム〟なのである。そこに生の人間があり、人間が織りなす劇があり、それを視つめる作家の冷徹な眼がある。[*1]

一九七二年の連合赤軍事件に際して「政治的な季節が終わり〔中略〕非政治的な時代がはじまるだろう」と思い、「純粋に映画的なもの以外は排除する」と決めたという大島渚は、[*2]このころ、映画のスチール写真とシナリオ第一稿をおさめた単行本『愛のコリーダ』（一九七六年）にかけられた猥褻物容疑の裁判で抗弁中であったが、同時にロッキード事件にかかわり、戦前・戦後の日本の政界の黒幕の一人であった児玉誉士夫をモデルにした『日本の黒幕』の脚本を書いていたはずである。[*3]『日本の黒幕』の大島の脚本は自らの手で破棄され、代わりにこの企画は降旗康男によって映画化されたが（一九七九年）、巨悪を問題にするにしても、日常性に潜む〝闇〟や〝悪〟に固執する柳町光男は、中上健次原作の『十九歳の地図』（一九七九年）を撮ったあと、ロッキード事件そのものではなく、やはりその被告の一人であった国会議員・橋本登美三郎がかつて町長をつとめ、その絶対的な権力の選挙地盤としていた茨城県潮来町（現・潮来市）を舞台にして、開発とその余波のなかで起きた殺人事件をモチーフにして映画を撮った。一九七七年に茨城県潮来町で実際に起きた、監督・柳町光男の中学時代の同級生による「愛人刺殺事件」を題材にしたそれが『さらば愛しき大地』である。

柳町がいうように、問われるのは日常性に潜む〝闇〟や〝悪〟を引き出す表現の方法である。そしてその表現の方法において、柳町光男という監督は奇跡的な成功をおさめてきたが、しかし同じだけの失敗も経験している作家である。大島渚が政治の季節の終焉のみならず政治的表現の終わりをも実感したほどに、露骨に日常を覆っている政治的なるものの非政治的な表出をいかに映画的に表現するか。あるいはその表出を劇映画としての水準において達成することができるか。その方法を提示しようというエッセイにおいて、柳町光男は溝口健二と今村昌平の二人の監督の名前をあげ、しかもそこに共通する質を「傍若無人のリアリズム」という、小林秀雄が正宗白鳥の文学に対して述べた歴史的な賛辞を引用している。溝口健二と今村昌平のファンはそれほど重なるとは思えないし、サイレント時代を知る溝口のリアリズムは今村のそれとはおのずと異なるはずなのであるが、それにしてもこれは何を意味しているのだろうか。

柳町光男は七〇年代の情念の映像を総括して、映画におけるストーリーと映像、演技、音楽の総合的な融合を実現しようとして登場した作家である。たとえば新宿の暴走族を追ったドキュメンタリー『ゴッド・スピード・ユー！　BLACK EMPEROR』（一九七六年）において、リーダーがパシリのメンバーたちにヤキを入れる場面。このリーダーは登場するやいなやキャメラのフレームの外の柳町光男にコーヒーをねだると思いきや、人心を掌握するのが巧みなリーダーとして腹に一物がある新入りメンバーの心理を手際よく開示してみせる。かと思うとその新入りに不意に足蹴りをくらわすこともできる。一方でこの新入りも幹部が不在のところではきわめて饒舌に自分と幹部たちのマインドゲームを語る。深夜の路上で警官隊と物馴れた調子で交渉もするそうした狡知は、彼らが不意にふるいはじめる暴力となめらかにつながっている。狡知と狂気を映像と音楽において総合的になめらかによどみなく融合させること。そして監督自らもその映像のなかで確信犯的に登場人物としての位置を占めることで、隠し撮りのような乱れを払拭すること。この映像の成功は暴走族の若者たちによるしなやかな身体言語や狡知に長けた語り口にあるだけではない。ドキュメンタリーでありながら総合的な映画的融合をはたしていることにあるのだ。監督の登場さえもなめらかに回収するそのよどみない持続と総合にあるのである。それはショットをミディアムからロングへ、またロングからミディアムへと変えながら、私的日常と非日常のさまざまな側面から生をきりとる映像をつくりだし、さらにそれらの映像を劇的物語に総合する力といいかえてもいい。しかし他方で、暴走族のドキュメンタリーという非日常的な素材を相手にしながら映画的に破綻のない融合を達成していることは、この監督が身体運動とキャメラに常になにがしかの主題を与え、それを総合する物語の構成力を重視していることをしめしている。身体の運動は予期できない微細な動きをともなうがゆえに、映像作家はその運動を愛好する。そしてその動きが次の映像を準備する。ところが柳町光男の資質は身体の運動に寓意的な主題や象徴的な構図をあたえるのである。それによって映像作家としての性向と劇映画監督としての理知主義とのあいだの葛藤で自己分裂が起きてもおかしくないだろう。しかし『ゴッド・スピード・ユー！』ではそうした葛藤の気配はみじんもないのだ。なぜだろうか。それは、寓意性が身体言語を支配するまでにいたっていないからである。中上健次が注目することになるこの身体言語だけから構成された稀有な映像は、その反面、映像言語が身体の原理以外のほかの原理に影響されていないということでもある。それはこの映画がより深刻な力に浸食されていないからである。それが映像と音楽の魅力にもかかわらず、この映画が私たちに残す物足りなさの正体だろう。ここではまだ日常の闇や悪が政治的なものの非政治的な表出としては描かれていないのである。

これに対して、『十九歳の地図』（一九七九年）を経て、撮影に『日本解放戦線　三里塚』（一九七〇年）の田村正毅を迎えた二つの作品、『さらば愛しき大地』と『火まつり』（一九八五年、脚本は中上健次）へと向かう柳町光男の仕事は、まず悪意を反社会的な敵意として映像化することから始め、つぎに悪意そのもののあやふやな政治的かつ非政治的な正体に形象をあたえようとする方向にすすんでいった。『さらば愛しき大地』では、柳町光男にとっての悪意の正体とは〈開発〉という問題系に置き換えられていたはずである。それは、紀勢本線開通の回想を挿入することで、紀州熊野の開発と一家惨殺という悲劇を結び付けようとした『火まつり』の協働作業において中上健次とのあいだで共有されていた問題意識でもあっただろう（とはいえ柳町光男のフィルモグラフィにとって決定的な意味をもつ中上健次との出会いは不幸な別れに終わった。それは、自分のクレジットが付された作品としての完成を期した柳町と、この映画を、表象を超えた熊野の祝祭そのものに還そうとした中上との相違であった）[*4]。

さて、ここでの私の関心は、柳町光男『さらば愛しき大地』を、政治の季節の終わりに前景化してくる〈開発〉という主題にかかわらせて検討することにある。そこでは映像の運動と劇的物語との連続／不連続に焦点をあてることになる。それは映画において監督の意匠を超える映像の生成を論じることでもある。しかしこれを柳町光男という作家個人の資質に還元するというよりも、この検討を通して、〈開発〉という問題系における政治的であると同時に非政治的な表出に言葉をあたえてみたいと考えるのである。

柳町光男の方法

ところで先に引用したエッセイ「日本映画の復権に向けて」では来るべきリアリズム劇映画の手本として参照されたのは、今村昌平の『赤い殺意』（一九六四年）と溝口健二の『西鶴一代女』（一九五二年）であった。柳町はこれらの映画にみられるような、劇とキャメラによって構成される二重の眼が劇映画のリアリズムには必要であるという。これについて検討しておこう。

これらの作品には、固定ショットとパン・ショット（固定カメラによる横移動・水平移動）、そしてクレーン・ショット（俯瞰）を組み合わせて、固定ショットとパンで内面的な心理描写を表出する演技を追い、クレーンでその劇を〝客観化〟するキャメラの移動があるという。ここに「劇を息をひそめて凝視するもうひとつの作者の眼」あるいは「作者の情動」があるというのである。そして例えば溝口のワンシーン・ワンショットではカメラの長廻しによって「映画のリズムが乱れる」こともあるかもしれないが、それが人間にくらいついたら離さない執拗な人間描写を生み出すのだと。[*5] これがストーリーにもたれかかるストーリー主義や主題に情念的に固執して映像の方法論のないテーマ主義を批判する〝リアリズム劇映画論〟であり、ゴダールの『勝手にしやがれ』（一九五九年）がその時代に対応した内容と方法の一致であったように、今こそ求められている方法論であると強調されたのであった。

なるほどここに溝口や今村を「傍若無人のリアリズム」と呼ぶことの論拠があるのだろう。しかし、この柳町光男のリアリズム劇映画論とは、監督の映画論であると同時に、精緻な映像を支える技法のことである。それは単に俳優に生の表出たる演技を迫るような素朴なリアリズムでないことは明らかである。柳町光男が自分の作品でたびたび反復するのは、パン・ショットの長廻しや固定ショットとクレーンの俯瞰の組み合わせである。これによって、集団の描写と集団のなかの個を引き立たせる劇が構成される。そしてとくに俯瞰ショットによっては、風景と対比することによる人間劇の象徴化がおこなわれる。物語を構築するドラマは俳優たちの身体運動によって構成されるが、その運動は反復される動作によって寓意化される。リズム化されたこの身体運動は、ときに煩わしいほどに繰り返される。ただし、『さらば愛しき大地』と『火まつり』の二つの作品にかぎっていえば、パン・ショットが多用され、あくどいほどの反復運動が目立つ後者と、パン・ショットがほとんど用いられず、ミディアム・クローズ・アップとロング、俯瞰の固定ショットから構成される前者という決定的な差がある。カットが増えることになるにしてもズームレンズを用いない（すなわちパン・ショットによる長廻しを用いない）という『さらば愛しき大地』の撮影方針は、田村正毅の希望であったことが監督の言葉として証言されている（実際、ここに二つの作品の評価を分ける根拠のひとつがある）[*6]。

いずれにせよ「二重の眼」とは、対象に対するキャメラの距離の取り方とその運動にもとづいて二方向に大別されるキャメラの目的論的な手法のことでもあるのだ。そしてこの「二重の眼」が、劇を構築するより俯瞰的な眼と映像技術的なキャメラの眼というもうひとつの二重性を持つのである。柳町光男とはこうした手法を早い段階から確立していた作家であり、先のエッセイは溝口健二と今村昌平の映画の徹底した分析によってその方法が習得されていったことをしめしている。

ここで監督のかつてのリアリズム映画論に注意を喚起する必要はないかもしれない。だが『さらば愛しき大地』という映画を検討するにあたって、この映画がどのような方法意識のもとに生み出されたのかを理解する手がかりにはなる。とくに問題となるのは、柳町光男が劇映画の〈劇〉を、映画的表現によってのみ可能となる物語的な総合として重視していたということである。とくに、溝口健二の長廻しのうちに、映画のリズムの乱れの有無を意識しているということだ。それがなぜ意識されるかといえば、柳町が〈劇〉の水準における映像と物語の融合を期待しているからである。いいかえれば、柳町は「リズムの乱れ」を、予期しない映像の運動の効果とはとらえていないのである。

映画表現の水準におけるキャメラ、アクションや音楽、音響の融合としての総合を問題にすることが悪いわけではない。だが蓮實重彦による映像＝身体運動論についての一連の示唆や、ドゥルーズのイマージュ論にもとづく情動論をふまえるならば、[*8]私たちは溝口健二の長廻しを〈劇〉の融合の水準とは別の観点から説明することが可能になっている。『残菊物語』（一九三九年）や『西鶴一代女』といった溝口の歴史的なショットのなかで、花柳章太郎や田中絹代の動きによって、私たちは私たちの期待が乱されるという微分的な情動の運動を体験している。それは予期せざる瞬間との邂逅である。批評はそうした体験を裏書きしてきた。先回りしていえば、この予期せざる瞬間は『さらば愛しき大地』という作品においても生成している事態なのである。

「不測の事態」あるいは映画的遊び

『さらば愛しき大地』のなかに私たちの情動の期待を乱す映像をみることが可能なのは、この作品のキャメラが田村正毅であるということと無関係ではない。田村正毅の映像作家としての稀有な資質について、青山真治は、キャメラマン・田村正毅論のなかでこう述べている。「田村正毅というキャメラマンは、俳優の行動において、その〈名残り〉=〈幽霊〉を発見し、それを追跡することで自身のキャメラワークを造型していくように、私には思える」[*9]。俳優たちはテイクを重ねることで演技を確定していく。キャメラマンはこのテイクを撮りながら、そこに意図されざる運動や意志を集積していくようになる。そうした〈名残り〉=〈幽霊〉は最終テイクとは異なるが、しかし最終テイクとして残された映像のなかに即興演奏のような「不測の事態」を生み出すようになる[*10]。それは映像の運動がつくりだす残影=幽霊であり、未完の情動とでもいうべきものだろう。

映画監督の立場から発されるこの直観を裏付けるコメントは私にはない。しかしこれは青山真治が、自分の映画制作プランを超える事態、つまり監督自らが支配できない〈予期せざる事態〉を待ち望んでいることの表明である。

監督が支配できるかどうかは別にして、物語の持続に沿いながらも、映像の運動には選択肢が複数存在することは想像できる。物語のシークエンスのもとで可能となる映像の運動には複数の律動があるということでもある。『西鶴一代女』において、女郎買いを諫める男によって残酷な見世物になり、化け猫よばわりされた田中絹代が猫の真似をする有名なシーンを想起してみよう。突然振り返って猫の真似をして爪をたてる田中絹代に、私たちの情動の期待は外される。それはその動きがその前後の運動に比べてあまりに速いからだ。逆に、例えば『ペイル・ライダー』（監督・主演クリント・イーストウッド、一九八五年）の決闘シーン。敵の銃口に対して（つまり私たちに対して）背中を向けているクリント・イーストウッドの時間はほんのわずかに長い。彼が撃たれるか撃たれないかという瞬間、私たちの期待の感覚をわずかでも超える何分の一秒かの時間が続く。そのとき「撃たれた」と感じる感覚がただちにやってくる。しかし彼は撃たれない。私たちの情動はシークエンスに導かれる期待と、それをわずかに超える映像の運動とのあいだで乱れる。その映像の集積は未必で未完の情動を集積していく。しかもそれは未完でありながら実感として私たちの情動の記憶のなかに残るのである。私たちが独創的な身体言語と呼ぶ俳優の動きはそうして創出されるはずである。そこにはたったひとつの必然的な動きはない。その代わり、複数の映像の律動を許容する遊びがあるのである。

〈開発〉がもたらす惨劇を物語の主題とする『さらば愛しき大地』が（そしてそれに続く『火まつり』が）、小川紳介の同伴者であった田村正毅キャメラマンを必要としたということは偶然ではないだろう。何よりもこのキャメラマンは〈開発〉の暴力の目撃者であったからだ。さらに〈開発〉

という主題においては、一方で、凶行までの心理劇もさることながら、人間から自然への交渉を表現しなければならない。しかも自然から疎外された人間の交渉を、である。他方で、人間を報復の行為へと導く自然もまた表現されなければならない。しかしそれはあくまで劇映画の〈劇〉に一致する心象風景として描かれなければならない。俳優の行動によって導かれる劇と映像の運動と、同時にまたその行動を導いていく映像とが融合する水準が求められる。ところで田村正毅のキャメラは、劇映画の持続に沿いながら、その持続の期待をわずかに超える映像の時間をもたらすのである。その場合、寓意性や象徴性はその効果を停止している。それは遊びなのである。『さらば愛しき大地』に奇跡的な映像があるとしたら、それは映像の運動が生み出す遊びに対して、これを支配せず、かえって共存する劇映画の水準が維持されたことに求められるだろう。

しかしここで主張したいのは、映画のなかに、〈予期せざる事態〉として保持された遊びがあることが喜ばしいだけではない。この映像は政治的なものの非政治的な表出という文脈において論じられるべきだからだ。つまり、その遊びのなかに私たちは何をみることになるのかということが問題なのである。それが開発という主題にどのような表現をもたらしたのかが問われているのだ。

2　『さらば愛しき大地』

神話の反復

では、『さらば愛しき大地』の分析に入ろう。

主人公・山沢幸雄は鹿島開発にともなって叢生した、建設用の土砂を運搬するダンプトラックの運転手として農家を営む実家の生計を支えている。そこには妻と二人の幼い子どもと、まだ老け込んではいないものの体力の衰えてきた父と母がいる。しかし幸雄は事故で二人の子どもを失ってしまう。そして家を出て弟・明彦の高校時代の同級生で、飲み屋で働いていた順子と暮らし始める。順子とのあいだには子どももできるが、開発が終盤にさしかかり、ダンプ業を見舞う不況のなかで、幸雄は覚醒剤に溺れ、荒れすさんだ生活の果てに、幻覚症状のなかで順子を刺し殺す。

『さらば愛しき大地』という作品が属している物語は実際にはきわめて古典的な神話物語である。ヴィスコンティの『若者のすべて』（一九六〇年）の兄と弟の葛藤に着想を得たという談話を監督は残しているが、[*11]むしろこれは周到に計算された物語としてこの作品が構想されたという事情を示すエピソードである。

映画は、夜の暗闇のなかに浮かび上がる鹿島の石油化学工場のエスタブリッシング・ショットから始まる。つづいてキャメラがとらえるのは暗がりのなかにもれる百姓家の灯りであり、家の前に停まっているダンプトラックである。屋内に入った移動キャメラは畳の上を這いながら、飛び散った茶碗や飯や、ひっくり返った卓袱台と、そして柱に帯で縛りつけられている幸雄をフレームにおさめる。幸雄を鎮めにきた叔父たちに母のイネが語るところによれば、夕餉の食卓に嫌いな納豆が並んだことから怒りだしたのだという。幸雄の言い分は、東京に出ている弟の明彦ばかりを可愛がる母親たちが腹にすえかねるというものだ。俺はダンプの運転手で一家のために金を稼いでいるというのに、と。次第に明らかになるが満州帰りの父・幸一郎は帰還後、無気力となっており、とりちらかった専門書のたぐいをかき集めて本棚にしまうことができるだけである。身重の妻の文江やイネが後片付けをはじめる一方で、まだ暴れている幸雄の上に先祖の写真が落ちてくる。幼いふたりの子どもが帯を解いてやり、幸雄に抱きつく。幸雄もふたりを抱きしめる。

根津甚八が演じる幸雄はこのように荒ぶる魂として設定されている。荒ぶる神に感染して正気を失う神話のなかの魂のように、幸雄は農家の秩序に乱入したよそ者と化している。幸雄が属しているのは石油化学工場に連なるダンプトラックの世界である。異邦の荒ぶる神が豆を嫌うように納豆を嫌うこの若い魂は、しかし、同時に子どもを愛する生活者であることから、既存の世界につなぎとめられている。だが荒ぶる神が大地にケガレを振りまくように、幸雄が愛する世界は幸雄の存在そのものによって崩壊していく。荒ぶる魂がケガレと不幸を運ぶように、子どもたちは遊んでいるうちにため池で水死してしまう。そして子どもたちの葬儀の野辺送りさえも、その日が日食であることで、天地を覆うケガレの禍々しさを増幅していく。

だが、この映画においてよそ者の形象をまとっているのは幸雄だけではない。子どもたちが水死にいたるまでのシークエンスは、直接的にはその不幸が妻の文江の過失によって生じたものであることを指示している。神経痛で休んでいるイネのもとに、イネの茶飲み友だちが遊びに来る。痛む足をひきずって縁側で老婆たちを迎えるイネのまめまめしさに対して、文江は座敷の奥でこちらに背中を向けて横になっているだけだ。声をかけても文江はなかなか起きず、やっと起きても、遊びにいった子どもたちの行方について心配していない。あとでこの不注意を幸雄はなじり、文江をさいなむことになる。

いずれにせよ文江は家族に対して無関心である。若い母親と姑との心理的な諍いがこの行動の伏線になっているのではないことは、子どもたちの葬儀のあと、文江が実家に帰ることで判明する。幸雄の暴力に耐えかねて文江が帰る実家の庭先では、実兄が太鼓を張り、義姉は鶏を絞めて羽根をむしっている。この過剰な設定が示すように、文江の実家は被差別部落である。文江は被差別部落から非部落の農家に嫁に出たのである。おそらくこれが幸雄の鬱屈の原因のひとつであり、幸雄が文江を理解できず、夫婦がお互いになじめないことの理由なのだろう。だが被差別部落に対する賤視がこのシーンの主題なのではない。ここで監督が語りたいことは、斃牛馬や鶏の処理に日常的に携わってきた部落の出身である文江は、死の残酷さと暴力を見てきた人間であるということである。子どもを失った文江は実家に帰ることで自分をとりもどしたのだろう。しかし文江はあらかじめ共同体内のよそ者としての位置を占めているのだ。文江はこの距離を自分から縮めることはなく、幸雄の家を襲う不幸に動揺せず、その目撃証人となる。この役によってこの年のブルーリボン賞（助演女優賞）を受賞した山口美也子が演じる妻は、こうして被害者同士で抑圧のはけ口を求めていく暴力の連鎖に加担しない位置に徹しているようにみえる。だがその背中を向けて横たわる姿という土俗的で無関心な動作こそが、この物語では暴力と狂気の連鎖の一部になっていく。

幸雄は背中に死んだふたりの子どもの戒名と観音菩薩を彫る。文江の場合は彼女の土俗的な無関心を表現していた背中は、幸雄にとっては対照的に雄弁かつ過剰に自らの掟を書き込む場所となる。刺青は、幸雄の身体に刻まれた家長の義務という聖なる掟である。それは父親を知らず、母親に捨てられ続けてきた順子を誘う皮膚であり、内部が外部に表出した傷でもある。仕事からの帰り道、たまたま幸雄のトラックに乗った順子がそこで幸雄とセックスをすることになるのは、まさにこの刺青が彫られた背中に誘われたからであった。幸雄はこの掟どおりに実家と順子との生活の両方の生計を支えるために身体を酷使することになるのだが、それが幸雄を果てしない覚醒剤中毒に追い込み、最後の凶行を招く。

秋吉久美子が演じる順子もまたよそ者であるが、文江と異なるのは、土地を持たず、開発経済に寄生しないかぎり生きていけない開発共同体の周縁的存在を象徴しているという意味においてである。幸雄にとっては、幸雄の更生に望みをかけ、なじりながらも付き随おうとする順子は、幸雄の分身であり、病んだおのれの一部分である。そして弟の明彦の結婚式に出られず、長男の勤めも果たせずに帰ってきた幸雄に泣きついた順子が幸雄に背中を向けて料理の支度をしていたまさにそのときに、聖なる掟によって幸雄をなじる覚醒剤中毒の幻聴にさいなまれて、明彦を刺すはずだった包丁で幸雄は順子を刺すのである。幸雄は近親憎悪にしたがってでもなく、農村共同体に報復するのでもなく、開発経済がうみおとした周縁的存在にむかって狂気と暴力を向けるわけである。

この最後の凶行は物語の形態論の上では、神話的な物語が開発の物語によって屈曲していく過程を象徴している。明彦に対する幸雄の殺意の根拠は母の愛を奪い合う兄弟の葛藤であり、できのいい弟は父のかわりにその座におさまっている。弟に兄が勝てないのは〈父〉に対する根本的な敗北感のためでもあるが、それは明彦が開発ビジネスの成功者になっているからでもある。母イネは幸雄のすべてを許容する大地であるが、ここでは最後まで収奪されつくすことなく本源的な価値を生み出す大地＝土地である。満州経験のゆえに無気力で去勢されている父は、文江に必要以上の優しさをしめしはするが、すでに息子の敵ではなくなっている。ここにはもちろん中国大陸での植民地と移民の経験が示唆されている。とりわけ茨城県では水戸（のちに友部町）に加藤完治が創立した日本国民高等学校があり、それは満蒙開拓青少年義勇軍訓練所でもあった。一九四五年までに全国で八六、〇〇〇人を輩出し、茨城県在住者は一七六〇人を数えたこの訓練所とのかかわりを、奥村公延演じるこの父は示唆している。[*12] それは戦後日本の開発主義の前史でもある。そして一九八〇年当時の潮来町の政治状況をあてはめるならば、この父には、朝日新聞満州特派員として活躍したあと旧潮来町町長となり、その後衆議院議員、運輸大臣として鹿島開発や三里塚空港建設を推進し、まさにこの時期にロッキード事件で失脚した橋本登美三郎の盛衰をみないわけにはいかない。

そして妻の文江は、先にみたように被差別部落出身者である。文江の場合には実家のシーンにあえて〈屠殺〉の光景が挿入されることで、あたかもそれが〈原罪〉であるかのように造型されている。こうした〈原罪〉に似た意味づけは容易に差別性に転じる。柳町光男の映画作品においてはしばしばこうした安易な寓意化をもたらす被差別部落に対する単純な図式化がおこなわれている。[*13] だがこの出自が書き込まれるがゆえに文江はもうひとつの大地－社会の古層とつながっている。この古層と開発の関係はこの映画ではまだ顕在化しなかった（それが正面からとりあげられるのが『火まつり』である）。古層にわりふられた役割は目撃者であることと、開発の暴力に無頓着に土俗的な態度でふるまうことなのである。そしてこの映画の最後に与えられた暫定的な解決は、開発との交渉がとりあえず農民たちの敗北ではないことを楽観的に描いておくことである。東京から帰ってきて家計を助ける明彦の結婚を前に、山沢家でおこなわれる祈祷と厄払いの最中に、文江は家の外の豚小屋の前で農協の男と性行為におよぶ。これはトラックのなかでの幸雄と順子の行為を反復しているが、幸雄の場合とちがって野外でおこなわれるセックスであり、文江がとりもどす若さを象徴し、さらに性を大地の土俗的なエネルギーの表現として猥雑に表現する。それは常に幼い子どもや暴力と背中あわせで、狭い住宅のなかで営まれる幸雄と順子の性行為とは対照的なのだ。さらに事件後、拘置所か刑務所に幸雄の面会にいった父・幸一郎や明彦たちが家にもどり、幸雄の刑期のことやそのようすを聞いて安堵する母イネの笑顔が撮られ、最後に豚小屋から逃げ出した豚を追う文江たちをクレーンから俯瞰するショットでエンディングとなる編集もまたそうである。豚の利用はあきれるほど安易な〈大地〉というイメージの寓意化である。こうして開発のもたらす害悪はひとまず終わりを告げるのである。

ところでこのいささか性急なエンディングに直面したとき、私たちは、たしかに重い主題がもつ緊張から解放されるが、同時にこれまでの映像が寓意と直喩に満ちた演出であることに気づく。そしてこの解決に反して、映像において実感されたものが解決を待っていることを予感する。寓意的な意味性によっては了解できない映像が残されているのである。寓意と直喩による演出と対極的な何か。それは、性急な物語の決着を必要とするほどに、言語を絶するものをこの作家が経験してしまっているからなのかもしれない。そのような何かである。

風景の映像

では映画をそうした観点から反芻してみよう。寓意性の強い直喩とはうらはらに、私たちはいくどかこの映画のなかでそうした直喩からの解放を体験している。

ひとつは文江に関係する映像の系譜である。先に紹介した、横たわる文江の背中の土俗的な形象はそのひとつである。動きの反復の多い映像のなかでそれは特異な位置をしめす。この形象は物語を支配する持続とは異なる持続として集積される情動となるだろう。つぎに、実家にもどった文江が、処理された鶏を義姉から受け取る時、鶏からむしられた羽根が宙を舞う時間の長さ。文江が幸雄との絶望的な生活から自分をとりもどすためのこの浮遊する羽根の時間は、しかし文江の表情に何かを付け加えるわけではない。文江はやはり旅行鞄と大きなお腹を抱えて難儀そうに歩きだすだけである。浮遊する羽根は、文江に期待されている物語上の心理を超えた情動を表出している。あえていえばそれはただ単に俳優の顔をみあげさせるための映像にちがいない。だがここで羽根だけの映像の運動が俳優の行動を動かし始めている。それは風景が俳優の行動に働きかける映像である。

そして、調和のとれた風景がそれとは異なる秩序をもった心象の風景へと転じていく運動がある。それは人間の動きによって媒介される。

まず、足の悪い母イネが野良仕事にでるとき、目線よりも高いところに位置する国道を幸雄の乗ったトラックが横切っていく。大黒柱が家を出たために強いられた老いた親たちと嫁の生活が淡々と続いていることをしめすこのシークエンスのなかで、愛人と住み始めた息子の不始末を吐き捨てるようになじりながら、イネは昼餉を終えて茶碗の飲み残しの茶を田圃の畔に撒いて捨てる。野良仕事の経験のないものにはできないこの振舞いは、あっけないほどに素早く、なめらかである。イネがみせるこの素早い動きは称賛に値するのだが、画面は煙がたなびく田圃のロング・ショットに切り替わる。ここでイネの動きが導くのは田園の映像である。あえていえばイネはここで茶を撒くためだけに野良仕事にでてきたのだ。しかし人間の動作が調和のとれた自然を導くこの秩序はただちに崩れる。そもそもイネの本来の役割は息子をかばう母親であり、それゆえに幸雄をさらに追い込む圧力である。イネが幸雄と順子が住む戸建の住宅を訪ねるとき、それは母親と愛人とが対決する、幸雄には気まずい場面である。部屋に隠れている幸雄は、幸雄の無能を嘆く母親の声を聞いて自殺を試みるが、手にした錐を注射器に換え、覚醒剤をうつ。そのとき幸雄の主観ショットが屋外にひろがる田園と森へと延びていく。ヘリコプターを使うことで撮影された稲の青波と緑の森の動きは幸雄を誘うようであり、またそうした意志を超越した律動を刻む。それは幸雄が覚醒剤中毒でみる幻影であるが、幸雄が危険な別世界を自分の内部に持ってしまったこともしめしている。文江やイネが属する田園とは異なる田園の風景。幸雄の主観ショットを通してしか映されることがない稲の青波と緑の森。順子を刺殺する場面でも、キャメラは部屋の壁を抜いて撮影されることで、幸雄がみている青い波と緑の森は、幸雄の背後からキャメラが前進移動しながら幸雄の主観ショットとなり、私たちの視線に同化する。これこそ、山根貞男が「風景の惨劇」と呼んだものであろう。

　この作品の公開当時の映画評「強いられた風景の惨劇」で、山根貞男はこの映画を「風景のドラマ、風景の映画」「風景こそがドラマをにない、ドラマの核心をなしているのだ」といいきった[*14]。この映画の惨劇が戸外、あるいは屋内から戸外への移動のなかで起きることから、それが家庭と風景が地続きであった農村生活の崩壊と、開発によって家庭も風景も解体されていく光景をとらえているのだと山根貞男は論じたのである。「風景のなかの惨劇」とは、子どもたちの水死から始まり、雨のなかの捜索シーン、日食のもとでの野辺送り、酔って暴れる幸雄によって家を追い出される順子と子ども、さらに順子を刺殺したあと幸雄が娘を抱いて逃げる山懐の水田といったシーンである。そして生活の手段であるダンプカーも、労働からの休息をもとめて溺れていく覚醒剤もそれ自体がこの風景の解体の象徴となっていくのであると論じる。

　この映画評が秀逸なのは緻密に積みかさねられた柳町の演出と映像を、思い切って切り捨ててしまうからである。山根貞男は、この風景の創出の条件となった俳優たちの演技を大胆にも無視している。しかしそれほどに、幸雄の心象風景へと結実する風景の連続／不連続は凄まじいということでもある。この映画では屋内はつねに安堵の場所ではなく、逆に戸外こそがかりそめではあれ平和に満ちているのだ。荒れる幸雄の姿という、屋内からはじまるこの惨劇の映像の持続が、風景のシーンを惨劇の系譜に関係づける。しかもこの惨劇の風景の正体はもの言わぬ風景なのだ。幸雄の心象の青い波と緑の森は、風景の連続のようにみえて、それを超えた別の世界に属している。この心象風景をなんとか調和的な世界の田圃の映像と重ねようとしても、私たちにはそれができない。

田村正毅のキャメラを知るものならば、この心象風景のロング・ショットはそのまま小川紳介や青山真治、あるいは河瀬直美の作品の風景にそのまま出てきてもいいショットである。もちろん『火まつり』でも垣間見ることができるだろう。だが、この映画のシークエンスのなかで、幸雄の風景は日常性とは異なるリズムと、不安で禍々しい、しかし美しい相貌を持って表出する。そこに直喩や寓意のような確たる意味をあてはめることはできない。私たちはよりどころのない、しかし安堵をともなう世界に連れ出され、そこに置き去りにされる。それは映画的な遊びの効果をともなって出現した風景である。

これまでみてきた私たちの考察が映画における開発という主題に何か貢献できるとしたら、この心象風景の凄まじさ、人間不在のその美しさこそが、開発がおよぼす収奪の正体につながっていることを示唆しておくことであろう。人間不在の美しさとは、人間の抹殺を誘い、それを正当化する美しさである。開発の痛ましさの果てに用意されているのは、その痛ましさとは対極の安堵である。それは自分自身をも滅ぼすことで得られる安堵であり、平安なのだ。

現在の私たちは、ペドロ・コスタや賈樟柯《ジャジャンクー》の映画をとおして、街や建物の破壊とともに人間が破壊されていく開発の暴力とその凄惨な美しさを知っている。そしてペドロ・コスタの『ヴァンダの部屋』（二〇〇〇年）のヴァンダたちがそうであるように、その凄惨さの渦中には麻薬中毒が、開発と切っても切れない存在として位置づけられる。開発はそうした自らを破壊する収奪と疎外として最初に表出する。それは日常の風景とは別の律動と美しさをもった風景が出現することなのだ。物理的に破壊される街や建物、田園の代わりに柳町光男がとらえたのは、破壊された内面のなかに表出する凄惨な光景である。その風景が映画的特質にうながされた映画的遊びの効果として出現することを、寓意性や物語の制度的な構成によって阻害しなかった点に、この監督の功績がある。

蛇足ながら興味深いことは、やがて黒沢清のような映像作家は、この映画的遊びの効果そのものを、幽霊を出現させることで映画の主題とするようになることである。そして開発という主題を、逆にこの映画的特質が作動するための条件として用いるようになることである（たとえば黒沢清『叫』、二〇〇六年)。

もちろん鹿島開発を主題にしたこの映画においては、主要な舞台は破壊され造成される鹿島の開発現場の風景でもよかったはずである。しかしこの映画に求められたのはあくまでも風景＝映画的遊びの出現でなければならなかった。その出現には切迫性があり、さらに歴史的文脈がある。その切迫性とは、私たちの視覚や情動の経験にもたらされた変化ではなかっただろうか。そのことを意識しておくために、視点を変えて、補足として鹿島開発そのものの性格について論じておきたい。

3　開発表象という問題

開発表象の変化

近年、主にテレビ・ドキュメンタリーが好んで参照するようになった過去のドキュメンタリーとそれが構制する歴史の物語化に触発されているようにみえるとはいえ、映像史のなかの開発表象という論点は意識されはじめたばかりである。だが、そうした系譜をたどることは難しいことではない。関西電力黒四ダムの建設工事を描いた『黒部の太陽』(監督・熊井啓、石原プロ、一九六八年)はこの主題を代表するだろう。そしてその延長として、やはり石原プロによる鹿島開発を描いた『甦える大地』（監督・中村登、一九七一年）が存在する。[*15] 佐久間ダム建設とその映像『佐久間ダム』（岩波映画製作所、第一部は一九五四年）以来の戦後開発表象に連なるこうした映画で描かれてきた開発計画は、[*16] しかし、一九六五年に国連で「犯罪と開発」というテーマが包括テーマとして取り上げられたことで、その性格に社会防衛的で社会病理的な側面を刻印した。実際、鹿島開発が本格化した一九六〇年代半ばから一九七〇年代前半まで、開発対象地域は「鹿島無法地帯」と呼ばれ、一九六九年には「暴力団特別汚染地域」に指定されるとともに、一九六三年から一九七二年の一〇年間にこの地域の警察官の定員配置は二倍に急増された。さらにここは一九七一年から五年間、法務省法務総合研究所の「鹿島開発地域における犯罪現象とその対策」研究の対象地域となった。[*17] つまり、開発対象地域はそれだけですでに犯罪予防地域として認定されるようになったのである。福武直が『日本農村の社会問題』で述べた「経済開発優先」から「社会開発」へという変化は、社会開発とは社会防衛のことであるという逆説を生み出したのだ。[*18] 実態はどうあれ、開発地域はこのラベリングから完全に自由にはなれない。

開発という主題はこうした開発計画の性格の変化に規定される。それが自然に立ち向かう人間たちの映像のダイナミズムの実現の場であった開発表象に異議を唱えはじめる。一九八二年に制作された『さらば愛しき大地』という作品が一九五〇年代の開発計画とは質を異にした開発地域の収奪と疎外についての映像化の試みとなったことは偶然ではないのである。それは高度成長を経て、開発の負債が物心両面において集中して残された戦後日本の農村において、それまでは漠然としか意識されなかった人間疎外や対立が回避できない現実として現前化したからだ。また、この映画が鹿島開発の造成計画地域となった鹿島町、神栖町、波崎町（いずれも当時）ではなく、鹿島臨海工業地帯に参加する企業のための住宅地として用意された行方郡潮来町を舞台にしたことにも注意しておく必要がある。開発の後背地は造成地域から免れたがゆえに農村の風景を残すが、しかしそれは開発経済へ吸収されていないことを意味しない。むしろ逆に、ここでは一見すると不易・不変にみえる農村のもとで進行する開発経済とのギャップが、人間関係の空洞化や心理的荒廃として端的に意識されるのである。[*19] しかも鹿島開発は「農工両全」が謳われ、農民に代替地を補償するなど企業による一方的な農民の土地収用ではないことを理念としていた。

このようなギャップがもたらす疎外感と残酷な暴力は、埼玉県草加市あるいは東武線沿線を舞台のモデルとした田中登『人妻集団暴行致死事件』（にっかつ、一九七八年）が問題化した。また、一九七五年からシリーズ化された『トラック野郎』（東映）も、開発によって収奪される地方農村の疎外と収奪を抜きにはリアリティをもたなかっただろう。高度経済成長の犠牲者たちを描いた山田洋次の『家族』（一九七〇年）や『故郷』（一九七二年）ももちろん地方の農山漁村の疎外感をとりあげて忘れがたい。しかし、大島渚からバトンを受け継いだかのように田中登や柳町光男が描いたのは、山田洋次の映画では表現しえない、次元のちがう暴力の姿である。そうした暴力がしめすように、七〇年代にあらわになる国土開発の矛盾に触発されたこれらの一連の映像では、開発地域の当該たちはそのまま自己責任で落魄し、破産していくのである。そこで意識されたのは、開発主義においては第一義的に民衆の敵を設定できないということなのである。いわば、政治的なものの非政治的な表出が無残な姿でそこに集中したのである。この表出に形象をあたえるべき社会的な要請がここに存在していたのであり、そして映像はその社会的要請に反応したのである。

4　おわりに——ある論争

政治的なものの非政治的な表出に関して、それがまさに鹿島から三里塚にかけての関東地方の常総地域・北総地域を舞台にした思想的な争点をもたらしていたことを、最後に触れておきたい。鹿島—(霞ヶ浦)—三里塚へと連続する一全総(全国総合開発計画)・二全総へとすすんだ国土開発の目撃者に、水戸唯物論研究会の梅本克己がいた。一九七四年に逝去するこの哲学者はその生涯の晩年にふたつの大きな論争をてがけていた。ひとつは「古層」をめぐる丸山真男との論争であり、もうひとつは宇野弘蔵とのあいだで交わされた価値論と疎外論をめぐる論争である。

前者の論争について、梅本は遺著『唯物史観と現代』第二版において、「文化の重層性」にかかわるくだりで、もともと第一版からして丸山「古層」論への批判であったところに、丸山の名前をわざわざ加筆している。[20] 梅本の主張は「古層」論とは同時に現代資本主義批判でもなくてはならないというマルクス主義者の立場からのいささか生硬な批判だが、丸山「古層」論への理解については、そうした文化的な重層性と収奪との関係をつぶさに目撃していたものでなければできない目配りとなっている。少し長いが引用しておきたい。

　たとえば都会から遠く離れた日本の農山村のどこかには、いまなお鎮守のほこらがあって、その森の中では古い樹木や苔むした岩が、そうしてふくろうや鳥や、蛇や蛙でさえもが、何か私たちの祖先と共有した魂をもって生きているかもしれない。そのような世界を生み出す古い信仰が、年間一万人以上もの交通事故死を出している現代日本の社会にいまなお生きているというのも、たしかに文化の重層性である。しかしまたその鎮守の祭りに、もはやみこしをかつぐべき青年がおらず、その青年たちをその森の廻りの田圃からひきはがしてしまったのも、これまた文化の重層性である。鎮守の森の奥の自然力に、どれだけの力がひっ息して来るべき革命を待ちうけているのかは私にもわからないが、自然を単に機械的な物質力としてしか取り扱わぬブルジョア生産、その暴力に対抗する力をそこから引き出そうとするためには、その自然力そのものに隠微な姿でしみついている過去の抑圧のしみをとり去らなければならない。ブルジョア国家日本の天皇制が、何故その自然力を重層させねばならなかったかを徹底的に追求しなければならない。唯物史観はその努力を歓迎しても、けっしてそれを妨害するようなことはしてはならないだろうし、する筈もない。しかし現にその日本社会に、ヨーロッパ産の資本主義が土着していることをタナ上げにして、日本対ヨーロッパの対決などという見当ちがいなことをいい出すイデオローグがあったら、これはやはりその正体をあばき出すほかない。[*21]

最後の「日本対ヨーロッパの対決」をいいだす見当ちがいとは丸山真男その人ではなく、丸山に便乗するであろうエピゴーネンのことである。梅本はここで「古層」にこだわる丸山に譲歩しながら、丸山の抽象的な議論に対して、「鎮守の担い手の青年」というリアリティをもった形象を対置することで、現実に進行している地域社会の事態を伝えようとしているのである。伝統社会の「対抗する力」に共感を寄せるレトリックなど、マルクス主義と伝統主義のどちらともとれる表現であるが、立脚点がプロレタリア革命論であることは明らかである。また、「ブルジョア的生産、その暴力」はここで開発主義を意味しているわけではない。しかしこのリアリティに彩られた文章が、戦後農民運動史において特記される運動を展開した常東農民組合の解散のあと、開発主義に対抗できる農民運動と住民運動を組織していた山口武秀らから欠かさず届けられる、三里塚闘争の報告を聞くなかで書かれていたことを注記しておく。[*22] 資本と賃労働の矛盾を機軸にしたプロレタリア階級による革命プランについての立場が強固であった梅本克己は、同時に普遍主義的な人間疎外を論じる人間主義の論者でもあったが、それは戦後国土開発とともにあらわになる本源的な収奪を問題化する態度へと思考の幅を広げていたのではなかっただろうか。

もうひとつの論争も普遍主義的な人間疎外にかかわる。一九六六年、六七年の二度にわたって『思想』に連載された宇野弘蔵との対談は、梅本の病状を鑑みて宇野を大洗に迎えることで実現したが、いいだももがまとめるように、対談の焦点は、マルクス経済学の科学的法則性として宇野が固持する価値論のなかに、疎外論をもちこもうとする梅本の乱暴な介入であった。*23 疎外論とは抵抗の契機であり、梅本においては革命－政治の問題であり、他方、宇野にとってそれは科学と峻別されるべきイデオロギーの問題であった。とはいえよく知られた本源的蓄積における「無理」という宇野の言及があるように、梅本の介入を許す契機は宇野自らが認めていた論点ではあったのである。しかも、『資本論』第一巻二四章の「いわゆる本源的蓄積について」において、マルクスは蓄積の出発点を神学上の「原罪」にあたると述べていた。本源的蓄積＝資本の歴史的生成は、植民地主義的収奪、農民からの土地の収奪、住民からの租税の徴収、資本家による資本家の収奪をその不可避的な契機とする。人間的自然と人間の財貨の果てしない収奪の連鎖であるこの過程は、本源的な人間疎外として映じる。もとより土地や財産の収奪という外見が似ているとはいえ、開発主義を本源的蓄積過程に比して理解するのは飛躍である。しかし、一九五八年から逝去する七四年まで、病痾のゆえに水戸という地方都市から出ることができなかった梅本はカント学者であり、構想力の自由な働きをもって論点を先取する力に真価を発揮したことも想起したい。その梅本がふたつの論争でみせたこだわりの源は明かされなかった。しかし生前の活動や交友関係をつたえる少なくない証言から、開発という問題系に対抗する思想の予感を読み取ってもいいのではないかと考えるのである。これらの論争は彼が自分の予感に歴史的リアリティを与えようとする試行錯誤ではなかったかと。自然《ピュシス》と技術《テクネー》、人間の脱－自然性に対する恐怖と演劇表象との関係までもはらむこの問題をこれ以上考えることはここでのテーマを超える。[*24] 梅本の論争をその時代に「埋め戻す」（町村敬志）こともふくめて、今後の課題としたい。

とはいえ確かなことは、「鎮守の森の担い手」であったが、「その森の廻りの田圃からひきはがされた」青年たちとは、幸雄であり順子であり、そして文江であり明彦であるということである。彼ら・彼女たちは開発によって寸断された風景のなかに置き去りにされつづける存在である。それは憑依を通してしか表出しないような幽霊である。その幽霊のような特質は映画的特質と必然的に結びついたのではないだろうか。その意味で、鹿島開発を主題に稀有な映像を記録した柳町光男は、梅本克己を中心にした思想サークルを先蹤にしているという思いつきはけっして夢想ではないだろう。ここに、非政治的な表出によって完遂する政治の支配に対する抵抗に、根源性を付与しようとする思惟の系譜があるのではないかと考えるのである。

註

＊1 柳町光男「日本映画の復権に向けて」『現代の眼』vol.20,No.1（一九七九年一月）一四三頁。

＊2 大島渚『大島渚 1960』（日本図書センター、二〇〇一年）三〇六―三〇七頁。

＊3 同右、一六頁。また、アーロン・ジェロー「大島渚という作家、観客という猥褻 『愛のコリーダ』裁判とポルノの政治」『ユリイカ』二〇〇〇年一月号、および佐藤千広編「大島渚年譜」同右、所収。

＊4 柳町光男・川本三郎「さらば愛しき大地――対談〝茨城はこれからもこだわり続けたい〟」『キネマ旬報』八三五号（一九八二年五月）七三頁。また、中上健次「映画の衝撃と愉楽――『火まつり』の公開」同「俺たちのまつり『火まつり』――熊野神宮での上映」『中上健次全集』一五巻（集英社、一九九六年）六四四―六五一頁。

＊5 前掲、柳町「日本映画の復権に向けて」一三八―一三九頁。

＊6 北川れい子「撮影現場ルポ――柳町光男監督　さらば愛しき大地」『キネマ旬報』八二三号（一九八一年一一月）九七頁。

＊7 蓮實重彦の多数ある著作のなかから、ここでは以下のものをあげておく。『映画への不実なる誘い　国籍・演出・歴史』（NTT出版、二〇〇四年）、『スポーツ批評宣言　あるいは運動の擁護』（青土社、二〇〇四年）。

＊8 ドゥルーズのイマージュ論にもとづき、情動の運動についての認知科学的な分析を文化理論に転用した

ものとして、ブライアン・マッスミ『ヴァーチュアルなものの寓話　運動・情動・感覚』（Brian Massumi, *Parables for the Virtual: Movement, Affect, Sensation* (Durham: Duke University Press, 2002）を参照。

＊9　青山真治「映画の地理学：8　田村正毅試論」『10＋1』二五号（二〇〇一年）二八頁。

＊10　同右。

＊11　読売新聞一九八二年三月三日夕刊。

＊12　同時代研究会編『茨城昭和時代年表』（常陽新聞社、一九八六年）二〇八―三〇四頁。

＊13　中国人留学生を主人公にした『愛について、東京』（一九九三年）では主人公が東京の品川屠場で働いているという設定であり、その経験が日本人ヤクザと交渉する残酷さと冷酷さを可能とする担保となっている。これは上映時に表現上の問題が指摘され、部落解放同盟とのあいだで話し合いがもたれ、映画は再編集された。

＊14　山根貞男「強いられた風景の惨劇――『さらば愛しき大地』小論」『シナリオ』四〇七号、第三八巻第六号（一九八二年六月）一一四頁。また、同「堕ちてゆくベクトル」山根貞男『映画が裸になるとき』（青土社、一九八八年）一八九―一九四頁。

＊15　原作は木本正次『砂の十字架』（講談社、一九七〇年）。また、鹿島開発の映像史ということからいえば、NHKテレビ『新日本紀行』が一九六八年四月二二日と一九七〇年一月一二日の二度にわたって鹿島開発をとりあげたドキュメンタリーを放映したことも付け加えていいだろう。

＊16　町村敬志「戦後日本における映像体験と社会統合――映画『佐久間ダム』上映過程と「観る」主体の形

成」『一橋社会科学』創刊号（二〇〇七年一月）。また、同編『開発の時間　開発の空間　佐久間ダムと地域社会の半世紀』（東京大学出版会、二〇〇六年）所収の諸論考も参照。

＊17　進藤眸ほか「鹿島開発地域における犯罪現象とその対策」第一報告—第五報告、法務省法務総合研究所『研究部紀要』15（一九七二年）—19（一九七六年）。

＊18　福武直『日本農村の社会問題』（東京大学出版会、一九六七年）一六三頁。

＊19　なお、ここで参考までに鹿島開発に関する基礎文献をあげておく。茨城大学地域総合研究所編『鹿島開発』（古今書院、一九七四年）、鹿島開発史編纂委員会『鹿島開発史』（第一法規一九八八年、委員長は福武直）、鹿島町史編さん委員会編『鹿島町史』（一九九七年）、鹿島町史編さん委員会編『鹿島町史別巻　鹿島人物事典』（一九九一年）。

　また、鹿島開発の問題性を指摘したモノグラフのなかで、住民たちの抵抗の姿を描いたものに、関沢紀の一連のシリーズがある。関沢紀「鹿島からの報告」第一部・第二部（『新日本文学』三三〇号・三三一号、一九七五年二月号・三月号、のちに同『鹿島からの報告』新泉社、一九七五年）、同『住金十年住民一念』（新泉社、一九八一年）、同『わが鹿島』（新泉社、一九九一年）、同『なまず日和』（新泉社、二〇〇四年）。

＊20　その加筆部分はこうである。「こうした重層性については古くから社会学者がふれるところであったが、丸山真男はこれらのうちのある特殊層を古層と名づけた。有効な用語として私も使用したいが、「古」という相対的な概念をカテゴリー化するためには、その特殊性の規定条件についてなお若干の検討が必要で

ある」、梅本『唯物史観と現代』第二版（岩波新書、一九七四年）一八〇頁。なお同書第一版の発行は一九六七年。また、丸山真男「笑いの精神と求道と」克己会回想文集編集委員会『克己会十周年記念文集回想梅本克己』（こぶし書房、二〇〇一年）も参照。

＊21　前掲、梅本、一八〇頁（強調は引用者）。

＊22　山口武秀「梅本さんとの大衆論」梅本克己追悼文集刊行会編『追悼　梅本克己』（風濤社、一九七五年）所収。

＊23　宇野弘蔵・梅本克己『社会科学と弁証法』（編・解説・いいだもも、こぶし書房、二〇〇六年）。また、いいだもも『21世紀の〈いま・ここ〉　梅本克己の生涯と思想的遺産』（こぶし書房、二〇〇三年）。

＊24　こうした論点をあえて指摘しておくのは、マルクスの本源的蓄積という主題は自然と技術、政治と演劇表象、国家と悲劇などについての脱構築批評を素通りして再考することはできないからである。これらの論点については、フィリップ・ラクー＝ラバルト『歴史の詩学』藤本一勇訳（藤原書店、二〇〇七年）を参照。

一九三〇年代農村再編とリアリズム論争　久保栄と伊藤貞助の作品を中心に

1　はじめに

劇作家であると同時にドイツ演劇研究者・翻訳家として、小山内薫以降の近代日本演劇とプロレタリア演劇の巨匠であった久保栄（一九〇一―一九五八年）と、数編のプロレタリア演劇作品を残して夭折した農民作家・伊藤貞助（本名・貞《ただし》、一九〇一―一九四七年）の作品を同じ土俵で論じるのは難しい。久保栄と伊藤貞助のふたりを比較し、貞助の文学に一日の長を認めたのは、唯一といってもいい伊藤貞助の評伝を記した神山茂夫だけであるが、そこで「貞助は、若干の点で久保におとっているかもしれぬ」と書いた神山の言葉は、文学アカデミズムに対する精一杯の抵抗であっただろう。[*1] ただし神山はそのあとに続けて、「しかし、彼のえらんだ主題、彼がつらぬこうとした方法、形象化の手段は、より正しく、より大衆的であり、より典型的であった」と貞助を擁護している。[*2] 伊藤貞助は大衆文化とエリート文化の境界を取り払い、大衆との接触を課題としたプロレタリア文学の作家である。これをそのままプロレタリア文学のリアリズム論の指標とするならば、それを土俵として、久保栄と伊藤貞助を同列に論じることが可能となるだろう。そして実際、ふたりの作家が並んで論じられるのは、両者が一九三〇年代の社会主義リアリズム論争に深く関与したからである。久保栄はこの論争——「社会主義リアリズム論」批判——をとおして自らの文学の方法論を理論化したし、貞助もまた自らの文学・政治運動の方向性を定めたといっていい。

ここでの私の目的は、この社会主義リアリズム論争における両者の言説分析を踏まえて、リアリズム論との関係からそれぞれの代表作を検討し、文化史におけるリアリズム論の位置と権能を見定めようとするものである。その場合、それは必然的に一九三〇年代の農村再編期の農業問題・農村問題にふたりの作家がいかに関与したかを問うこととなる。とくに、作品の評価をその形式性とともに、素材となった大衆や地域の歴史的現実から考えるという方法をとる。そうした視角によって、方法論としてのリアリズムの成否についても考えたいからである。

さらに提起しておかなければならないことは、この論争に久保や貞助が介入してから三年あまり後の一九三八年に、近衛内閣の農相・有馬頼寧の肝煎りになる国策農民文学組織「農民文学懇話会」への動員がはじまっており、伊藤貞助はそこに参加していることである。[*3] 久保栄は名前がとりざたされたが、終始不参加であった。[*4] 神山茂夫は前記の伊藤貞助の評伝でこの事実に触れていないが、それは貞助の転向のプロセスにおいて、「農民文学懇話会」への参加を重視していないからではないだろうか。しかし、平野謙が指摘したように、農民文学作家の「懇話会」結成は、その後の相次ぐ文学団体結成によって文学界が「国策文学」に動員されていく口火を切った。[*5] 貞助にかぎってみれば、ここでは方法論としてのリアリズムと国策への関与とが作品のなかでどのように結節していくかが論点となるだろう。

さて、本論に入る前に社会主義リアリズム論の沿革と射程を記しておきたい。

社会主義リアリズム論は、スターリンによる「文芸の国家的統合」を目的とした作家組織の再編成という方針にしたがって定式化されたスローガンである。[*6] 一九三四年ソ連第一回作家大会の規定にこうある。

　社会主義リアリズムは、ソヴェート芸術文学および文学批評の方法であって、現実をその革命的発展において真実に、歴史的具体性をもって描くことを芸術家に要求する。そのさい芸術的描写の真実と歴史的具体性とは、勤労者を社会主義の精神において、思想的に改造し、教育する課題と結びつかなければならない。[*7]

狭義の創作様式を指示するのではなく、「融通性」「総合性」を特徴とするこの理念的定式は、解釈者の数だけの解釈を許し、さまざまな混乱を招いてきた。[*8] とはいえその影響力は大きく、当時の日本においてもソ連を中心とした議論と研究、[*9] フランスでの議論が紹介されていた。[*10] 特に、フランスでの論争が一九三四年の反ファシズム・ゼネストと翌年のコミンテルン第七回大会の人民戦線方針が契機となっていることは重要である。スターリンの初発の意図とは別に、フランスにおける社会主義リアリズム論争は、人民戦線的な機運と軌を一にして、芸術の「大衆との接触」を強調し、作品の不完全性の理由を形式の問題に還元せず、大衆の生活と闘争に即して評価するという基調を構成しているからである。[*11] さらに一九三〇年代の論争は戦後ふたたび起こった社会主義リアリズム論争のなかで参照される。[*12] 一例として、「生活」への着目ということで、戦前プロレタリア美術運動に参加した画家・大月源二と久保栄とのかかわりをあげておきたい。大月は一九三七年頃から松山文雄、須山計一などのプロレタリア漫画作家たちとともに、久保の住居があった自由ヶ丘で芸術家集団を構成していたが、戦後の一九五二年三月に「社会主義リアリズム」批判を掲げつつ日本美術会に「新しい美術創造グループ」＝「生活派美術集団」の結成を提起している。[*13] このとき、大月の議論には久保の社会主義リアリズム論批判が踏襲されていた。こうした社会的文脈や、大衆の生活と闘争を重視する論調は、日本における社会主義リアリズム論争を考える際の参考となるだろう。さらに戦後の文化史・民衆文化史を考察する際に求められる基本的視座を提供してくれるだろう。[*14]

さて、この論考が対象とする作品の紹介をしておこう。久保栄『火山灰地』は第一部が一九三七年一二月、第二部は一九三八年七月に『新潮』に発表された。伊藤貞助の『土』（一九三七年）は長塚節『土』（一九一〇年）を改作した劇作として、新築地劇団の依頼による企画として書き下ろされた。伊藤貞助は長塚節の従弟にあたる。なお、貞助『土』は長塚節の原作にもとづいて、明治末期の北関東農村を舞台としているが、後述するように、改作にあたっての貞助の問題意識は一九三〇年代農村の現状にあった。この当時久保は新協劇団演出部に身を置き、伊藤貞助は新築地劇団文芸顧問団に所属していた。『土』は一九三七年一〇月九日から一八日、新築地劇団によって築地小劇場で、『火山灰地』は一九三八年六月八日から七月八日に新協劇団によって築地小劇場で初演された。伊藤貞助はその後、郷里・茨城県笠間町（現・笠間市）をモデルとした農民文学の作品を発表するが、ここでは『土』とともに、貞助の一連の農民文学・戯曲のひとつである『耕地』（一九四〇年）を対象とする。これらの作品はともに共産主義運動の弾圧とプロレタリア文学・左翼農民運動の解体期に重なる昭和農業恐慌と、その後の農村経済更生運動の時期の農村を念頭に置いて書かれている。[*15]

2　社会主義リアリズム論争における久保栄と伊藤貞助

一九三二年にソビエト共産党中央委員会「文学芸術団体の再組織について」の決議が日本に伝えられて以降、社会主義リアリズム論をめぐって二〇数本の論文が交わされた。ラップ（RAPP、ロシア・プロレタリア作家協会）解散が命じられたのは、スターリンによる第一次五ヵ年計画の「終了」によって、「同伴者インテリゲンチャ」を社会主義のもとに再組織することを目的としていた。この決議と組織再編、さらにキルポーチンの「唯物弁証法的創作方法」批判と「社会主義リアリズム」論の提起とが結びつき、一九三四年の第一回作家会議による採択によって、社会主義リアリズムは方法として規定された。すでに述べたようにその定式はそもそも厳密な方法論にもとづいてはいなかったが、日本への移入にともない、先に提唱されていた唯物弁証法的創作方法への批判が、徳永直による蔵原惟人の組織論、すなわち日本共産党と作家同盟の方針に対する批判＝党派性の否定へと転化した（徳永直「創作方法上の新転換」『中央公論』一九三三年九月）。すでに徳永の批判には、第一次五ヵ年計画を終了した段階のソヴィエト・ロシアの組織論や現状分析を機械的に日本にあてはめることの非が指摘されていた。論争はその後、森山啓や中野重治による、論点を世界観の問題にずらした社会主義リアリズム論、宮本百合子による調停的な徳永批判（「社会主義リアリズムの問題について」（『文化集団』一九三三年一一月）などが続いた。

文学史におけるこの論争の位置づけについては、社会主義リアリズム論の理論的空骸を指摘しつつ、スターリン主義組織論に反旗を翻した点に評価を求める本多秋五、[*16]論争の整理にとどまらず、リアリズムの反映―模写論の検討から、表現における想像力の理論化の提起にまで踏み込んだ吉本隆明の批判がある。[*17]さらに、吉本隆明の転向論を継承した森山重雄は、この論争が作家同盟解体をめぐる「政治と文学」論争と切り離せず、さらに転向文学の問題とからみあっているとした。[*18]森山の立論の基本的な把握は、革命と転向の視角からプロレタリア文学史そのものを描くことである。そして転向文学に思想的可能性を求め、とりわけ中野重治と亀井勝一郎に転向の思想的なピークを置く。[*19]転向によって「マルクス主義という現代の理想的精神」を失ったあと、文学者は政治的転向を思想的転向にまで高め、失われた理想を再建するが、亀井勝一郎は「浪漫的自我の再建」によって、中野は「日本の革命運動の伝統の革命的批判」によってこれを思想にまで高めた。[*20]亀井は、「文学に於ける意志的情熱の相」（一九三四年四月—六月）において、「（作家の）体験する情熱」と「描くという情熱」という二つの情熱を分節化している。[*21]亀井は、知識人による大衆への擬制的な同化にもとづく政治闘争への「情熱」を自己批判的に点検したうえで、作家は内在的な表現欲求と政治的情熱とをいかに一致させられるかと問題提起した。社会主義リアリズム論以前に、作家が現実を描写する上での情熱の有無を問うたのである。ここには、共産主義者の転向と、林房雄・小林秀雄らを同人とした『文學界』創刊（一九三三年）を象徴とする、「プロレタリア文学とブルジョア文学の融合」という文芸復興期の到来がもたらしたプロレタリア文学の倫理的絶対性の相対化、それに拍車をかけた一九三四年三月のナルプ（日本プロレタリア作家同盟）の自主解散という事態が前提になっている。やがて文化統制へとすすむ、プロレタリア文学の倫理的道徳的な強迫から解放された、没政治的な気分が当時の文壇を覆っていた。亀井はそうした文壇を批判したのである。しかし、亀井の転向思想の道筋においては、この個我と社会の一致は「浪漫的自我」、いわば〈原郷〉を指標とするロマン主義への回帰にいきつく。

これに対して、論争に介入した目的がナルプ解散批判と階級的な作家組織の再建という戦略的な動機にもとづいていたとはいえ、伊藤貞助や神山茂夫（ペンネーム・北厳次郎）は社会主義リアリズム論争を人民戦線的な組織論の提議に転化した。一九二八年から「文戦劇場」に劇団員として参加していた伊藤貞助は、社会民主主義批判＝「文戦打倒同盟」で活動したあと、革命運動再建のための文化運動・サークル運動のフラクションであった『文化集団』発行の企画と編集にかかわっていた[*22]。そこで社会主義リアリズム論争に介入する。

貞助は、「社会主義的リアリズムか！　日和見主義的リアリズムか！」（ペンネーム・佐分武、『文化集団』一九三四年四月）において、組織論的代案なしにナルプ解体を決定した鹿地亘や藤森成吉ら指導部を批判したうえで、「ソヴェートのプロレタリアートと資本主義国のプロレタリアートはその〔矛盾――引用者注。原文では伏字〕を異にしている」と、まずソ連作家同盟の方針の機械的適用を批判する。そのうえで、「封建的残存と資本主義的諸〔矛盾〕と其処から生ずる一切のものが生々と、伸々と、自由に描かれるところにこそ、われわれのリアリズムは輝きを持つ」、「労働者農民、及びすべての勤労民の明日のために、その〔矛盾〕の生活的真実を、そして、〔矛盾〕的生活の真実の一切を描け」と呼びかけた[*23]。さらに翌年の「『社会主義リアリズム』を論ず――てんこう文士退治」（『やあ諸君』第一号、一九三五年一月）では、「〔革命――引用者注。原文では伏字〕とは何か？　桎梏となった現支配体制を革めることである。社会主義〔革命〕、プロレタリア〔革命〕のみが〔革命〕ではない。従ってマルクス主義者、社会主義者のみが〔革命〕家ではない。同時に社会主義的作家、プロレタリア作家のみが〔革命〕的作家ではない。工場に、農村に、其他種々な場面に、各種な現〔革命〕に不満を持ち、天命を革めんと欲する〔革命〕家が居り、〔革命〕的作家の出現が必要なのである[*24]」。作家同盟の解体と党派性の相対化は、文壇における階級協調をもたらしたが、まったく逆に、広範な統一戦線を提起するための政治的可能性も開いた。そのような立場から、社会主義リアリズムではなく「革命的リアリズム」が日本の現実にふさわしいスローガンであると主張したのである。神山茂夫は当時としては高水準の人民戦線論を展開したと評価されるが[*25]、貞助もその陣営に属したといえよう。

しかし、伊藤のリアリズム論は方法論的にこれ以上展開されなかった。とはいえ自らの立論に欠落があったことを、伊藤自身が自覚していなかったわけではない。実際、先に引用した「社会主義的リアリズムか日和見主義的リアリズムか」においては、「労働者農民、及びすべての勤労民の明日のために、その〔矛盾〕の生活的真実を、そして〔矛盾〕的生活の真実の一切を描け、彼等の進むべき道を示せと、このスローガンは呼びかける」と宣言したあと、「〔革命〕的リアリズムの具体的内容に関しては〔革命〕的ロマンチシズムの問題と共に追って詳細に論じてみたいと思っている」という言葉をもって、文学的核心への答えを宿題としている。この宿題は翌年の『やあ諸君』でも繰り返されている。「〔革命〕的情熱と〔革命〕的ロマンチシズム、それと〔革命〕的リアリズムの関係については紙数がないから次の機会にゆづろう」。この中断の後には何が続くべきだろうか。それは、資本主義的矛盾のもとでの「生活的真実」を、ロマンチシズムを備えたものとして、すなわち革命プログラムの一環において描くこと、それを革命的リアリズムの方法論として、文学表現において実践することとの理論化である。貞助はしかし、そうした高次の文学論争にふみこまなかった。その代わりに、テクストの上では、ただちに「プロ作家のブルジョア化」の批判に移動している。つまりここは伊藤が言葉を閉ざした地点であると同時に、この議論を党派性の問題に置換したポイントである。貞助にとっては、革命的リアリズム論は「スローガン」であった。いいかえれば、これを相互関係のもとで、差異論的にしか語らなかったと考えていいだろう。貞助にとってリアリズム論とは、あくまで対抗的で遂行的な関係においてしか語られないか言葉なのである。ここから、彼の言説があくまで政治運動のなかで構成されており、文学論としての自立性を有していなかったとみなすことができる。それは貞助の作品の性格をも規定しているだろう。

伊藤に対して久保栄は、社会主義リアリズム批判について、より簡潔に、「資本主義体制のもとにおけるわれわれのリアリズムは、どこまでも革命的リアリズムであり、伏字を避けていうなら、反資本主義的リアリズムである」と表明した。[*26]「反資本主義的リアリズム」とは、社会主義的現実が存在していない日本の現実に対応したリアリズムを意味する。ここから人民戦線的な組織論もより具体的に提起される。これは公式にコミンテルンが人民戦線路線を提起する一九三五年よりも早いが、それは、国際労働者演劇同盟（略称ムルト・IATB）が国際革命演劇同盟（略称モルト・IRTB）に組織替えした事情について、自ら関係文書を翻訳することで、久保なりに独自の理解をすすめていたからである。[*27]そして、こうした海外の労働者演劇運動の紹介にあわせて、当時久保が属した「左翼劇場」は「生きた新聞」のようなアジ・プロを目的とした実験的な小品演劇を上演していた。[*28]久保は、自ら翻訳した、一九三二年一一月の「モルト」の拡大「プレナム」――ソ連作家同盟の「再組織」方針の半年後に開催された――において決議された方針を引用している。

決定的なことは、吾々が特殊性をつくるためにではなく、新しい創造的幹部と革命的専門芸術家との溌溂たる結合のために協力しなければならないということの確認である。〔中略〕自立的芸術・専門芸術・演劇集団および観客組織（たとえば『青年民衆劇場』）は、一箇の統一的全体を形づくり、没落するブルジョア演劇文化に対抗するプロレタリアートの戦線の一部を形成し、そうして吾々が批判的にわがものとするところの文化的遺産の擁護者となるのである。[*29]

この統一戦線論は、伊藤のプロレタリア文学の統一戦線論が専門家と非専門家との反アカデミズム的な結合をよびかけているのに対して、専門的芸術家集団の再編成に力点を置いた組織論であることが特徴である。それだけ久保のイメージは具体的だということもできる。森山重雄は久保の統一戦線論を「三二テーゼ」と講座派理論よりも「労農派理論に近い」と評しているが[*30]、実際、久保はこの情勢分析において、一九三〇年当時のドイツ、チェコ、フランス、アメリカの労働者演劇運動に十分な注意を払っている。また、千田是也、藤森成吉は一九三〇年のドイツ労働者劇場同盟の全国大会に参加し、参加記を書きおくっていた。こうした条件のもとで、日本的現実をこれらの資本主義諸国との関係において比定しているのである。

また、久保の議論でもう一つ重要なことは、彼が芸術における技術論の問題に触れたことである。久保は、森山啓が土台＝経済的関係に対する芸術の相対的独自性、それまでの「文学遺産」

との直接的影響関係を主張しつつも、社会主義リアリズムにおける芸術がすでに「結論として研究され得たもの」、すなわち完成態だと理解していると批判する。土台と上部構造とのあいだにズレがあるかぎり、芸術を「最高段階」だといってはならない。その代わりに、「文学史よりの総計、結論として研究することが必要」だと、運動プロセスであることを強調するのである。[*31] 土台と上部構造のスタティックな理解を踏み絵にしながらの久保のこの批判は、森山に対する揚げ足取りの感がないわけではない。ただし、芸術を創造過程にあるものとしてとらえる久保の立論は、技術論を導入するための布石である。そして、久保はスターリンの言葉「再建期に於いては、技術がすべてを決定する」「社会主義社会の建設に最も必要な課題は技術の把握である」を引用する。[*32] この位置から、返す刀で、社会主義リアリズム論とは技術の問題ではなく、世界観の問題であるとした中野重治に対する批判に転じた。

久保によれば、社会主義建設のための「大衆の意識の引き上げ」という「創作的再建」に携わる芸術と芸術家の使命は、遺産としての世界文学の摂取、専門家集団による技術の精錬という技術論的な課題に集中しなければならない。世界文学からの摂取ということでいえば、社会主義リアリズム論争に参与していた久保は、同年（一九三五年）『ファウスト』翻訳・上演を手掛ける。上演に先立って付された文章（一九三五年一二月二五日付）では、「社会主義リアリズム」が「二つの源泉」に立っており、「社会主義体制が生み出した新しい現実」とともに、「過去のリアリズムの系統的歴史的再検討」がそれであること、そのために要求される「先行芸術の批判的摂取と全面的研究」という課題に、「ファウスト」上演を位置付ける。[*33] こうした世界文学を継承するリアリズムとは、ナイーブな自然主義・写実主義を意味しない。やはり「ファウスト」上演に際して久保はこういっている。

私は、演出の基本的な線として、われわれの芸術のみに許される、その一つの側面に積極的なロマンチシズムを内包するリアリズムの方向を、舞台的形象のうえに設定する。私のこころざす演出形式は、実証的なリアリズムを離れたオクターヴの高い現実再現の形式、世界観的に最大限に覚知された豊かな表現形式でなければならない。登場人物の演技には、ゴリキーのいう『詩的誇張』のリアリスチックな様式がしみわたっていなければならない。[*34]

特定の表象の様式にあえて〈リアリズム〉と冠する理由について、久保は現実の「詩的誇張」をその解答とするのである。久保は伊藤のリアリズム論が言葉を閉ざした地点をまさに超える。ここには文学上、実体化された概念としての〈リアリズム〉論がある。そしてここに伊藤と久保とがプロレタリア文学の運動の時間を共有しつつも、けっして交わらない位相の差があるといっていいだろう。

技術への意識ということでいえば、スタニスラフスキーの俳優教育システムを継承し、新協劇団という演劇集団を率いる劇作家・演出家としての久保の職業意識が表出しているといえるだろう。[*35]「創作的再建」とは、劇作家・演出家である久保にとっては舞台における、さらに舞台と観客とのあいだにおける芸術の創建であり、社会主義リアリズム論争における久保の立論はその経験の理論化の作業であった。

付言すれば、こうしたリアリズムの詩学論には科学と詩学との統一という意味もこめられている。『火山灰地』は「日本農業の特質の概括化」と「科学理論と詩的形象の統一」が謳われた作品であるが、[*36]そこでは「技術インテリゲンチャ」が舞台の中心に置かれる。ゲーテ『ファウスト』翻訳者の矜持として、科学とロマン主義との理想主義的な融合が重要なテーマとなる。科学は実践的性格を持つが、しかし同時に科学者はインテリとしての観照的な態度を分け持つ。こうして、知識人の葛藤が中心的な主題となる。とはいえそれは、久保の求める文学が、大衆の生活や闘争のギャップとのあいだで悩む知識人の葛藤に拘泥していたことを意味しない。やや遅れて社会主義リアリズム論争についての感想を記した久板栄二郎は、「プチブル・インテリ」の自己限定を率直に表明し、「我が国一般民衆とインテリゲンツイア芸術家との間に横たわる文化教養上のギャップ」を問題にしている（久板栄二郎「リアリズムに就いて」『テアトロ』一九三六年七月号）。[*37]こうした反応は演劇界——新協劇団——における社会主義リアリズム論争の浸透をしめしている。ただし、久保のリアリズム論争への介入と、「反資本主義リアリズム」の提起、人民戦線論、技術論、そしてリアリズムの詩学の理論化は、久板のような〈階級的贖罪意識〉を克服する通路をひらくものとして構想されていたとみるべきである。ブルジョア・リアリズムを批判し、同時に農民文学や生産点の労働の描写に固執した生産文学にも傾くことのない文学を求めたところに、久保栄の矜持がある。[*38]

さて、こうした伊藤と久保の社会主義リアリズム論の相違はそのまま作品に反映される。では次に作品の分析に入りたい。

3 『火山灰地』と農業問題の構造

「日本農業の特質の概括化」「科学理論と詩的形象の統一」を掲げて創作された『火山灰地』は、第一部「歳の市」「新年会」「かま前検査」「試験畠」の四幕、第二部「製線所」「部落まつり 昼と夜」「前夜」の三幕からなる。十勝平野の帯広市と音更《おといねっぷ》村をモデルとして、試験農場で火山灰地の土壌改良を考案し、恩師であり義父でもある農学界の権威や肥料会社と対立する雨宮聡。雨宮説にしたがうことで肥料会社と農事実行組合から排除され、地主・駒井ツタに借金をする逸見庄作。逸見ら自小作たちは自作農創定の政策にしたがって「バケツ地」を所有するが経営にいきづまり、地主・駒井ツタのとりたてによって没落していく。そして雨宮の息子に強姦される逸見庄作の妹しの。しのの恋人で炭焼の泉治郎。治郎は製炭を地主に無断で販売し、製炭単価の引き上げ運動を企てることで、さらに小作地をめぐって地主・駒井ツタと訴訟をおこしている。基本的な人間集団の単位は農産実験場＝「雨宮グループ」、農村＝「農民グループ」、沢（炭を焼く谷）＝「炭焼グループ」の三つである。[*39] これに、学生運動を経験し転向後、傾いている父の事業の挽回をめざし、新興事業・畜産組合へ投資する新人型の経営者・五十嵐重雄、地主と農民との闘争の板挟みとなって惨死した夫の遺恨を胸に抱きながら、その地主の妾となって農民・炭焼の収奪に血道をあげる駒井ツタ＝「メッケ（女）地主《おやじ》」、中農からの没落におびえながら農民間に小さな罪悪をふりまく船津まつえ、組合運動も経験したことがある農村の知的女性である足立キミ、泉治郎とともに炭焼に従事しながら農民の状況を冷静に省察する市橋達二、などが描きわけられる。

すでに研究史があきらかにしてきたとおり、『火山灰地』の主要な登場人物にはモデルが存在する。雨宮夫妻のモデルは久保の姉夫婦である帯広農事試験場十勝支場長、玉山豊・茂であった。[*40] さらに駒井ツタや泉治郎にもモデルがいるし、作中の事件は一九三二年にオサルシで起きた木炭焼夫争議や亜麻工場での争議が題材となっている。[*41]

『火山灰地』の着手は一九三三年にさかのぼるが、同時期の農業問題と農村再編を「下から」

「上から」の過程として振り返っておこう。農民運動においては、昭和農業恐慌とその時期の小作争議の激発、一九三一年三月の全農第四回大会以後の左派＝全農全国会議派の分裂（同年八月）を経た、左派（総本部派・全会派）、中間派（日本農民組合総同盟）、右派（日本農民組合）の三派の鼎立を招きながら、反地主闘争から、自作を含む中農層を統一戦線に組みこもうとする反独占農民運動への推移があった。[*42] これが農村の「下から」の再編の前提であった。なお明治の開拓期に北米型あるいはベルギー型の大中規模の農業経営が方針化された北海道では、大農場での大規模小作争議が多発したが、一九二九年以降は「自作乃至自小作中農標準化傾向」をとり、家族労作経営規模が中心となり、富農層も耕作地主化する。[*43] 他方、後藤文夫農林大臣・石黒忠篤農務局長・小平権一経済更生課長ら農政官僚による農村の「上からの」再編策である農村経済更生運動は、産業組合拡充、系統農会による農家改善事業、「農村中堅人物」養成、負債整理事業、満州農業移民、精神運動の推進を柱として進められた。[*44] とくに北海道では、産業組合拡充を中心とする農村経済更生運動は、内地の不在地主が農業から離脱する中で、一九三二年に法人化された農事実行組合と、それを下部機関化した産業組合を通して、経営実力層を農村内の資本に結びつけた。[*45] なお北海道の農村再編における農事実行組合の役割についてはおって詳述しよう。

『火山灰地』において、地主制、産業組合と資本との結合に気づき、煩悶する雨宮、「自小作中農標準化」傾向が進展しながらも、それが順当には進まず、資本家－地主制による収奪のもとで没落し、農村に居場所を失っていく炭焼や貧農たちの境遇は、「上から」の農村再編の理念とギャップを表現している。むしろ、登場人物たちはいずれも農業問題・農村問題の解決という恩恵にはあずかっていない。無慈悲な地主として形象化されている駒井ツタの複雑な境遇にはそれがよくあらわれている。[*46] ツタとその兄・子之吉は「部落まつり　夜」の幕で次のような会話を交わす。

子之吉　けんど、事務所のな、あったらでっけい地面の名儀――慾ばりすぎて損こくど、おめいは――五町歩もけれられねいんだら――おら、小作でもかまわねい――土のえいとこ――死ぬまで借りるにえいんだらな……

ツタ　馬鹿やろ――それっぽっちの地面でな――男のおめいにゃわかんねい――今日までのこと水さ流されるもんでねいって……[*47]

ツタは夫が仲間の農民の小作争議にひきこまれながら、結局は地主との板挟みで惨死し、しかも農民たちからは、地主に「屈服」したと目されて白眼視されたことを忘れられない。しかも今の立場でも、「旦那」である地主・早川は帰郷してもツタのもとを訪れず、まっすぐ句会に参加しているありさまである。そして自小作としての自立を望む兄に諫められても、ツタは地主的土地所有と収奪を徹底する以外に目標を持っていない。そこには展望がない。恐慌下、資本制と地主制による農村支配のもとで、内外の理由から自営的な経営を阻害される農民たちの境遇は、ツタ、逸見の家族、互いに足をひっぱりあう小作・貧農たちそれぞれの自己疎外的な状況によって分有されている。この意味で登場人物たちは土地問題と農業問題という共通の土俵にはあるが、かならずしも雨宮が抱える課題と「悲劇」に統一されるような位階的な関係には構成されていない。*48確かに登場人物たちを構成する三つのグループの矛盾は、生産と技術的変革――農業革命――という原理的な課題をとおしてしか解決しない。しかしそうした原理的な課題と、一九三〇年代当時の所有の論理と経営の論理とのあいだの分裂という問題が、交互に彼らの境遇に影を落とす。そして三つのグループはそうした問題のゆえに、自らの自己疎外と相互の敵対関係を解消することができないままに終わるのである。雨宮は、最終的には生産性の向上による土地革命の限界に気付くとはいえ、土地所有の拡充こそが農業問題の解決であるという信念にすがりつづける。彼は農村内部の確執や資本による農村支配には無力なままである。一方、農民たちは終始、所有の原理に支配されたエゴイストとして描かれる。地主・駒井ツタもまたそうである。彼ら・彼女たちの関心は所有が喚起する欲望の深淵から解放されることがない。貧農とツタが体現しているのは、長塚節『土』の勘次に代表される、土地所有の原理に支配された小作貧農像の系譜である。

　これら二つの立場に対して、村と町の共同体間の商品経済活動に直接的にかかわる炭焼夫グループは、そうした所有の原理をまだしも相対化し、「メッケ地主」＝旦那・問屋を介さない出荷・

販売という反独占的な経済行動に出ることで、協同組合的な原理を持ち込もうとしている。とはいえ、治郎たちの行動は旦那＝商人資本に支配された製炭業の特質に由来する抵抗にとどまっている。[*49] そして泉治郎は物語半ばで、入営のために恋人を残して村を去る。

　こうして『火山灰地』には、グループそれぞれに分有されている農村問題・農業問題と、相互の敵対関係の深い掘り下げがある。しかし、ただちに気づくことは、ここには国家＝農政の特質は描かれていないということである。一九三〇年代の農村の現実は描写されているが、そして肥料会社と農事組合による逸見たち小作への圧迫にみる資本制と国家の圧力は息苦しいまでに描かれているが、農村再編の推進力としての国家＝農政という契機の描写はない。これは検閲の問題とは別に考えなければならない。[*50]

　当時の農政のもとでの北海道における農村再編の進展について、玉真之介・坂下明彦は、府県（内地）よりも合理的な政策展開があったと概括している。北海道の農村再編政策は、生産力拡充政策と金融、流通政策が統一化されていたこと、そしてそれが可能であったのは、政策の代行機関である農会、産業組合の下部機関として農事実行組合が位置づけられ、生産力拡充政策を基礎に金融、流通政策が展開する条件が農村末端組織の中に与えられていたからなのである。[*51] さらに農事実行組合の機能について、とりわけ十勝の実態について黒崎八洲次良の分析を参照しよう。

　十勝支庁では一九三八年当時、部落数の一・三九倍の組合が存在している。それに先立って、経済更生運動時に産業組合への低い加入率を向上させるため、一九三二年の農事実行組合の法人化をとおして産業組合への加入資格が整備されており、この結果、一九三八年前後には北海道の農家のほとんどがなんらかの形式で産業組合へ参加していたことになると推定している。さらにこの農事実行組合を介した農村再編の「エートス」の指標として、組合の名称変更を統計化し、そこに地方改良・経済更生運動に由来する組合名が付されたことを指摘している。[*52]「共、親、協、和などを組合の組織原理とし、豊、興、農、栄などをその組織目標とし、さらに、旭、日、光などを国民国家への強い帰属意識を示すものとする。そしてそれらを適切に結びつけて組合名を設けたとしよう。〔中略〕それは農家を組織する村落の有力な方向付与やエートスの象徴でありえた」[*53]。黒崎の統計によれば、十勝では一九パーセントの割合で農事実行組合がこうした名称をもった。また『新十勝史』（一九九一年）によれば、『火山灰地』の舞台であった音更村の隣村・士幌村で一九三二年に経済更生計画が樹立され、輪作、自給肥料、品種改良、家畜家禽奨励、耕地防風林、農家簿記、自家用農産加工、備荒貯蓄、農業指導などの大綱が確立された。そして翌年（一九三三年）には全村を区画し、三六の農事実行組合が結成されている。また村農会、実行組合を母体とした部落懇談会も組織されている。[*54]

一九三〇年代を通じた十勝地域における、こうした「上から」の政策と「下から」の村落秩序の再編の進展をふまえたとき、一九二〇年代から一九三〇年代前半までの小作争議の高揚と、左派農民運動の解体期からただちにジャンプして、『火山灰地』を覆っている農民の敗北的で相互に敵対的な状況をイメージしてはならないことになる。むしろ、戦時体制＝総力戦体制に対応した、下からの自発性を組織した、産業組合的で精神的な運動が高揚を迎えていたという側面をみなくてはならないだろう。それは久保が十勝地域でフィールドワークをはじめた一九三三年には、すでに農事実行組合や部落懇談会として存在していたはずである。

しかし、それにもかかわらず、こうした経済更生運動の気運は作品にはまったく反映されなかった。このことは何を意味するだろうか。

久保がいう「日本農業の特質の概括化」とは、山田盛太郎の日本資本主義分析に代表される「半封建的土地所有制＝半農奴的零細農耕」の規定をふまえて、土地の所有とその改造、農民からの収奪と収奪者同士の競争という、資本の本源的蓄積が特殊日本的な現実のもとで展開したという分析が骨格となっている。ただし久保は、この本源的蓄積を自然と人間との根源的葛藤としてロマン主義的に読み換えている。この読み換えが、北海道開拓政策にともなう地帯構造という地域差、一九三〇年代の農村再編期に典型的なトピックである、商業資本＝肥料会社と農事実行組合との結合、中小自小作経営の進展によって矛盾を深める地主制、自作農創定政策の実施と失敗など、久保自身のフィールドワークをふまえて豊富化されたディテールによって修飾＝詩的誇張をほどこされている。その観察は単線的ではない異質な歴史的経験の累積をとらえており、戦後の久保の言葉を参照すれば、「世紀前半の目撃者」としてのリアリティがそこにあるだろう。[*55]こうした歴史の層は、主要には相互に離れたままの三つのグループと、さらにそのもとで再分化された人々を描き分けることで表現されている。しかし『火山灰地』はこれらのグループの距離を埋めるようなエージェントを創造しようとはしなかった。雨宮がそのような主体ではないことは、先に論じたとおりである。だが実際には、国家＝農政は商品流通と経営に介入し、農民の自発的な意志形成に参与する機能を備えつつあった。それは総力戦体制期の国家である。

農業革命の一方のエージェントを社会主義革命のプログラムにもとづく主体だとするならば、対極のエージェントは総力戦体制期の国家である。『火山灰地』はこの両極のエージェントの前面化を回避して「不完全燃焼」に終わる。[*56]しかしこのことは、農村再編期に自発的に国家主義的な農村自治と農本主義的な精神運動に参加していく農村と農民の行動にいっさい目を向けないということを意味したのである。

こうした動向に対する久保の〈無関心〉の根拠として、第一に、悲劇の構成と、総力戦期の国家と農民の関係の位相差があるのではないかと推定しておきたい。久保が文学の理想としたゲーテ『ファウスト』において、ファウストは、ネーデルランドをモデルとした、干拓事業による国家建設のさなかに没する。ファウスト伝説にはないこうしたロマン主義的な結末には、大地と文明、自然と科学、ロマン主義と国家的専制といった原理的な対立構造が反映している。この対立構造のなかで葛藤する主体の物語は、アリストテレス『詩学』以来の悲劇のドラマツルギーを継承している。しかしこの悲劇の構成とロマン主義的な対立構造を重視するならば、総力戦期の国家主義的な農村自治や自発性の涵養は二義的である。それらは問題の擬制的な解決でしかないからだ。

しかしまた、第二の推定は、この擬制的な解決である、国家主義的な農村自治と農本主義的傾向を、久保がどこまで理解できたかということにかかわる。所有の原理の水準でのみ農民意識を理解するならば、農村自治と農本主義的動向は視野に入らない。いいかえるならば、『火山灰地』は農民意識、その生活と闘争の把握については課題を残したといえるのである。

ただし、ここで指摘しておきたいことは、久保栄の限界ではない。むしろ、ここで確認できることは、久保栄『火山灰地』は、現実が提起する主題に対して、悲劇の構造のほうが優位にあるという点で、リアリズム論の系譜においては特異な位置を占めているということなのである。

ここにおいて、久保栄の『火山灰地』と伊藤貞助の作品とを比較するという、非共約的な試みが可能となる条件がみいだされるであろう。文学的な力量はどうあれ、伊藤貞助がまさに主題として受け取ったのが農村再編期の国家であり、農村・農民だからである。では、次章で伊藤貞助の作品『土』と『耕地』の分析に入る。

4 伊藤貞助『土』と『耕地』

『土』

伊藤貞助による長塚節『土』の改作には複数の論点があるが、ここでは二つのポイントを考察したい。*57 ポイントの第一は、原作では物語の終わりの「出火」の後、一章足らずでしかないエピソードを拡張したことである。出火――実際には孫の与吉の不注意による出火だが――をおこした舅の卯平を暗黙に責める勘次と卯平との確執の部分が、一幕を構成する。第二には、原作には登場しない人物――冒頭に一瞬登場する地主の「旦那」と、その息子である高志＝「小旦那」を造型したことである。これらの創作部分と『土』改作の主要な動機について、伊藤貞助は次のように語っている。

私は小説中に「お内儀さん」の名で現れて来る勘次の旧主人である地主の家をずっと前面に押出し、筋を作ることにした。〔中略〕／そして全体の農村に於ける家族制度の危機というテーマの下に統一した。／明日の食料にもこと欠く貧農にとって、働く能力のない老衰した舅を養うということは背負い切れない負担である。〔中略〕崩壊に瀕する我が国古来の醇風美俗を維持しようとする力は、盲目的な圧力を加えるばかりである。［中略］ひたむきに因習的な制度を守ろうとして、それに押しひしがれる人間がどんな苦痛をなめているかを知らずにいる一種のタイラントとしてのお内儀さん――農民の同情者であり、良心的な人間ではあるが、結局農民とは一緒になれず、終局に於いて農民の現実の生活との間に大きなギャップを見出して悩む、中間的存在としての高志――そして、その背後には次第に没落してゆく地主の姿［中略］／私はリアリストである。リアリストのつもりである。その点、私にとっては伯母である「お内儀さん」、従兄である「高志」を、無慈悲に批判的に登場せしめることを尻込みしなかった。[*58]

まず貞助の構想にもとづき、高志という人物の形象、因習への批判、家族制度批判が達成されたかどうかを考えてみよう。ところで貞助の改作を読んだ演出の岡倉士郎は勘次の衝動的な生に注目し、それを中心に勝手な演出を試みて貞助の憤激を招いた。[*59]このエピソードは、長塚節をモデルとした高志という人物の造型が、効果的に生かされていない改作の難点を物語っている。改作の意図からすれば、まず高志ら地主グループを階級的敵対者として造型し、そこから翻って勘次への共感が組織化されるようにならなければならない。それを通して、因習批判や危機にある家族制度の批判といった効果が引き出されるはずであった。しかし、高志の振る舞いは地主と小作とのあいだでの調停的な役割に終始してしまう。次は、舅の卯平をひきとるまいとして我を張る勘次を高志が説得しようとする場面である。

高志　勘次、お前もすこしわからな過ぎんぞ……。／勘次　小旦那、わしにゃ、どうしたらえゝんだかわかんねえ。〔中略〕わしゃ、爺さま引取っても、どうしようもねえ……出来んなら、あゝたこと言いやんすもんでねえ。／高志　気が小ちゃ過ぎるんだ、お前は……。／勘次　貧乏はわしの罪じゃねえですべえ、小旦那。わしら、朝の暗いから、夜は手元が見えなくなる迄働いてんだ。夜寝っと骨がミシ〳〵泣く程やってんだ。そんだが、わしら、小作の者にゃ、いっくら働いても貧乏から抜けられねんだ。〔中略〕／高志　皆んな苦労はあんだ。俺なんざ、毎日の不自由はなし、呑気に好きな歌でも作っていられっけど、やっぱり苦労は絶えねえで…。／勘次　そうがねえ、…わしゃ食う心配えのねえこっちでなんちゃ、苦労なんてもん知るめえと思った。[*60]

勘次の貧困の訴えに対して引き合いにだされる高志の「作歌」の悩みは、階級意識の格差を表現しようとしているにしても、つりあいがとれず、いささか間が抜けている。こうした高志の造型の弱さのため、対照的に、類型的に描かれる勘次の小作としての欲望と頑迷さが強調されてしまう。次は村の農事改良のために、竹林を育て、竹炭を製造して出荷しようとした長塚節のよく知られたエピソードを挿入した場面である。

高志　今度、俺は竹林を作る計画を樹て、んだ…。東の雑木林を開墾してなァ……その仕事を、明日っからでも、お前にやらせるべえ……。〔中略〕／勘次　竹なんちゃ、たんと使い道ちゃありゃんすめがね……。〔中略〕わしら、やっぱり開墾地なんちものには陸稲でも作った方がえかんべと思いやんすね。……畑さ竹作るなんち、聞いたこともねえ。*61

農業改革をめざす高志と、そうした計画に関心のない勘次の関心とのズレは、階級差ではないズレをひきおこしている。改革者としての高志の性格分析は後述しよう。ここで印象を残すのは、小作の立場から地主に抱く反発心ではなく、勘次という個性の頑迷さである。こうした頑迷さを残したまま、勘次の貧困への怒りが作品の最後部において爆発する。卯平を拒否する勘次の頑なな態度に業を煮やした村人たちは、勘次を「村八分」にまでするといいだす。これに対して勘次は農村共同体とも対立するのである。

勘次　〔中略〕（村の者に向かって）お前えら、俺らを年がら年中、なぶり者、笑い者にして来たァ……俺ら、なんにも言わなかったけんど、ちゃんと胸に畳みこんであんだ。……吝ン坊だ、泥棒だ……なんで俺ら、馬鹿にさってたんだ。俺ら、村で一番貧乏だかんか？　そんだが、貧乏は俺らがせいかよ？　俺ら、働くこっちゃ、誰にも負けねぞ。そんだのに、いつも貧乏で、馬鹿にさってんだ。［中略］爺様連れてきて、何処さ寝かせんだ!?　何に食わせんだ!?　言ってくろ！　何に食わせんだ!?　何処さ寝かせんだ!?　（狂人のような眼をし、呼吸をはずませている）[*62]

この爆発は因習の告発という効果をあげていない。なぜなら、自らもまた因習に加担しているといううしろめたさが忘れられているからである。その代わり、所有の原理にとりつかれた勘次は農村共同体の相互紐帯さえも拒絶する利己主義を体現する。そのことは、私たちを理解不可能な地点にまで連れ出す。舅との同居をめぐって、地主の「お内儀」、高志、叔父、村人たちの説得を徹底して拒むこの抵抗がどこから由来し、何を求めているのか定かでなくなるからである。確かにこの形象は長塚節の原作とは異なる。節の『土』では、勘次は最後まで卑屈で自己責任を設定することができず、したがって内面的な自己を有さない、心の貧しさが形象化されている。しかし、貞助の「勘次」も内面的で自己省察的な主体の設定はできないまま、その欲望だけは肥大して放置されているのである。

ドラマツルギーとしての勘次の悲劇は、村落内に共感者やその訴えの受け皿を持たないという点で、登場人物全員が分有する農業問題という共約性のもとに結びつけられていない。これは貞助の『土』という作品がもつ構成上の難点である。ブレヒトの『ゼチュアンの善人』を引き合いに出せば、善と悪・純真と狡知などの正負両面を登場人物たちがそれぞれ人格的に独立した行為を通して分有しあうことで、私たちは私たちの感情の振幅を模倣した、それゆえにリアリティをもった〈民衆〉の姿を得ることができる。しかし、この『土』はそうした分有の構築のための工夫が乏しい。勘次のリアリティはその孤立した叫びのなかにしかない。現実の生活の描写を通して観客や読者を組織化するというリアリズムの最低限の社会的役割からすれば、ここにはその方法論の未熟さが指摘されなければならない。

だが、ここにあらわれている勘次の孤立は、作品としての失敗であっても、高志の行動を参照することで、農村再編という転換期の性格を刻印しているということもできる。勘次の怒りや我執とはまったく無関係に、農村経営の観点から、新興経営者・改良主義者としての高志はひとつの存在感をしめしている。しかも高志は、内務省＝駐在所の人格の造型にあずかり、国家－農村－農民という地域支配に相互扶助と協調性を与えるという役割をも持つ。このエピソードは勘次の世界とは無関係なストーリーとして進行している。

駐在所　「盆の月夜更けて少しくもりけり」こいつはどうでやす……昨夜出来たもんだが……。／高志　仲々面白えじゃねえですか……。／駐在所　あんたも一丁、今夜あたりは盆踊を材にして名作が出来やすべえ。／高志　いや、わたしもな、あんたのみたいに勢力的に連発出来ねえのでね、フフ……。／駐在所　こいづは一寸痛えな、ハハハハ……。[*63]

文字言語だけではなく、俳優の肉体表現を通じた舞台であれば、この場面は階級支配者たちの厭らしい結託をあらわしているかもしれない。ただし、のちの『耕地』（一九四〇年）を参照するならば、貞助の作品において、内務省・警察＝駐在所と農村の「中堅人物」の結節は、農村再編に対応した工夫であったことがわかる。これについては『耕地』の分析で再びとりあげよう。その前に貞助による『土』の改作の意味を概括しておこう。

新築地劇団による『土』上演に際して、島崎藤村は次のような杞憂を表明していた。「『土』という樹は、その葉一枚々々が、実に丹念な写生より成り、枝という枝は月日のかゝった観察から縦横に延びて行っている。［中略］仮令長い生命のある樹木でも全く別の場所に移されたらその枝葉のみづ〳〵しさを失うこともあろう。何よりも肝要なことは、その根を大切にしてかゝることだ。土を振い落さないことだ[*64]」。藤村の言葉がしめすように、長塚節『土』は自然主義的な表現のなかに登場人物たちの人格が外部化して自然に溶融している。これに対して伊藤貞助の改作は、勘次・おつぎ・卯平という小作グループと、お内儀さん・高志という地主グループ、そして農民たちの三つの階級・階層に分けて物語化し、行為をとおした性格の表出というドラマツルギーに従った人物の類型化をおこなった。それによって『土』の〈根〉は、勘次が体現する貧困への得体のしれない恐怖と土地所有への我執に体現されたといえる。反面、勘次の一家に対して、農民グループと地主グループの造型は掘り下げが乏しく外在的なままにとどまっている。それは、村落共同体の因習や貧困という問題が、それぞれのグループのあいだで分有されるように、形象化されていないということである。ただしそのなかでも看過できないことは、改作にあたってあらたに創出された地主グループの一人である高志に、農村経済更生運動が創出しようとした「中堅人物」的なリアリティが付与されたことである。貞助が地主制批判の意味をこめたはずのこの中堅人物は、『火山灰地』の雨宮のように土地改革を志すが、農村で孤立しておらず、悲壮な影がない。この意味で、貞助の改作には、明治末期の北関東農村を舞台にした原作に対して、「下からの」再編が進行する一九三〇年代農村の機運が投影している。

農村問題・農業問題の現実に即して考えるならば、〈高志〉という存在が〈勘次〉を、すなわち農民と農村を救済できるかどうかが次の課題となるだろう。そしてそれが『耕地』の主題となる。

『耕地』

『土』発表のあと、『金銭』（一九三八年一一月）の失敗——いみじくもそこで「主題の積極性と戯曲作法《ドラマツルギー》の混乱」が指摘された――を経て、[*65]『耕地』（三幕六場）は一九四〇年八月に『テアトロ』に発表された。この作品はプロレタリア作家・伊藤貞助の転向表明と目されている。実際、追記にこうある。

　私は、ある転向者の生活と精神的発展を通じ、現代の農村を、三部作に描きたいと思って出発しました。『耕地』にもられたものは、その第一部として、支那事変直前の農村の一隅に生きる主人公の、転向史の第一頁であり、苦悩と混乱と動揺の時代です[*66]。

残り二部の構想は「出征」「帰還兵と長期建設の時代」である。ここから、『耕地』が転向文学の形式をもって書かれたことがわかる。ところで先にみたように、貞助は、『金銭』の上演直後、一九三八年一一月の「農民文学懇話会」結成に参加していた。『金銭』では鉱山成金の養子となった農民出身の秀才が株屋に騙されて転落し、落ちのびていく先をもとめて絶望のままに終わる。その後、大病のあと書き下ろしたのが『耕地』であった。資本主義の拝金主義と農村を収奪する都市生活者を批判した『金銭』から『耕地』への転回は劇的である。ここには「農民文学懇話会」結成という出来事が重要な意味をもっているだろう。こうした背景も念頭において読んでいこう。

『耕地』の主人公は左翼農民運動に関与して検挙・起訴され、現在は執行猶予中の身である大畑新吉である。新吉は郷里にもどり「立派な転向者」として、農村青年たちのリーダーと目されている。おりしも農村経済更生運動がすすめられ、更生村・模範村をめざす村長・巡査らは新吉に期待している。さらに農民道場も開設され、農本主義の農民運動も浸透してきている。こうした動向に対して、金山開発をすすめる地主・三宅良太郎、その長男・三宅良一らは小作地返還を小作に要求し、産業組合的な集約的で多角的な農園経営に乗りだそうとしている。三宅は数代前にこの土地に根付いた「新住民」であり、そこにこの農村の歴史性も反映している。新吉は三宅らの経営方針が付随している地主支配の専制的側面と、新吉の父たちをとらえている旦那・地主―小作関係と対抗しながら、中小自小作経営を守ろうとする。新吉の方針は三宅良一らの産業組合的・多角的経営方針では農民たちの農地所有の欲求にこたえられないことから、むしろ農村経済更生運動が掲げる満州移民策に傾きつつある。また、農民道場の側も三宅の改革案の批判においては新吉と共同戦線を張る。

新吉の父・新五郎や地主に土地をとりあげられる貧農たちに、『土』の勘次の人物造型は継承されている。しかし、それらの小作貧農たちの意識とは別に、中心人物・新吉に農村問題・農業問題の解決が期待されるのである。

『土』以来の農民文学の系譜は残しつつも、これは明らかな啓蒙宣伝のための文学である。以下は「農民道場」、「満洲」移民、三宅らの農事改良主義の主張の評価をめぐる、新吉とその友人・丑造が交わすやりとりである。これが啓蒙主義的な討論になっている。

丑造　今の日本は、田畑が少なく人間が多すぎるっちうんだ。……五反百姓ちう名のある通り、農民は生活を立てゝゆくだけの土地を耕すことが出来ねえで困っている。［中略］手っ取り早く言うと、過剰人口、つまり余ってる人間を満洲さ移して、あっちの土地を耕させ、一方内地に残った者にも充分の土地を耕させべえっちうわけなんだ。[*67]

丑造も新吉も農民道場の農本主義的精神には共感している。これに対して、機械化、耕地整理、肥料適否の検査などによる農事改良を主張する三宅らの主張には懐疑的である。むしろ新吉はこういう。

新吉　そりゃ、土地や金のある者にゃ出来る。しかし、一般の百姓に、それだけの力があるが？　さっき、言った「自覚」だけぢゃ駄目だ。「自覚」だけで、機械は買えめえ。[*68]

農民精神を強調する農民道場の主張と対比される、財源的補償のない農事改良と、農民の「自覚」待望論は、『火山灰地』における雨宮の科学主義と合理主義を想起させるだろう。

さらに新吉は、協同組合運動方針を実践するためには、階層横断的で全村が参加する再編が必要であることを示唆する。

新吉　協同組合運動は確かにえゝことだ。だから、おれも一生懸命に力を入れてる。けどな、実は、近頃、疑問が出て来たんだ。……例えば、道路の改修や用水工事、或いは、共同炊事だとか、浴場、託児所を作るって程度なら大体利害が一致してっから旨くいくべ。又、共同販売、共同購入なんぞも、産業組合の利用で、あるとこ迄出来べえ。しかし、農民の共同化から協働作業っちうことになっとでかい限界にぶち当るように思うんだ。〔中略〕もっと広げて、地主も自作も小作も含めるとなりゃ、各々、力が違って来ら……思惑がちがう……[*69]

新吉が自問自答する農業経営と農村内の階層差の矛盾は、そのまま当時の農林省と内務省の対立を引き写している。農林省と内務省の角逐は、「産業自治」と「農村自治」の結合問題として意識されていたが、両省のあいだで農業団体と部落組織の争奪をめぐるかけひきとして展開された。これが決着するのは一九四〇年九月一一日内務省訓令「部落会町内会等整備要領」によって町内会部落会が整備され、「部落を基盤とする隣組を全国的公的組織とすること」が決定してからである。[*70]一九四〇年八月一日付で発表された『耕地』はこうした農政上の議論に主体的に関与しながら構想され、内務省方針を先取りしながら書き下ろされたのである。国策に対するこの積極的な態度を理解するために、「農民文学懇話会」における有馬頼寧の要望と、それに熱く応えた島木健作の一文「国策と農民文学」を置いてみたい。

有馬は一九三八年一一月七日の「懇話会」発足の席上、島木の要請にこたえて、「国策に順応するというよりは、むしろ国策を樹つにあづかる文学」をと発言した。島木はこれに対して、「作家の側からいうならば私達は私達の見解が国策と完全に一致する時に、芸術家として大きな喜びを感じることが出来る」と応じた。そして、「完全無欠な国策などというものはない」「動いてやまぬ現実に即応してそれは絶えず発展の芽を内に感じているべきもの」と敷延し、「発展の芽がどこにあるかを正しく見もし感じもするのが作家の眼であり、批判の眼である」とひきとったのである。[*71]国策への自発的な、それゆえ創造的な関与によってこそ、芸術的欲求と社会的欲求を一致させることができる。それは農村問題の現実という彼岸と文学者の個我という此岸との一致をも意味した。いわば、「政治と文学」論争、社会主義リアリズム論争が国策と総力戦体制の側に反転され、〝解決〟されたのである。そして、『耕地』執筆にあたって貞助の創作態度を規定したのは、こうした国策に認可された文学者の創造性ではなかったかと推定したい。

実際、『耕地』が政策を批判的に先取りする産業自治と農村自治の結合は、農本主義的な理念と自治の精神を統合して国内の余剰農業労働力を「満洲」移民に仕向けるという意味で、まぎれもなく戦時動員体制でもあった。こうして、農村問題・農業問題をめぐって提起されてきた諸案を批判的に検討しつつ、戦時農政への主体的な参与へと議論は仕向けられていく。新吉の「転向者」としての性格付与とそれに起因する優柔不断や慎重な姿勢は、議論を「上から」専制的にではなく、「下から」民主的に構成していくための道具立てである。

しかも、政策に随伴した貞助の文学活動は、実際に郷里・茨城県笠間町（現・笠間市）の農村運動への関与につながる。大畑新吉のモデルには、伊藤貞助自身の経験が投影されていると思われるが、定かではない。[*72] 地主・三宅が開発する鉱山とは笠間町に隣接する高取鉱山と茨城県北部の栃原鉱山がモデルであると推定できる。また、作品中の農民道場は一九三四年一一月二四日に同県東茨城郡長岡村に創立された茨城県立農民道場を指す。[*73] 農民道場とは農村経済更生運動の担い手＝「農山漁村中堅人物」を養成するために全国二九府県に建設された修錬道場（農民道場）である（同時に漁村修錬場、山村修錬が創設された）。農民道場はもともとデンマーク農業にならった国民高等学校運動を念頭に置き、とりわけ「農村中堅人物養成施設」として計画された。[*74] 国民高等学校運動の中心は一九二六年に加藤完治（寛治）を校長に、東茨城郡内原に開校した日本国民高等学校である。しかし、「満洲」移民に関していえば、一九三七年の農村更生協会『土地人口調整対策に関する茨城四郡農村調査（第一回）』の調査では、茨城県全体でも不人気であった。[*75] しかし注意を引くのは、笠間町周辺では三―四〇名の希望者を数え、県内で群を抜いていたことである。

笠間町は昭和恐慌期による窮乏が激しかった茨城県西部の畑作・養蚕地帯に該当するが、一九三一年の笠間義士会設立からはじまる運動の結果、西茨城郡の北山内村と七会村が分村指定村となった。一九四二年七月に結成された第一次先遣隊一〇人の構成員のうち農業は三人だけである。他七人は大工職、呉服職、豆腐製造業、瓦製造業、無職であり、第二次先遣隊も一〇名中農業は五名、それ以外は鍛冶職、建具職、古物商、石工職、無職であった。この時点で移民の中心は農業とともに戦時統制で転廃業を余儀なくされた中小商工業者層であった。[*76] なお団員総計は一三八人に達したが、帰還を果たしたのは約三分の一であった。

さて、「満洲」移民政策の理想と残酷な現実は北関東のこの村の歴史にも見事にあらわれている。そして『耕地』は農村再編の切迫性から、その理念に少しずつ接近していく。雨宮昭一の言葉を借りれば、ここに、総力戦体制期の「旧中間層の自己革新」という定式にあらわされた事態が該当するだろう。[*77] それは同時期に植民地朝鮮における村落においても、「中堅人物養成」と文化運動による組織化をもって進行していたプロセスであった。[*78]

しかも、この自己革新プロセスをなだらかな変化の過程として理解してはならない。物語の最後に、新吉はそれまでの傍観的で調停的な態度を改める。他の農民たちから地主の内通者と思われ、憤慨して地主・三宅の小作地買収を撤回させるために地主宅に乗り込み、銃をもって妨害しようとした三宅良一の弟・清二を突き飛ばす。

清二　恩を仇で返す犬畜生っちのは、手前のこったど…高が小作の倅のくせしやがって！／**新吉**　フン、鍬一つ掴んだことのねえお前らに、なにがわがる。

さらに次は新吉の変貌に驚いてかけつけた巡査とのやりとりである。

大木巡査　今迄苦労したことも水の泡だぞ。／**良一**　ぼくも……そう思うんだが。／**新吉**　（キッとしてふり向き、落ちている銃を指さし）旦那、鉄砲向けられた時、逃げる余地がありゃ、誰も逃げやんす。しかし、どうでも駄目だら、それ叩き落すしかありやんすめえ。

そして、執行猶予の身でありながらこうした暴力をふるった新吉に対して、大木巡査は「親爺がこと」を引き合いにし、家族への罪責感を想起させようとするが、

新吉　だって……こうおつゝめられちゃ、どうしようもねえぢゃねえげ……？　どっち向いたって、俺ら、ぶっ叩かれんだ。……俺ら、もう、自分でえゝと思った通りに進んで行くことにきめた。……今迄だって俺ら、自分のためぢゃねえ、村をよくしようと思って、全力をぶち込

んで来たんだ……。[*79]

忍耐のあとに感情の爆発をもって物語のクライマックスを構成するのは、『土』の勘次の場合と同じである。ここでもまた静から動への変化がスムーズではないが、しかし、新吉が勘次と異なるのは、その怒りが新吉の人間関係のあいだで分有されていることである。そして、この怒りは巡査との蜜月的な関係をいったんは白紙にもどす。それによって、産業自治と農村自治の統一に心を配ってきた新吉という人物は、その擬制から一瞬、距離を置くのである。むろんこのことは擬制そのものの暴露にいたらないし、戦時再編は新吉の自覚を介して再びすすめられることになるだろう。その意味で新吉の爆発は自己革新の頂点である。これを貞助のドラマツルギーに照らして考えてみよう。

ここで重要なことは、貞助が、登場人物たちの葛藤とその表出という行為をとおして、新吉に創発的な契機を付与していることである。葛藤とその爆発を介して、農民たちは自らを個性化・主体化するのである。これによって、新吉の爆発が、この農民の主体化＝自己革新過程のための契機だったことがわかるだろう。そしてこの創発性の獲得が、農村再編のプロセスと重ね合わされているのである。

ここから、貞助の関心は、久保栄のように日本農業の問題性を総合的に描き、暴くことではなく、「半封建性」に埋没している農民存在を、その埋没から救出することにあったことがわかる。それはまた次のことを意味する。対象としての農民存在に対して自己革新を働きかけるのである。それは表現者が表現対象に客観的に立ち会うだけのかかわりを超える。このかかわりは文学の形式の洗練による詩的誇張ではなく、歴史的現実と主体の枠組みそのものを革新する実践的態度である。ここに貞助が把握したリアリズム論の創発的で遂行的な性格がある。いいかえれば、貞助が方法論としてのリアリズムをその創発的次元において把握していることを意味する。それは戦時期農村再編への主体的な応答であった。ここに国家のポリティクスと表現行為は遂行の次元で同期《シンクロ》している。

ここで、これまでの分析をふまえて、『耕地』の性格について、転向文学との関係から整理しておこう。この作品が転向文学の形式を踏襲しているかぎり、その形式との異同がこの作品を評価する適切な基準だからである。

転向文学は、中野重治、林房雄、亀井勝一郎がそうであったように、「家」との闘いの文学的伝統をふまえているため、ただちに日本的家族主義や郷土への美的幻想と同一化しない。それが政治的転向との相違でもある。[*80] また転向者は家族への罪責感にさいなまれ、「帰属喪失者」としてあらわれる。[*81] そうした喪失経験という回路を通って、日本的自然の美化、〈原郷〉への回帰が生まれる。

この形式からみたとき、転向者としての新吉は、家制度との関係、村落共同体との関係、農本主義との関係のいずれからも距離を置いてあらわれる「帰属喪失者」である。ただし中野重治の転向文学における登場人物と異なるのは、新吉は、「日本封建制の錯綜した土壌」に立ち向かう自立した主体というよりも、*82 自立した農民になろうとする点にある。その際、農民という階級・階層的性格を離れての主体性や自立性はない。ただしまたその立場は農民階層の特殊性に依拠した、農民文学への同一化でもない。新吉の躊躇は、農民との分離と、そのうえでの重ね合わせを含意している。この意味で、貞助はプロレタリア文学と転向文学を経由した主体としての農民の創出をめざしているのである。そして、このような人物の形象化に固執した点において、伊藤貞助はリアリズム論の系譜につらなっているといっていい。それは「大衆の生活と闘争との接触」だけを指標とした、あくまで差異論的で関係主義的な戦略——系（corollary）——であり、主題や様式、形式の自立性については二義的な態度を保持することなのである。そこで期待されているのは、あくまでその読み手・観客が主体へと生まれ変わることなのだ。大衆であると同時に作者・作り手であること。農民であると同時に創発的な主体であること。新吉と勘次はそうした形象である。プロレタリア文学を経由することによって、貞助はリアリズムの創発的次元に触れることが可能となったのである。

こうして貞助は総力戦体制下において農民文学者としての活動の場を得た。しかしそうした国策文学の隆盛の瞬間は、プロレタリア演劇運動が終止符を打たれたときでもある。『耕地』発表の月である、一九四〇年八月一九日、新協劇団、新築地劇団に即時解散命令が出され、劇団員三〇名、後援会員もふくめて総勢八〇名が検挙された。久保栄もそのなかにいたのである。

5　おわりに——残された課題

本稿では、社会主義リアリズム論争を契機として、リアリズム論が農民問題・農村問題にもちこまれることで生成した問題領域について論じてきた。一九三〇年代の農村再編とはそのようなアリーナであった。最後に、この問題領域にかかわる残された論点を提起しておきたい。

伊藤貞助は敗戦後、日本共産党に入党するとともに、一九四七年までの短い期間に北関東の農村や労働争議に素材を得た啓蒙的な作品を残し、日本移動演劇連盟理事も兼任した。[*83] 久保栄との直接的な接点はみいだされないが、久保の弟子・真田与四男（一九一〇―一九七九）、のちの大垣肇は、戦後、文化座のために長塚節『土』を脚色するが、その原本は貞助版『土』であった。[*84] 当然ながらそこには〝高志〟も登場する。[*85]

文化座の上演もふくめて、『土』には戦前・戦後をつなぐ文化史がある。栃木県出身の漫画家・彫刻家・版画家であり、演劇運動にもかかわった鈴木賢二（一九〇八―一九八七）は、一九三七年の伊藤貞助脚色『土』上演に際して、長塚節・勘次・おつぎの胸像彫刻「土」三部作を作成し、帝展第三部会に出品している。[*86] またこの当時、映画監督の内田吐夢は『土』の映画化を、鈴木賢二らの協力のもとにすすめていた（完成・公開は一九三九年）。当時、内田吐夢は伊藤貞助脚本の『土』上演に際して一文を寄せている。[*87] 伊藤貞助、内田吐夢、鈴木賢二は『土』につらなる人脈を構成している。

鈴木賢二は戦後、日本美術会北関東支部を組織するとともに、日本版画運動協会を結成する滝平二郎や新居広治らと一緒に『土』の版画化を計画している。[*88] こうして、戦前・戦後の民衆文化運動の最盛期に、『土』は参照点のひとつであった。長塚節の原作が開示した問題領域は、農民運動と農村問題の歴史的文脈を形成し、私たちの無意識下で呻いていることを意味している。さらにこの文脈には、貞助の改作では後景に退けられている『土』の土俗的・民俗的な諸形象という問題が存在する。[*89] 鈴木賢二は一九三四年に帰郷した後、郷里の栃木県下都賀で「下都賀工芸同好会」を設立し同好の士を募る一方、郷土玩具の発案・制作をおこなっている。[*90] 鈴木賢二は一九一九年にプロレタリア美術同盟書記長のときから民俗学者・橋浦泰雄（当時はナップ中央委員長）の知己でもあった。[*91] プロレタリア文化運動・美術運動と民俗学的実践との関係というテーマがここですえられなければならない。[*92]

また、リアリズムという方法論の限界も考えなければならないだろう。本稿で分析した伊藤貞助の作品群がしめすように、方法論としてのリアリズムは、それだけでは国家主義から自由であるわけではない。だがまた、リアリズムが提起する、大衆の生活と闘争への固執という姿勢——そしてそれによってみいだされる創発性の次元——を無視してもならないのだ。これにかかわって、農村問題および農民問題についての表現を戦後まで見通したとき、小川プロ『千年刻みの日時計』（一九八七年）とそれに先行する牧野村シリーズは決定的な意義を持っているだろう。山形県上山市牧野を舞台に、土壌改良、凶作、民俗と伝承、出征、そして歴史的記憶としての五巴徒党一揆の掘り起こし（農民自身による再演）がドキュメンタリーとフィクションから構成される。それはいってみれば「日本農業の特質の概括化」の試みのひとつであり、『火山灰地』が提示した問題意識を継承した試みである。同時に、表現対象や観客を作り手・表現者に変える実践であるという意味で、プロレタリア文化運動の後継者でもある。

ただし、これはすでに新たな枠組みの設定が必要であろう。さらに検討されるべき農民文学、また多くの農民・農村を対象とした表現がある。本稿はそうした主題の一端を扱い、ひとつの視座を提示したにすぎない。

註

＊1　神山茂夫「解説」伊藤貞助『日本プロレタリア文学大系　土』（青木書店、一九五三年）、一八三頁（強調は引用者）。また奈良達雄『歴史のなかの文学』（青龍社、二〇〇一年）も伊藤貞助の生涯と作品を紹介している。なお以下、引用にあたっては、旧漢字は常用漢字に、歴史的仮名遣いは現代仮名遣いにそれぞれ改めた。

＊2　同右。

＊3　「農民文学懇話会」は一九三八年一〇月に農相・有馬頼寧の肝煎りで「「土の文学」動員」と銘打って組織された。そこには島木健作をはじめとした転向経験を経たプロレタリア作家と、反マルクス主義・農民自治主義を掲げてプロレタリア文学に対立していた犬田卯らの農民文芸会とが共同で参画した。伊藤貞助は一九三八年一一月の発足時から「農民文学懇話会」の会員であった。佐賀郁朗『受難の昭和農民文学伊藤永之介と丸山義二、和田伝』（日本経済評論社、二〇〇三年）六五―七四頁。なお『会館芸術』一九三九年五月号所収の犬田卯「国策農民文学私観」、和田傳「銃後と土の文学」らの文章も参照。

＊4　「「土の文学」動員　有馬農相、作家と懇談」東京朝日新聞、一九三八年九月一〇日付。ここには久保栄は写真入りで掲載され、懇談会参加予定者としてあげられているが、「農民文学懇話会」会員名簿に久保の名前はない。

＊5　中村光夫・臼井吉見・平野謙『現代日本文学全集　別巻一　現代日本文学史』（筑摩書房、一九五九年）

四四八―四四九頁。

＊6　望月哲男「社会主義リアリズム論の現在」小森陽一編『岩波講座　文学一〇　政治への挑戦』（岩波書店、二〇〇三年）九三頁。

＊7　『ソヴェート同盟に於ける創作方法の再討議・社会主義リアリズムの問題』外村史郎訳（一九三三年九月、文化集団社）。なお前掲望月哲男論文の新訳も参照。前掲、望月哲男、九四頁。

＊8　同右、望月哲男。

＊9　一九三〇年代当時のソ連内部の議論と研究については前掲望月論文の紹介が詳しい。また、日本でも岡澤秀虎著『岩波講座世界文学　現代文学の諸傾向評論　文学の方法とスタイルに関する論争　社会主義的リアリズムと革命的ロマンチシズム』（岩波書店、一九三三年一二月）が当時のソ連内部の議論をいち早く紹介していた。

＊10　熊澤復六編訳『リアリズム論争』（清和書店、一九三八年）。

＊11　内田巌編訳『絵画は何処へ行く』（三一書房、一九五二年）所収の内田巌の序文、第一討論（一九三六年）のアンドレ・ドラン、ルイ・アラゴン、およびアンドレ・スティールの「フージュロン論　革命運動としての絵画」（一九五一年）を参照。

＊12　蔵原惟人・江川卓編訳『リアリズム研究』（白揚社、一九四九年）、アナスタシエフ『社会主義リアリズムの歴史と方法　形式主義と闘うモスクワ芸術座』泉三太郎訳（未來社、一九五四年）、松田道雄『社会主義リアリズム』（三一書房、一九五八年）など。さらに前掲『絵画は何処へ行く』（三一書房、一九五二

年）は、一九三六年パリで開催された討論（「文化の家」の画家彫刻家協会によって主催された二つの討論）である「リアリズムとは何か」を収録しており、当時の「社会主義リアリズム」論受容とリアリズム論の水準を知る上で参考になる。

＊13 『美術運動』二七号（一九五二年五月一日）、また金倉義慧『画家　大月源二　あるプロレタリア画家の生涯』（創風社、二〇〇〇年）一七四―一九〇頁、井上佳枝「久保栄の戦中・戦後　『林檎園日記』再論（中）」早稲田大学文学部演劇研究室『演劇学』二二号（一九八一年）四六―四八頁。

＊14 戦後美術におけるリアリズムの実践については、名古屋市美術館『戦後日本のリアリズム一九四五―一九六〇』（一九九八年）が、一九世紀リアリズムから社会主義リアリズムまでふくめた定義と、戦後日本絵画の作品を収録しており、参考になる。また、表現者によるその当時のリアリズム論争についての証言として、桂川寛『廃墟の前衛　回想の戦後美術』（一葉社、二〇〇四年）とりわけ第Ⅲ部を参照。

＊15 本稿でいう農村再編期は、農業恐慌期と農村経済更生中央委員会の解散［一九三二年九月―三八年一二月］までとする。

＊16 本多秋五「久保栄と社会主義リアリズム」『久保栄全集』第六巻（三一書房、一九六二年）所収。

＊17 「社会主義リアリズム論批判」『吉本隆明全著作集』第四巻（勁草書房、一九六九年）所収。（初出は『現代批評』一九五九年一一月）。

＊18 森山重雄「社会主義リアリズム論争」『日本文学』一四号（一九七五年四月）。

＊19 森山重雄『日本マルクス主義文学　文学としての革命と転向』（三一書房、一九七七年）。

＊20　同右『文学としての革命と転向』二四五―二四六頁。
＊21　『亀井勝一郎全集』第一巻（講談社、一九七三年）二二一―三二一頁。
＊22　前掲、神山茂夫「解説」一五八―一六二頁。
＊23　平野謙・小田切秀雄・山本健吉編『現代日本文学論争史』中巻（未來社、二〇〇六年〔元本は一九五七年〕）三〇三―三〇四頁。
＊24　『やあ諸君』第一号（一九三五年一月）一九頁。
＊25　前掲、森山「社会主義リアリズム論争」三五頁。
＊26　久保栄「社会主義リアリズムと革命的（反資本主義）リアリズム　前者の中野・森山的歪曲に対して」、前掲『現代日本文学論争史』中巻、三三四頁。
＊27　久保栄「プロレタリア演劇運動の国際的連帯　ＩＡＴＢ（国際労働者演劇同盟）の設立を中心に」「資本主義諸国における労働者演劇の昂揚」（一九三一年）「労働者演劇同盟第一回拡大プレナム会議議事録（翻訳）」（一九三一年）『久保栄全集』第五巻（三一書房、一九六二年）所収。
＊28　久保「左翼劇場の「生きた新聞」」、前掲、『久保栄全集』第五巻所収。
＊29　前掲、久保「社会主義リアリズムと革命的（反資本主義）リアリズム」三三〇―三三一頁。
＊30　前掲、森山「社会主義リアリズム論争」三二一頁。
＊31　前掲、久保「社会主義リアリズムと革命的（反資本主義）リアリズム」三四〇―三四二頁。
＊32　同右、三四二頁。

＊33　『久保栄全集』第六巻、一七二―一七三頁。
＊34　同右、四七〇頁。
＊35　スタニスラフスキーその人の方法論はコンスタンチン・スタニスラフスキー『俳優の仕事　俳優教育システム』上・下、岩田貴・堀江新二・浦雅春・安達紀子訳（未來社、二〇〇八年）を参照。また、久保が『火山灰地』演技部に課した俳優教育については、久保「火山灰地書簡集」『久保栄全集』第六巻所収、を参照。また、宇野重吉「『火山灰地』の思い出」、劇団民芸「火山灰地」評論・資料刊行委員会編『「火山灰地」評論・資料』（劇団民芸、一九六三年）所収。
＊36　久保栄「火山灰地書簡集」『久保栄全集』第六巻、二七四―二七五頁。
＊37　久板栄二郎「リアリズムに就いて　問題を具体的に」『テアトロ』一九三六年七月号一五頁。大笹吉雄『日本現代演劇史』昭和戦中篇Ⅰ（白水社、一九九三年）三七八―三七九頁。
＊38　このことは、宮本百合子・中野重治の文学の方向と、農民文学・生産文学の方向という、両極に対する批判から推定できる。一九三九年一〇月二二日の日記を参照する。「借りてきた中央公論の「杉垣」（宮本百合子作――引用者注）をよみ、失望する。先日「汽車のなか」（中野重治作――引用者注）に失望し、今また「杉垣」にあきたらないものを感じる。［中略］農民文学、生産文学、等にたいするアンチテーゼは、彼らの生活環境からは出て来ないことを、如実に痛感する」、前掲『久保栄全集』第六巻、五〇四頁。また、井上芳枝「久保栄の戦中・戦後――『林檎園日記』再論（上）」早稲田大学文学部演劇研究室『演劇学』一九号（一九七八年）、四八―四九頁。

＊39　グループの分類については、井上芳枝「久保栄序説――『火山灰地』における「日本農業の特質の概括化」について」早稲田大学文学部演劇研究室『演劇学』一四号（一九七三年三月）を参照。
＊40　井上佳枝「『火山灰地』試論　雨宮悲劇が語るもの」『悲劇喜劇』三七巻八号（一九八四年）を参照。
＊41　前掲、久保栄「火山灰地書簡集」『久保栄全集』第六巻、二五六頁。また、十勝郷土研究会・新十勝史編集委員会編『新十勝史』（十勝毎日新聞社、一九九一年）三九九頁。
＊42　森武麿『戦時日本農村社会の研究』（東京大学出版会、一九九九年）一八一―一八五頁。
＊43　『北海道農業発達史Ⅰ』（中央公論事業出版、一九六三年）八五一―八五二頁。
＊44　前掲、森武麿『戦時日本農村社会の研究』一九一頁。また、大竹啓介『石黒忠篤の農政思想』（農山漁村文化協会、一九八四年）九―一一頁。
＊45　前掲『北海道農業発達史Ⅰ』八五六―八五八頁。また、栗原百寿『日本農業の発達構造』（日本評論社、一九四九年）二五〇頁。
＊46　駒井ツタのジェンダー的性格についての分析は、井上理恵「『火山灰地』の女たち」『久保栄の世界』（社会評論社、一九八九年）六一―七〇頁。
＊47　久保栄『火山灰地』『久保全』第三巻、二六〇頁。
＊48　この点で、野間宏が、『火山灰地』の登場人物たちが土地・生物・生産についての変革の論理を分有し、それが雨宮の自覚に統一されているという評価には異議を申し立てたい。野間はいう。「雨宮の自覚そのもののなかに、雨宮個人の自覚、泉治郎の自覚、市橋の自覚、などすべての農民の自覚が集められて行く」。

また、（雨宮はその自覚のもとに）「土と生物の論理と生産の論理を統一することによって変革する農民の自覚を自分のものとする」」。野間宏「『火山灰地』創造をめぐる状況」『野間宏全集』（筑摩書房、一九七〇年）第一七巻、四七一―四七二頁。

＊49　製炭業とその再生産構造の類型については、古島敏雄「木炭の生産と流通（概括と問題の所在）」『古島敏雄著作集』第七巻（東京大学出版会、一九八三年）二三五―二八三頁を参照した。

＊50　検閲を回避するために久保が「出征兵士」を「満州移民」に置き換えたことや、治郎の入営を「上川に勤めに行く」として表現したことなど、戦時の国家意思が投影しているのは事実である。前掲、大笹吉雄『日本現代演劇史』四四二頁。

＊51　坂下明彦「農村再編政策と農事実行組合　戦間期北海道の分析」『北海道大学農経論叢第三八集』（一九八二年）、同「「農事実行組合型」農村再編の展開構造」『北海道大学農経論叢第三九集』（一九八三年）。また、玉真之介・坂下明彦「北海道農法の成立過程」桑原真人編『北海道の研究　第六巻　近・現代篇Ⅱ』（清文堂、一九八三年）所収。

＊52　黒崎八洲次良「昭和戦前期における農事実行組合について」『村落社会研究』第二二集（御茶の水書房一九八六年）一六一―一八二頁。

＊53　同右、一七四頁。

＊54　前掲『新十勝史』三四七頁。

＊55　久保栄「『のぼり窯』あとがき」『久保栄全集』第七巻、三〇七頁。

＊56　この問題の視角から、雨宮の立場にみる「現下に生きる生き方の正しい戯曲的回答」という位置づけとその成否を考察し、井上芳枝は久保の「不完全燃焼」を指摘している。井上芳枝「久保栄序説　『火山灰地』における「日本農業の特質の概括化」について」早稲田大学文学部演劇研究室『演劇学』一四号（一九七三年三月）三二頁。

＊57　これら二つの改作ポイントとともに考えなければならないのは、原作で象徴的な意味をもつ、旅芸人であり行商である「飴売り女」とその歌という民俗的形象が、貞助の改作では背景に追いやられた点である。これは貞助の啓蒙主義ともかかわるとおもわれるが、『土』の文化史的理解の文脈からは重要な意味を持つ。実際、農民文学の第一人者であった犬田卯は一九二五年一二月の長塚節追悼文で「飴売り女」に言及している（『新小節』第一二号、一九二五年一二月三〇日）。こうした問題についてはあらためて検討したい。

＊58　『月刊新築地劇団』第一四号（一九三七年一一月一日）。

＊59　前掲、大笹吉雄『現代日本演劇史』二〇四―二〇五頁。

＊60　伊藤貞助『土』五八頁。

＊61　同右、一一九―一二〇頁。

＊62　同右、一二三―一二四頁。

＊63　同右、七六―七七頁。

＊64　『月刊新築地劇団』第一六号（一九三八年一月一日）。

＊65 『月刊新築地劇団』第二四号（一九三八年一〇月一日）二頁。
＊66 『テアトロ』一九四〇年七・八月合併号、一〇五頁。
＊67 伊藤貞助『耕地』、『テアトロ』一九四〇年七・八月合併号、二八頁。
＊68 同右、三〇頁。
＊69 同右、三一頁。
＊70 大霞会『内務省史』第二巻（一九八〇年）五〇九―五三〇頁。
＊71 島木健作「国策と農民文学」『島木健作全集』第一四巻（国書刊行会、一九八〇年）一四一―一四二頁。
＊72 伊藤貞助は一九三五年に東京で検挙起訴されているが、「七、八〇日」で釈放された（前掲、神山茂夫「解説」一七〇頁）。その後の検挙歴はない。また、茨城県の戦前共産主義運動・農民運動の基礎文献である羽田邦三郎『茨城県共産主義運動史』上・下（崙書房、一九七七年）、菊地重作『茨城県農民運動史』（風濤社、一九七三年）には「伊藤貞」（貞助）の名前はない。
＊73 『農山漁村中堅人物養成施設に関する調査　修錬農場・漁村修錬場・山村修錬場』（農林省経済更生部、一九三九年一〇月）一二七―一三四頁。
＊74 野本京子『戦前期ペザンティズムの系譜　農本主義の再検討』（日本経済評論社、一九九九年）第六章第四節を参照。
＊75 同調査では、満州移民「必要なし」が三七パーセントを占める。特に農会長、農業技術員において「必要なし」は過半数を超えていた。茨城県史編集委員会『茨城県史　近現代編』（一九八四年）六一一頁。

＊76　前掲『茨城県史　近現代編』六一四頁。また、笠間満州会『笠間満州分村誌』（筑波書林、一九八一年）、前崎章一『飢と泥　笠間満州分村生還団員の手記』（筑波書林、一九八一年）。
＊77　雨宮昭一「既成勢力の自己革新とグライヒシャルトゥング」山之内靖・ヴィクター・コシュマン・成田龍一編『総力戦と現代化』（柏書房、一九九五年）、また、同『総力戦体制と地域自治　既成勢力の自己革新と市町村の政治』（青木書店、一九九九年）を参照。
＊78　松本武祝『植民地権力と朝鮮農民』（社会評論社、一九九八年）とりわけ第五章および第六章を参照。
＊79　前掲『耕地』一〇三―一〇四頁。
＊80　前掲、森山重雄『文学としての革命と転向』二四八―二四九頁。
＊81　同右、二四九頁。
＊82　吉本隆明「転向論」『戦後日本思想大系一三　戦後文学の思想』（筑摩書房、一九六九年）所収、一九四頁。
＊83　前掲、神山茂夫「解説」一八七―一九一頁。
＊84　真田＝大垣の父は佐藤紅緑で、一九三七年頃の自由ヶ丘芸術グループと親交があった。前掲、井上佳枝「久保栄の戦中・戦後（中）」四七―四八頁。
＊85　ただし、文化座の『土』はその後、秋浜悟史の脚本によって再改作された（一九九三年）。秋浜版の脚本では舞台にコロスが配され、そこで歌われる「飴売り女」の歌が劇の基調となっている。
＊86　『月刊新築地劇団』第二四号（一九三八年一〇月一日）三頁。

＊87　『月刊新築地劇団』第一五号（一九三七年一一月一日）一頁。
＊88　北関東の風土のなかの美術運動・文化運動における長塚節『土』が占める位置については、すでに、竹山博彦「戦後の版画運動と北関東の風土」栃木県立美術館『野に叫ぶ人々　北関東の戦後版画運動』（二〇〇〇年）所収、が指摘している。なお、山形洋一『長塚節「土」の世界　写生派歌人の長篇小説による明治農村百科』（未知谷、二〇一〇年）は『土』の世界に数量的アプローチを試みている。機会をあらためて検討したい。
＊89　＊57を参照。
＊90　鈴木賢二研究会『生誕一〇〇年記念　鈴木賢二作品集　時代を彫刻む』（鈴木賢二版画館　如輪房、二〇〇七年）「略年譜」を参照。
＊91　鶴見太郎『橋浦泰雄伝　柳田学の大いなる伴走者』（晶文社、二〇〇〇年）一〇二—一〇三頁。
＊92　日本の土俗性・土着性という問題領域は、一九五〇年代初頭に日本共産党の山村工作隊の作家・美術家が地域社会で遭遇した課題でもあった。これは桂川寛ら青年美術家連合と前衛美術会が開催した一九五三年六月の「ニッポン展」の主題となる。桂川寛「フージュロンの問題」、前掲『廃墟のなかの前衛』一五三—二六六頁、二七六頁。

初出一覧

「序文」（『リプレーザ』第Ⅱ期第二号、原題「移民の子どもたちとその行方」、ただし、収録にあたって全面的に改稿し、大幅に加筆した）。

Ⅰ

「表出と抵抗――吉本隆明〈表出〉論についての省察」（『現代思想』二〇〇二年九月号、原題「欲望の戦後的形象――吉本隆明における〈表出〉論について」、ただし、収録にあたって全面的に改稿した）。

「〈意志〉の思考――一九七八年、ミシェル・フーコーと吉本隆明との対話」（『現代思想　総特集＝フーコー』二〇〇三年一二月臨時増刊号）。

「『論註と喩』――反転＝革命の弁証法」（『現代思想　総特集＝吉本隆明』二〇〇八年八月臨時増刊号）。

Ⅱ

「中上健次と戦後部落問題」（『現代思想』二〇〇一年九月号、ただし、Tomotsune, Tsutomu, Nakagami Kenji

and the Buraku issue in post war Japan, *Inter-Asia Cultural Studies*,2003. vol.4-3, 2003. をもとに全面的に改稿した)。
「〈路地〉とポルノグラフィの生理学的政治」(『文藝別冊　中上健次』二〇〇二年八月号)。

Ⅲ

「アジア全体にあらわれている疲労という感覚——賈樟柯《ジャジャンクー》『長江哀歌《エレジー》』の映像言語」(東京外国語大学海外事情研究所『クァドランテ　地域・文化・位置のための総合雑誌』第九号、二〇〇七年、原題「この時代の疲労と歓喜——賈樟柯『三峡好人』の映像言語」)

「震災経験の拡張に向けて」(『現代思想　総特集＝チベット騒乱』二〇〇八年七月臨時増刊号)。

「街道の悪徒たち——『国道二〇号線』の空間論と習俗論」(『リプレーザ』八号、二〇〇九年)。

Ⅳ

「ある想念の系譜——鹿島開発と柳町光男『さらば愛しき大地』」(東京外国語大学海外事情研究所『クァドランテ　地域・文化・位置のための総合雑誌』第一〇号、二〇〇八年)。

「一九三〇年代農村再編とリアリズム論争——久保栄と伊藤貞助の作品を中心に」(東京外国語大学海外事情研究所『クァドランテ　地域・文化・位置のための総合雑誌』第一一号、二〇〇九年)。

あとがき

本書に収録した論文のなかで、「中上健次と戦後部落問題」がいちばん最初に書いたものである（二〇〇一年）。この論文は、私自身が学生時代からかかわってきた部落問題における戦後責任や戦後日本国家との関係について、自分に嘘をついていないかと自問しながら、それなりに意を決して書いたつもりであった。論文の出来はともかく、誰もが当事者であり加害者であることを免れなくなるという、国家が本質的に備える排外主義や暴力について書いてしまうと、それは自分の生き方にはねかえる。本書の各論稿がいささか自分を問うスタイルに傾きがちなのは、一連の論考の出発点に規定されている。

この夏、旧稿をリライトしていた七月の末に、一年近く続いた死刑執行の停止状態が破られ、ふたりの死刑囚の刑が執行された。法務大臣は一年前の政権交代とともに就任した、「死刑廃止を推進する議員連盟」に加盟していることで知られていた議員であったが、法相はその執行と引き換えに一部マスコミへの刑場の公開をおこなった。それは国家の暴力の極限にたちあったものが、その体験に耐え切れず発した怖れと慄きの表れではなかったかと思う。「国家の無化」の展望を思いつかないかぎり、その悪夢は続く。死刑執行という事件につりあいのとれる話ではないことを承知でいえば、私も「国家の無化」の条件を考えつづけないかぎり、国家の排外主義や暴力に加担してしまっているという自縛からは逃れられないだろう。

以文社の前瀬宗祐さんに、そろそろ本を出しましょうといわれたとき、私の原稿はどれも対象領域や主題がばらばらで、とてもひとつのテーマのもとにまとめられるようにはみえなかった。はじめ、吉本隆明について書くことは本居宣長について書くことと表裏一体であった。というより、その土地に生まれたものは「おのずから」その国の臣民となるという宣長の強固に循環的な論理からの出口を探すための模索であった（宣長については、『始原と反復——本居宣長における言葉という問題』三元社、二〇〇七年、として上梓）。そこからいくどとなく紆余曲折と変節はあったが、中上や吉本について書いた旧稿は常に私を出発点に引き戻した。そのような忸怩たる状況から、一書としての構想が熟すまで、私が気持ちの整理をつけるのをまってくれたのは、前瀬さんの忍耐である。そして前瀬さんを介していくつかの新たな、しかし必然的な出会いを経験して、時代に対する問いかけを何とかかたちにし、最後に本書の表題をつけたとき、私は——私たちは——はひとつの山を越えたのだと思う。

さて、こうした協働作業につきあっていただいた前瀬さんにはとにかく感謝の言葉もない。『現代思想』時代から、常に私に発表の場を設けてくれた、その恩義にいくらかでも報いることができただろうか。それから、そもそもの始まりであった『現代思想』編集長の池上善彦さんにも感謝の言葉を。本書の直接の出自は、いまや国境をこえる文化活動家である池上さんと組織した吉本隆明読書会である（さらに、文化工作研究会、『美術運動』を読む会と続く）。厦門大学外文学院と、現在の職場である東京外国語大学の先生がたと学生たちにも感謝したい。ここに収録した論文のいくつかはそれぞれの大学の授業でテストランを試み、そこでの反応をうけとりながら仕上げられたものである。また、論文掲載のときに下読みと校正に骨を折ってくれた東京外国語大学海外事情研究所『クァドランテ』の編集スタッフにも心から感謝したい。

最後に、本当に必要なときにはちゃんと手を差しのべてくれる先生・先輩・仲間たちに感謝したい。私には及ばない多くの才能のおかげで本書はとにもかくにも成就した。もちろんすべての責任は私にある。

二〇一〇年九月六日

友常　勉

著者紹介

友常勉

(ともつね・つとむ)

1964年生．法政大学文学部卒，東京外国語大学博士後期課程中退，博士(学術)．日本思想史．厦門大学外文学院講師，東京外国語大学非常勤講師などを経て，現在，東京外国語大学国際日本研究センター専任講師．著作に『始原と反復――本居宣長における言葉という問題』(三元社)．訳書に李子雲・陳恵芬・成平『チャイナ・ガールの1世紀――女性たちの写真が語るもうひとつの中国史』(葉柳青と共訳、三元社)．

脱構成的叛乱

吉本隆明，中上健次，ジャ·ジャンクー

著　者　友常勉

2010年10月15日初版第1刷発行

装　幀　市川衣梨

発行者　勝股光政

発行所　以文社

〒101-0051　東京都千代田区神田神保町2-7

TEL 03-6272-6536

FAX 03-6272-6538

http://www.ibunsha.co.jp

印刷·製本　シナノ書籍印刷

ISBN 978-4-7531-0282-2

既刊書から

ジャ・ジャンクー「映画」「時代」「中国」を語る
ジャ・ジャンクー　丸川哲史・佐藤賢訳
2009年刊　A5判288頁・3360円　ISBN978-4-7531-0274-7
世界の映画賞を独占する最先端映画監督にして中国文化界のオピニオン・リーダーである賈樟柯《ジャジャンクー》が、全自作を詳細に語り、文化とグローバリゼーションの未来を見通す。

魯迅と毛沢東——中国革命とモダニティ
丸川哲史
2010年刊　四六判320頁・2940円　ISBN974-7531-0278-5
経済的発展と社会的矛盾が同居する中国で、いま熱烈に読み直されている文学者と政治家。この二人の思想と実践を軸に中国の近代化の意味と知識人が果たすべき役割を問う。

原子力都市
矢部史郎
2010年刊　四六判192頁・1680円　ISBN974-7531-0276-1
「鉄の時代」のつぎにあらわれた「原子の時代」の都市論とはなにか？　気鋭の思想家が日本各地の都市を自らの足で歩くなかで描き出した、まったく新しい日本地理。

死にゆく都市、回帰する巷——ニューヨークとその彼方
高祖岩三郎
2010年刊　四六判208頁・1995円　ISBN978-4-7531-0279-2
ＮＹを拠点にし執筆活動を続ける著者による初のエッセイ集。都市のモデルたる役目を終えつつあるＮＹから、さまざまな「出来事」を眼差し、新たなる都市のあり方を探る。

VOL 04
特集＝都市への権利／モビライゼーション
VOLコレクティブ編／責任編集・田崎英明・白石嘉治・木下ちがや・平田周
2010年刊　四六変形判336頁・2310円　ISBN978-4-7531-0277-8
いま世界で激化する「都市化」の波にわれわれはいかにして抗うことができるか？　デヴィッド・ハーヴェイの最新論考、ハキム・ベイのインタビューなどを収録した最新号。